La falsa sirvienta

La falsa sirvienta

Originally published in English under the title:
A Proper Charade

Estación de Chamartín s/n, 1ª planta
28036 Madrid
www.librosdeseda.com
www.facebook.com/librosdesedaeditorial
@librosdeseda
info@librosdeseda.com

Diseño de cubierta: Isabel Arenales
Maquetación: Rasgo Audaz

Ilustración de cubierta: © Pedro Fernández Fernández
Dibujos contraportada, solapa e interior: pluma, Ilonitta (Freepik); plumero, Mahua Sarkar (Pixabay)

Primera edición: septiembre de 2022

Depósito legal: M-19484-2022
ISBN: 978-84-17626-85-3

Impreso en España – Printed in Spain

ESTHER HATCH

La falsa sirvienta

«Lo que llamamos rosa,
olería tan dulcemente con cualquier otro nombre».

William Shakespeare,
Romeo y Julieta

Capítulo 1

—**PERO ¿QUÉ LE HAS HECHO** a tu vestido? —La voz profunda de Nicholas y su oscura sombra eclipsaron la alegre luz que centelleaba entre las ramas de los árboles, por encima de Patience.

Ollie se levantó de un salto hacia él, cosa que no fue una buena idea, pues Patience había estado usando su cálido pecho como almohada.

Traidor.

Se le hundió la cabeza entre el barro y la hojarasca, ensuciándose ya no solo el vestido, sino toda ella. Se sentó en el suelo. No tenía duda de que su hermano daría con ella en el peor momento, justo cuando más se estuviera divirtiendo. *Ollie* se movía alrededor de Nicholas con la esperanza de llamar su atención, pero su reciente deslealtad no lo estaba ayudando. Ni siquiera intentó acariciarle la cabeza, que le llegaba a la cintura; *Olympus* era el gran danés más gigantesco que Patience había visto en su vida. Su hermano podría haberle dado unas palmaditas de bienvenida sin dificultad.

Se sacudió unas hojas del pelo y se encogió de hombros, intentando parecer despreocupada. Nicholas había estado muy raro

desde que su madre llegó a casa, así que Patience no sabía nunca con qué estado de ánimo encontraría exactamente a su hermano.

—El sol brilla, hermano. ¿Sabes cuánto tiempo hace que no tenemos un día soleado?

Los oscuros ojos marrones del joven recorrieron el jardín, como si fuera la primera vez que lo veía. Por un momento pareció que meditaba una respuesta. ¿Por qué no querría pasar la tarde al aire libre? Para ella, ese rincón bajo el roble que había plantado su tatarabuelo, el segundo duque de Harrington, era el lugar idóneo para disfrutar de la comodidad y comprensión que solo *Ollie* le proporcionaba. Durante los dos últimos años había venido aquí para escapar de la quietud de un hogar vacío. Resultaba irónico que, desde que su madre había vuelto a casa, necesitara escapar del ruido. ¿Cómo podía una mujer cantar durante tantas horas al día?

—¿Insinúas que los rayos del sol te han rasgado el vestido y te han arrastrado por el barro?

Si su hermano no podía entender cómo la atraía el sol, tampoco podría entender su necesidad de buscar consuelo junto a *Ollie*.

Se puso en pie y se palmeó la cadera.

—*Ollie*, ven.

No podía soportar que estuviera pendiente de Nicholas.

El perro se acercó con rapidez. Le puso la mano en la cabeza y él se inclinó hacia ella. Inmediatamente se sintió en paz. No importaba lo que su hermano pudiera pensar de ella. Siempre tendría a *Ollie*.

—Estaba terminando mi paseo matutino.

—¿Con *Olympus*? —preguntó Nicholas, frunciendo el ceño.

—Nadie sería más apropiado.

—Vuelve dentro y cámbiate de ropa —respondió, negando con la cabeza.

—Tú tampoco quieres estar ahí dentro con nuestra madre —protestó Patience, pero emprendió el camino de vuelta a su hogar, la propiedad que tenían en Londres. Ella prefería estar en el campo, pero, desde que murió su padre, su hermano necesitaba pasar la mayor parte del tiempo en la ciudad—. Seguro que tus deberes como duque de Harrington pueden esperar una tarde.

—Pensaba que era un paseo matutino.

—Sí, pero creo que tú necesitas toda una tarde.

Casi habían llegado a la puerta trasera. El falso vibrato de su madre se coló por la rendija. Para ser una mujer que adoraba cantar, no es que se le diera muy bien. Nicholas se pasó las manos por la cara.

—No, lo que necesito es una hermana con un mínimo de decencia.

Patience frenó en seco. ¿Qué la esperaba ahí dentro? ¿Una madre distraída y un hermano que solo sabía criticarla? Fuera estaban el sol y *Ollie*.

—Patience...

La joven cruzó el umbral y entró en su grandioso hogar. Iba lo bastante sucia como para que Nicholas prefiriera usar la entrada de servicio. La cocinera y Rebeca estaban limpiando las verduras. Le sonrieron, pero, al darse cuenta de que Nicholas estaba detrás de ella, se secaron las manos con premura y se escabulleron en dirección a la despensa. Al parecer, nadie quería estar cerca cuando el duque se mostraba disgustado con su hermana. Patience suspiró y se apoyó en el marco de la puerta, poco dispuesta a renunciar a una tarde agradable.

—Cada día te pareces más a nuestra madre —murmuró su hermano tras empujarla con suavidad. No pudo oír lo que último que decía, pero sí le llegó—: ... huyendo de las responsabilidades.

¿Qué responsabilidades? Deseaba tener alguna. En realidad, no tenía nada que hacer. Al menos fuera podría disfrutar de la cálida luz del sol, y *Ollie* estaría junto a ella pasara lo que pasase.

Suspiró. No conseguiría cambiar a su hermano. No había sido muy divertido mientras su madre estuvo en París, y ahora que esta había regresado, la vida se había vuelto más insoportable todavía. ¿Era culpa suya que su madre no pudiera soportar el duelo?

Su mano seguía en la puerta. Podía notar el calor que irradiaba, recordándole el sol que la esperaba si volvía al jardín. Nicholas iba delante de ella, de camino, sin duda, a su estudio. Se escabulló con rapidez, cerrando la puerta tras de sí y dejando a su hermano en la lúgubre casa, donde prefería pasar el tiempo.

—¡Patience! —rugió él desde el otro lado de la puerta, pero ya estaba lo bastante lejos como para que el sonido llegara amortiguado.

Cada vez que pronunciaba su nombre de aquel modo, le gustaba fingir que su hermano se recordaba a sí mismo que debía tener paciencia con ella. Extendió los brazos y dio una vuelta sobre sí misma, disfrutando de la sensación de libertad. Tomaría todo el sol posible. Ese calor era vida, y no había tenido mucha desde que su padre falleciera.

Ollie corrió a su lado, contento de que hubiera vuelto tan rápido.

Se volvió al oír que la puerta se abría con brusquedad. Nicholas estaba furioso. Tenía el rostro enrojecido y las fosas nasales dilatadas.

No era propio de él.

Si ella fuera cualquier otra persona, estaría asustada. Su hermano era alto y corpulento, y además estaba muy acostumbrado a salirse con la suya.

—¿Acabas de cerrarme la puerta en las narices?

—Acabo de cerrar la puerta, pero es difícil especificar si la he cerrado en tus narices. Pensé que ibas a tu estudio.

Oh, no, ahora arqueaba las cejas. Dio un pisotón hacia ella, pero Patience se mantuvo firme. Podía sacarle más de treinta centímetros, pero seguía siendo su hermano, y nunca le haría daño. Criticarla en todo lo posible, sin duda, pero hacerle daño, jamás.

—Vas a ser presentada en sociedad dentro de dos meses. No eres tan joven como la mayoría de las debutantes y, sin embargo, sigues actuando como si fueras una niña. Corriendo de un lado para otro, sin importarte la carga de trabajo extra que les das a los criados. Sin respetar la autoridad.

—¿Tu autoridad? —Él era solo tres años mayor que ella. Intentó no reírse. Con veintitrés años, era uno de los nobles más jóvenes del Parlamento. Dudaba que muchos de sus colegas lo tomaran en serio.

—Sí, mi autoridad. Soy el duque de Harrington. Toda Inglaterra acepta mi autoridad.

Patience arqueó una ceja.

Su reacción fue inmediata. Toda su fanfarronería desapareció. Hundido, se tapó la cara con las manos. Tras un instante de silencio, dejó caer los brazos.

—No engaño a nadie. Ni siquiera puedo conseguir que mi hermana me escuche.

Deshizo el camino recorrido, dejándola en el jardín.

Ollie le golpeó el muslo, esperando que volviera a correr con él, pero ella ya no tenía ganas de jugar. Había ganado. Nicholas la había dejado tranquila. Entonces, ¿por qué se sentía derrotada?

Fue corriendo tras él para alcanzarlo. Los guijarros del camino crujían bajo sus pies. Agarró la cálida mano de su hermano para detenerlo.

—Quédate conmigo un rato. Deja al menos que el sol te caliente la ropa antes de seguir revisando tus papeles.

Nicholas se aferró a su mano y se volvió a mirarla.

—No puedo.

—¿Ni siquiera un minuto?

—No espero que lo entiendas: eres una dama nacida entre privilegios. No tienes que preocuparte por las manchas de tus vestidos o por los descosidos; los criados lo arreglarán. Nadie ha dependido nunca de ti, ni has tenido un trabajo que hacer; además, pasarás de una vida llena de lujos aquí a otra, en la casa de tu marido. Igual que madre. Vete. —Le estrechó la mano antes de soltarla—. Ve a disfrutar del sol. ¿Quién sabe cuánto durará? Eres de las pocas personas de Inglaterra que no tiene que madurar si no quiere.

¿Disfrutar del sol? El calor del ambiente no era nada en comparación con el que le invadía el pecho. ¿De verdad su hermano tenía tan mala opinión de ella? ¿Por algo sobre lo que ella no tenía control alguno? ¿Solo por ser mujer? ¿Por su posición en la vida? Salvo por los rizos incontrolables y la boca ancha, no se parecía en nada a su madre. Había permanecido allí, sin discutir, cada minuto de los dos años de luto: Nicholas y ella habían decidido prolongar el período de luto para compensar la falta de decoro de su madre, que no lo había respetado ni un mes. Que Patience pudiera mostrarse feliz de vez en cuando no quería decir que no fuera capaz de estar lo bastante apenada cuando las circunstancias lo requerían.

—Naciste con tantos privilegios como yo, Nicholas. Incluso más.

Él permaneció en sus trece. El brillo en sus ojos revelaba que estaba ansioso por enfrentarse a ella.

—Sí, pero me gusta pensar que mi tiempo en el ejército me curó de todas esas frivolidades, tal como padre esperaba. Tú no tendrás esa oportunidad.

—¿Así que has renunciado a convertirme en una persona decente? —El sol ya no le parecía tan cálido y brillante. ¿Cómo podía pensar su hermano algo tan terrible sobre ella?

—He renunciado a enseñarte a serlo. Serás la persona que tú decidas ser. No tengo control sobre ello.

—¿Tan mala soy que necesito cambiar por completo? —Le temblaba la voz; trató de recuperar la ira que había sentido instantes atrás. Sabía que decepcionaba a su hermano con frecuencia, pero no imaginaba que fuera para tanto.

Nicholas se encogió de hombros.

—No es que seas mala. Es que creo que podrías ser mucho más que lo que la sociedad espera de ti, una dama bonita y cándida. Lo sé porque yo era igual. No cambiaría el tiempo que pasé en el ejército por nada. Lo único que lamento es no haber podido ver más a padre a lo largo de esos años. Pero tú no puedes vivir algo así..., ojalá pudieras. A menudo me pregunto si nuestra madre habría sido diferente si hubiera tenido la oportunidad de trabajar, aunque fuera por unos meses.

Patience respiró hondo. Estaba arremetiendo contra su madre, no contra ella.

—Los dos sabemos que no soy como mamá.

Ella había vuelto renovada y feliz después de su estancia en Francia, entusiasmada con los preparativos para la presentación en sociedad de Patience. Nunca mencionaba a su marido fallecido ni se había disculpado por abandonar a sus hijos cuando más la necesitaban.

Nicholas escarbó el suelo con la punta del zapato y luego levantó la cabeza, mostrando una vaga sonrisa.

—No, claro que no. —La sonrisa era forzada. Ella la conocía: era la que usaba cada vez que su madre aparecía donde él se encontraba. No era una sonrisa de felicidad—. Tenías razón: hace un día muy agradable. Gracias por haberme sacado del estudio, aunque haya sido por un breve instante. No volveré a molestarte.

Abrió la puerta con cuidado y entró de nuevo en la casa. Patience se quedó sola. El sol seguía calentándole la espalda, pero el corazón se le había enfriado. Su hermano se había rendido con ella. Le había visto hacer lo mismo con su madre. Nunca le hablaba, a no ser que ella le hiciera una pregunta directa, pero sus respuestas eran sucintas. Patience era una decepción para él y seguiría siéndolo el resto de su vida. Sentía una fuerte presión en el pecho, pero trató de no pensar en ello. Avanzó con firmeza y abrió la puerta de golpe.

—Podría aprender, Nicholas. No tengo por qué ser siempre así.

Era capaz de hablar en serio. No es que le agradara mucho; después de todo, podía ver que la seriedad no le había reportado alegrías a su hermano.

Nicholas seguía en la cocina, apoyado en la encimera y con la cabeza hundida en el pecho.

—No, Patience. He sido demasiado indulgente contigo mientras madre estaba ausente. Pero ¿sabes qué? No pasa nada. No tienes que comportarte como yo quiera. Serás más feliz que yo sin saber que ahí fuera hay un mundo sombrío que te devoraría en una sola tarde soleada. Fíjate en madre. No ha dejado de cantar desde que volvió. —Una nota aguda y alegre llegó desde la sala de música, como si quisiera confirmar sus palabras. Patience no entendía la letra, pero no parecía el canto melancólico que se podría esperar de una viuda.

Una sensación de calma se apoderó de ella; irguió los hombros.

—Soy más fuerte de lo que crees, Nicholas.

—Puede, pero ¿cuándo vas a tener una oportunidad para demostrarlo?

¿Cuándo podría demostrarlo? Su hermano era frustrante en extremo, pero casi siempre tenía razón. No podía salir al mundo y tener las experiencias que él había tenido. Podía intentar llegar a ser una de las damas de la reina Victoria, pero no le gustaba la política, y parecía que eso era un requisito imprescindible para optar al puesto. Además, la vida de la corte no era precisamente la adecuada para demostrarle a Nicholas que no era una irresponsable, o que estaba lista para afrontar dificultades. Sabía que era una persona fuerte, pero ¿cómo podría demostrárselo a él? Su única idea pasaba por quedarse en casa y no complicar la vida de nadie más de la cuenta. ¿La ayudaría eso?

—Puedo probarlo ahora. Ayudaré a Rebeca en sus tareas.

—Ella nunca dejaría que trabajaras de verdad, lo sabes de sobra.

Otra vez tenía razón. Rebeca jamás permitiría que Patience se ensuciara las manos. Sí, su vestido estaba manchado, pero solo porque había estado divirtiéndose. ¿Y, por ejemplo, sacudir una alfombra o vaciar cubos de agua sucia? Imposible. Nunca podría hacerlo en aquella casa.

Tendría que ir a un lugar en el que nadie la conociera. Tenía que encontrar una familia de confianza, que no abusara de los criados, pero que esperara que hicieran todas sus tareas a diario. Una familia que su hermano respetara. De esa forma podría mostrarle sus capacidades.

—Serviré bajo el mando del general Woodsworth, como hiciste tú.

Nicholas volvió a llevarse la mano a la frente.

—Eres una mujer. Ninguna mujer soltera, sea de la clase que sea, podría unirse al ejército. No hay mujeres en el ejército. Lo que dices no es posible, y solo prueba lo ingenua que eres si crees que esa es una opción.

—No me refiero a servir en el ejército. Serviré en su casa.

—¿Cómo que...? —Tomó aire y lo soltó con lentitud—. ¿Qué trabajo te ofrecería en su casa? No tiene ningún sentido.

—Seré una criada.

Nicholas se rio, y aquella risa le hizo recordar que no la oía desde hacía años. Recordaba que antes le gustaba, pero esa no era una risa alegre: era pura burla.

—¿Crees que no soy capaz?

Nicholas se apartó de la encimera y se acercó a su hermana. Se irguió ante ella de una manera que había debido de aprender en el ejército.

—Sé que no puedes, y no solo porque carezcas de todas las habilidades que se le exigen a una criada.

—¿Cómo puedo adquirirlas si no me convierto en una?

—No eres una criada. —Se inclinó sobre ella—. Eres la hija del duque de Harrington.

Patience se inclinó también hacia él, apuntándole al pecho con el dedo.

—Seamos precisos... soy la hermana del duque de Harrington.

—En cualquier caso, ¡es imposible! Además, no durarías ni un día como criada.

—Sí que duraría. Podría estar dos años enteros, el mismo tiempo que tú estuviste en el ejército. —Se clavó las uñas en la palma de la mano. Estaba harta de que la subestimara—. Y después volvería siendo tan estirada como tú, y con el corazón igual de duro que el tuyo.

—¿Por qué discutimos por esto? Es ridículo. No tiene sentido. ¿Por qué siempre terminamos hablando de semejantes cosas? Lo único que quiero es que aprendas a respetar el trabajo que otros tienen que hacer por tu falta de consideración.

—Bueno. Eso podría aprenderlo en un mes. No necesitaría dos años, como tú.

—¡Basta ya! En realidad, no tienes que cambiar, ni mucho menos. Procuraré no volver a hablar sobre el general Woodsworth. Las mujeres no tenéis ese tipo de oportunidades. No tiene sentido que lo siga lamentando: no se puede hacer nada para cambiarlo.

—Se puede. Envíame a la casa del general con una carta de recomendación. Con una carta tuya, me contratarían. Trabajaré allí un mes, solo eso. Salvo por los cantos de nuestra madre, la casa se quedará tranquila y tú tendrás, por fin, algo de paz.

Cuando vuelva no seré tan descuidada con mis cosas como dices y dejaré de ser tan desconsiderada contigo.

Nicholas resopló y se apartó de ella.

—Dejando de lado todos los motivos por los que ese plan no funcionaría, ¿de verdad crees que podría, con total honestidad, recomendarte como criada?

Patience se irguió tanto como pudo. No se dejaría intimidar por un hombre que había pasado horas cazando ranas con ella cuando eran niños.

—Entonces lo haré sin tu carta, si crees que escribirla te perjudicaría. Encontraré la forma de entrar en esa casa y te demostraré que no solo puedo trabajar allí durante un mes, sino que regresaré con una carta de recomendación suya para mostrártela.

—Ni lo sueñes.

—¿Cómo que no? Ya lo verás. —Él no podía controlar su mente.

—Jamás lo permitiré…

—No necesito que lo hagas.

—¡Aléjate del general Woodsworth! Es uno de los hombres más respetados de toda Inglaterra. No voy a permitir que arruines mi reputación.

—Perfecto, porque no lo haré.

—Prométetelo. Sé que no romperías tu promesa… No me gusta esa mirada. Lo último que necesito es dedicarme a perseguir a mi hermana fugitiva.

Era demasiado tarde: Patience ya había tomado una decisión. Puede que le llevara un tiempo ponerla en marcha sin que Nicholas se diera cuenta de sus planes, pero estaba resuelta a lograrlo. Entraría como criada en la casa del general. Una emoción desconocida le inundó el pecho. Después de dos años de vestir de negro y estar atrapada en casa, por fin tenía una aventura a la vista. Y cuanto más pensaba en ello, más convencida estaba de que le hacía falta. No quería pasar, como una ingenua, de la casa de su hermano a la de un marido estirado, sin saber qué más había en el mundo. Conocía lo suficiente a la familia Woodsworth como para saber que no había ningún otro lugar en todo Londres en el que pudiera estar más segura. Nadie plantaba cara al general. Sin duda, la casa estaría dirigida con la misma firmeza que sus hombres.

—Lo prometo —respondió.

—Gracias, Patience. —Nicholas respiró tranquilo—. Sé que eres incapaz de mentir. Olvida que hemos tenido esta conversación.

Patience no pensaba olvidarla. Eso sería una mentira y, como su hermano había dicho, ella nunca mentía. Por suerte para ella, Nicholas no se daba cuenta de que lo único que le había prometido era que no arruinaría su reputación ante el general. ¿Cómo podría hacerlo si iba a trazar un plan que nada tenía que ver con su hermano? Nadie en la casa Woodsworth sabría que era la hermana del duque de Harrington.

Echaría de menos la entrañable compañía de *Ollie* cuando la necesitara, pero, salvo eso, no se le ocurría nada más que fuera a echar de menos. Por fin iba a escapar de la prisión en la que se había convertido su hogar.

Capítulo 2

NINGUNA PUERTA DE LONDRES ESTABA cerrada para *lady* Patience Kendrick, aunque no había tenido la oportunidad de llamar a muchas de ellas. La muerte de su padre había retrasado dos años su presentación en sociedad. Pero no se había acercado a aquella puerta como *lady* Patience: esperaba conseguir un empleo. Pasó los dedos por la áspera tela de su vestido; los tonos violeta y crema destacaban sobre el fondo gris. Dos años antes, nunca habría pensado que el gris fuera un color. Había echado de menos los colores. No tanto como había echado de menos a su padre, pero aun así. Su humilde vestido era demasiado corto y el abrigo, demasiado grande. Las botas eran lo único que no había podido tomar prestado. Habían sido bonitas hasta que embarró los laterales y las suelas de cuero negro.

Sentía que aquello no estaba bien, pero le demostraría a su hermano que, a pesar de ser la hija de un duque, podía trabajar y preocuparse por los demás. No se volvería una mandona estirada como él, y él tampoco podría decir que era una alocada caprichosa como su madre. ¡Su madre y Nicholas eran tan diferentes! Su padre había sido capaz de mantener la unidad familiar, pero sin él la casa se había convertido en una tumba. Cuando, solo después de un mes tras la muerte de su padre, su madre se había ido a Francia sin vestir de luto, Nicholas dijo que lloraría a su padre durante dos años en lugar de uno, como era costumbre. Después había regresado y tratado de alegrar la vida en la casa, pero él se empeñaba en ensombrecerla.

Al menos aquella era una oportunidad para alejarse de ambos. Estaba cansada de deambular entre el optimismo embriagador y el crudo realismo. Era el momento de ver un mundo diferente al que conocía. Tras decirle a su hermano que podría arreglárselas sirviendo en la casa del general Woodsworth durante un mes, tenía que hacerlo. De lo contrario, nunca sabría si él tenía razón. Además, una vez que fuera presentada en sociedad, no tendría ocasión de hacer algo así. No quería pasar de la tutela fraternal a la de un marido sin demostrar que podía valerse por sí misma.

Allí estaba ahora; ante la casa del general, disfrazada con ropa de sirvienta. Tal vez no podría estar a sus órdenes en el ejército como hizo Nicholas, pero podía trabajar en su casa, si encontraba la forma de que el ama de llaves la contratase.

Tres días antes, su hermano se había marchado a Bath. Antes de dejar su casa aquella mañana, Patience había supervisado su equipaje y lo había enviado por adelantado a Bath, con una nota en la que le explicaba que se reuniría con él dentro de un mes. Mamá pensaba que estaba de camino para reunirse con su hermano.

De hecho, estaba de camino a Bath; tan solo había tomado un pequeño desvío. Cuando se encontrase con Nicholas podría contarle lo que había logrado, y él no podría volver a decirle que era una irresponsable. Todo estaba yendo tan bien que parecía imposible no pensar en la intervención divina. Mientras su madre y Nicholas siguieran sin intercambiar correspondencia, lo que no ocurría desde que ella se había ido a París, nada tenía por qué salir mal.

Fue a llamar a la puerta, pero se detuvo.

Se encontraba frente a la puerta principal.

¿En qué estaba pensando?

Bajó las escaleras y recorrió el lado derecho de la casa. ¿Qué pensaría quien la viera deambulando por la propiedad de uno de los hombres más poderosos de Londres? El mero hecho de estar ahí no debería levantar sospechas, ¿no? La casa no era tan grande como la suya de Londres, pero estaba aislada. Los criados siempre iban por la derecha hacia la parte trasera de su casa. Mientras caminaba, el viento la despeinó. No había ningún camino, así que no se sorprendió demasiado al toparse con un seto antes de haber encontrado una puerta a la que llamar. Volvió sobre sus pasos, buscando un camino a la izquierda de la casa, pero no encontró ninguno. Sin perder la esperanza, caminó sobre la hierba y la gravilla para descubrir que por ese otro lado tampoco había puerta lateral, y se topó otra vez con unos arbustos frondosos que bloqueaban la entrada al jardín trasero.

Los Woodsworth no eran una familia de alto rango, pero, a juzgar por las proporciones de la propiedad y la reputación del general, deberían tener una puerta de servicio. Pero ¿cómo llegar hasta ella?

Había un paso muy estrecho donde el seto se unía con el edificio. No era una entrada ni una abertura como tal, pero las manchas de barro en el suelo sugerían que sí se usaba como paso. No esperaría la familia que los criados atravesaran los setos para entrar, ¿verdad?

Sin encontrar ningún otro sitio por el que pasar, se dirigió con decisión a ese pequeño acceso. Patience estaba delgada, pero al ver lo realmente estrecho que era ese hueco no creyó que pudiera caber. Primero pasó una mano. Luego el brazo. Cuando estaba pasando el hombro, el vestido se le enganchó en una espina. El ruido de la tela al desgarrarse la dejó consternada. Ese era el único vestido que llevaba. Se detuvo y valoró sus opciones. Podía volver a casa, cambiarse y actuar como si no hubiera pasado nada. Nadie tenía por qué saber que se había escapado para intentar madurar antes de que la obligasen a cargar con un marido.

O bien podía seguir adelante.

Siguió adelante. El desgarro fue a más, y la espina que lo había provocado empezó a herirle la piel.

Un pequeño precio que pagar para demostrar que Nicholas se equivocaba.

Siguió avanzando. Y se le clavaron más espinas en el brazo y en la espalda. El precio de su orgullo estaba al alza. Contuvo una mueca de dolor: ya había atravesado más de la mitad. Siguió adelante. Una vez que pudo pasar los dos brazos, se abrió paso entre los arbustos. Si tenía suerte, no se rompería más el vestido. Unos minutos más de lucha y logró entrar en el jardín trasero. Contempló los grandes robles y los cuidados parterres mientras se frotaba las manos y la cara, llenas de arañazos. Echó un vistazo a la fachada trasera de la gran casa de ladrillo rojo. Por fin, descubrió una discreta puerta blanca. La entrada de servicio.

Había conseguido dar con ella. Se acomodó un rizo en la cofia de muselina prestada que llevaba e intentó tirar de su vestido, demasiado corto.

—¿Qué está haciendo? —preguntó una voz masculina y profunda a su espalda.

Se volvió. Un hombre de cabello rubio y ropa impecable estaba observándola, muy erguido. Tenía los hombros anchos y parecía más alto que Nicholas. Su porte era el de un granuja, pero su indumentaria era elegante, demasiado para un lacayo o un mozo de cuadra. ¿Quiénes formaban la familia Woodsworth? Estaba el general, por supuesto, pero ese hombre era demasiado joven para ser él. Por no mencionar que no llevaba uniforme. Rebuscó en su memoria, intentando recuperar algún recuerdo sobre la familia del general. Tenía dos hijos y una hija. Uno de los hijos había muerto en la batalla de Kabul. La conmoción golpeó a todo el país, sobre todo porque antes de esa catástrofe habían disfrutado de una época de relativa paz. Sabía mucho sobre el general Woodsworth; sentía como si lo conociera en profundidad, gracias a los comentarios de su hermano sobre lo implacable y estricto que era, y también sobre de qué manera retaba a sus hombres para sacar lo mejor de ellos. No sabía casi nada del resto de la familia. Si se tratara de un hijo, ¿no estaría también en el ejército? Tal vez fuera un mayordomo, o alguien que iba a hacer negocios con la familia.

Nunca lo sabría si no preguntaba. Se aclaró la garganta.

—Yo podría preguntarle lo mismo —dijo, imitando el acento de Rebeca—. ¿Qué hace aquí?

—Son las once y cuarto. Siempre paseo por el jardín a las once y cuarto —respondió el hombre, tras sacar su reloj de bolsillo.

Era la respuesta más inútil que le habían dado jamás.

Guardó su reloj en el bolsillo interior del *blazer*.

—Ya sabe lo que estoy haciendo, y yo no tengo una idea lo bastante clara de por qué está trepando por nuestros arbustos.

¿«Nuestros» arbustos? Debía de vivir en la casa. Tenía que ser el otro hijo, el que no había caído en batalla. Había pasado mucho tiempo planificando su llegada a esa casa, ¿por qué no se había molestado en investigar algo más sobre la familia?

—Buscaba la entrada de servicio.

—¿A través de los arbustos?

—Es bastante absurdo, ¿verdad? Si mi hermano no me hubiera recomendado venir a trabajar a esta casa en particular, me habría dado la vuelta y me habría marchado.

—¿Busca trabajo? —De nuevo miró hacia los arbustos y frunció el ceño.

—Sí.

—En ese caso, debería recomendarle que se quitara esas hojas del pelo y que intentara adecentar su ropa. La señora Bates solo contrata al personal más distinguido.

Al instante, Patience trató de peinarse con los dedos. Varias hojas cayeron al suelo. Levantó la mirada para dar las gracias al desconocido, pero este se dirigía ya hacia el jardín lateral. Suspirando, se enderezó. Por lo general, su postura era bastante buena: lo había aprendido desde que era una niña, pero él la había sorprendido en un mal momento.

Cuando llegó a la puerta, alzó el brazo para llamar y vio los arañazos que le cubrían las manos. El desgarro en el hombro era considerable, e intentó recomponerlo con premura para que no se notara a simple vista. ¿Quién había puesto los arbustos tan cerca de la pared para que los sirvientes no pudieran entrar sin magullarse?

Al parecer, había sido el general. ¿Era ese el motivo por el que Nicholas pensaba que era una mimada? ¿Porque nunca había tenido que atravesar arbustos llenos de espinas?

Frunció los labios. No era culpa suya si no había podido ver casi nada fuera de los límites de su salón en Londres. Todavía no había sido presentada en sociedad y, salvo por sus visitas a la iglesia y sus lecciones, no había tenido mucho contacto con el exterior. No todo el mundo podía alistarse como lo había hecho su hermano mayor.

No todo el mundo podía servir a las órdenes del prestigioso general Woodsworth.

Arrugó la nariz. Su hermano no estaba allí, pero iba a tener que comerse sus palabras cuando ella le entregara la carta de recomendación firmada por el general. Solo necesitaba que la contrataran, así que llamó y esperó. Unos ruidos indicaban que había alguien detrás de la puerta. De nuevo trató de estirar su vestido y de aliviar el escozor de los arañazos. Se estaba lamiendo el pulgar para pasarlo por una de las largas heridas cuando abrieron la puerta.

Patience se quedó parada con el pulgar cerca de la boca.

Una mujer con cofia la miraba expectante, esperando a que dijera algo. Patience bajó la mano e intentó imitar la mueca seria de su hermano. Miró las llaves que colgaban de la cintura de la mujer. El ama de llaves. Perfecto. ¿Cómo había dicho aquel hombre que se llamaba? ¿Señora Bates? Era a ella a quien debía pedir trabajo. Pero ¿cómo se solicitaba un trabajo? Nunca lo había hecho. Ni siquiera había participado en la contratación de personal en su propia casa.

—He venido por un puesto...

—No estamos buscando a nadie. —La robusta ama de llaves cerró la puerta.

La joven se quedó plantada, con la nariz a escasos centímetros de la puerta. Solo le quedaba una oportunidad. El ama de llaves podría abrir la puerta una segunda vez, pero no lo haría una tercera.

Volvió a llamar, en esta ocasión con más fuerza.

No hubo respuesta.

Volvió a llamar.

Pudo escuchar cómo la señora Bates se quejaba, pero finalmente abrió.

—Le he dicho que no tenemos vacantes. —Comenzó a cerrar la puerta de nuevo.

—No. No lo entiende. —Esa era, con seguridad, su única oportunidad, y la casa del general era la única que le serviría. Colocó la mano a la altura de la de la señora Bates, al otro lado de la puerta—. Mi hermano sirvió con el general Woodsworth. Me aseguró que era el mejor de los hombres y que haría todo lo posible, si no más, por ayudar a alguien que lo necesitara, en especial si se trataba de uno de sus hombres. Mi hermano pensó que él querría darme trabajo. Lo necesito.

—Muchos necesitan trabajo. —Miró la mano de la muchacha y retiró la suya—. Además, muchos han servido bajo el mando del general. ¿Se imagina cuántos hombres y mujeres estarían a nuestro servicio si ese fuera el único requisito para conseguir un puesto aquí? Tendríamos miles de sirvientes. Lo siento, pero tendrá que encontrar otro lugar donde la acepten por cuatro chelines a la semana.

¿Otro lugar? ¿Cuatro chelines a la semana? No era una gran suma. Estaba segura de que contratar a una criada más no era un problema para aquel hombre. Aquello era ridículo. Si una persona quería limpiar las chimeneas o ayudar a las damas a vestirse, parecía lógico que se lo permitieran.

El ama de llaves volvió a poner la mano en la puerta para cerrarla, pero Patience se adelantó y puso un pie en la casa.

—No necesito los cuatro chelines.

—No necesitamos más sirvientes —repitió la señora Bates, frunciendo el ceño.

—Lo haré por uno. Un chelín a la semana. —El dinero no significaba nada para ella: lo que quería era el trabajo. Lo habría hecho gratis, pero eso hubiera avivado las sospechas de aquella mujer.

—Las criadas no ganan solo un chelín semanal. El general no toleraría que hiciéramos eso.

Un hombre mayor, bien vestido, entró en la cocina.

—Señora Bates. —Se detuvo al ver a Patience—. ¿Quién es?

—Otra pariente de uno de los hombres del general que busca trabajo.

El hombre, que sin duda era el mayordomo, asintió sin intervenir; solo hizo un gesto para que el ama de llaves continuara. Pero ella no dijo nada, y Patience lo interpretó como una clara señal para continuar con su alegato.

—Entonces, no me rebaje el sueldo. En lugar de eso, trabajaré menos horas. Libraré un día a la semana, y también por las tardes. Si le gusta mi trabajo… —Estaba segura de que no le gustaría.

Sabía lo mismo de hacer tareas domésticas que de pescar anguilas, pero por lo menos podría intentarlo.

El ama de llaves apoyó la mejilla en una mano mientras valoraba la oferta.

—¿Las tardes y un día libre a la semana a cambio de una cuarta parte del sueldo?

—Y un lugar donde quedarme. Lo necesitaré.

—Por supuesto. —El ama de llaves ya no la miraba a ella; miraba por encima del hombro, hacia el mayordomo. ¿Lo estaba considerando?

—Dígame otra vez, ¿de qué conoce al general?

—Mi hermano sirvió bajo su mando.

—¿Quién es su hermano?

¡Oh, Dios! No podía decir que era su excelencia Nicholas Kendrick, duque de Harrington. Tampoco podía mentir. No era buena en eso; parpadeaba en exceso y le temblaban los dedos si mentía. A los doce años decidió dejar de mentir. A veces tergiversaba un poco la verdad, pero nunca mentía.

Solo había una salida: tergiversar la verdad.

Intentó colocar un tirabuzón que se le había soltado del recogido de la nuca.

—Mi hermano era un buen soldado, aunque sin duda le costó un poco entender lo que se esperaba de él.

—Un nombre. Necesito un nombre si espera que la contratemos en el acto.

¿Qué nombre le podría dar?

—Donald Young. Cayó en Kabul. Era un buen hombre. Habría llegado lejos si se le hubiera permitido vivir; y habría respondido por mí.

Donald Young era el único hombre que se había sentido lo bastante cómodo con su hermano como para llamarlo amigo. Antes de que el señor Young se fuera a Kabul, había visitado su casa; era uno de los hombres más agradables que había conocido. Durante la instrucción, Nicholas no dejaba de hablar de él en sus cartas, hasta que el señor Young murió. Él la habría ayudado; estaba segura.

No le temblaron las manos. No había mentido. Al menos no de forma de descarada.

La expresión del ama de llaves se suavizó. Respiró hondo y se enderezó. La sombra de duda que asomaba a su rostro había desaparecido.

—Esta familia también perdió un hijo en Kabul. Y aunque las bajas no tienen nada que ver con las que hubo en las guerras de mi juventud, cuando se trata de una propia... es diferente, ¿verdad? En cualquier caso, no tenemos espacio para otra sirvienta.

—¿Y la habitación de Doris? —preguntó el mayordomo desde el otro lado de la sala—. Estará con su familia al menos tres meses.

—No lo sabemos seguro. ¿Y si vuelve antes?

—Si eso ocurre, ya lo resolveremos cuando llegue el momento. Si la hermana de uno de los hombres del general necesita trabajo, podemos proporcionárselo.

La señora Bates suspiró, pero luego asintió.

—Muy bien, señorita Young. ¿Cuál es su nombre?

¡Oh, Dios! No se había parado a pensar en los detalles. ¿Cuántas medias verdades tendría que decir para mantener aquella farsa?

—Patience —dijo. Tal vez no debería haber usado su verdadero nombre, pero le resultaba más difícil mentir sobre eso. Era un embuste menos del que tendría que ocuparse.

—Patience. Yo soy la señora Bates. Este es el señor Gilbert. Llevamos esta casa de forma muy estricta. Espero que el trabajo se haga a tiempo y bien, ¿entiende? No importa lo que se le pague, se espera de usted que trabaje tan duro como cualquier otro. Ha cambiado dinero por tiempo libre, no por una carga de trabajo más ligera.

La joven asintió, mordiéndose el interior de las mejillas para no sonreír. Había funcionado. A pesar de que se había dicho mil veces a sí misma que su plan no funcionaría, lo había hecho.

—No se le pagará menos de lo que merezca. —El señor Gilbert parecía más amable a cada minuto que pasaba—. Recibirá cuatro chelines a la semana, y si necesita tiempo libre, nos lo hará saber. —Sonrió, y el pelo canoso se elevó por encima de sus orejas.

—Gracias, señor Gilbert. —Recordaría en sus oraciones al agradable mayordomo.

Este se limitó a asentir.

—Señora Bates, había venido a hablarle sobre la compra de fruta, pero volveré más tarde, cuando haya puesto a Patience al corriente de sus obligaciones —dijo, saliendo de la habitación.

La señora Bates asintió con un gesto, pero cuando él ya no podía escucharla, rezongó:

—Tiempo libre. Nunca tengo tiempo libre. Doris tiene tiempo libre. Una nueva criada desconocida tiene tiempo libre. Me gustaría ver cómo se las apañaría sin mí durante una o dos noches.

—¿Perdón? —preguntó Patience.

—Nada. No pida tardes libres si pretende conservar su puesto.

—Sí, señora. —De todas formas, no había nada que necesitara hacer. No abandonar la casa era la decisión más inteligente, dadas las circunstancias. Alejarse de allí podría ser contraproducente. Podría encontrarse con alguien que la conociera.

—¿De qué son todos esos arañazos?

—Tuve un pequeño problema para atravesar los arbustos y encontrar la puerta trasera, eso es todo. Tal vez sea hora de podar algunos de los matorrales.

—¿Por dónde, exactamente, ha atravesado los arbustos? —El gesto del ama de llaves acentuó las profundas arrugas que tenía en la barbilla.

—Junto a la casa. Estuve a punto de llamar a la puerta principal. ¡Pero no lo hice! —aclaró rápidamente al ver el gesto de la señora Bates—. No pude encontrar el camino. Ese hueco entre los arbustos es bastante estrecho. Me sorprende que el general haga entrar a sus sirvientes por ahí. —¿Cómo cabría aquella mujer por aquel espacio? Patience estaba bastante más delgada, y aun así la hazaña le había dejado marcas visibles.

Como única respuesta, la señora Bates caminó hacia la puerta, seguida por Patience, y la abrió, mostrándole el lado izquierdo.

—Entramos por el camino lateral.

En ese momento, un hombre que llevaba un fardo de leña entró en el jardín desde un camino adyacente a la casa y dejó caer su carga en un montón.

Un camino lateral.

¿Por qué no había pensado en eso? La casa estaba situada en una esquina; si hubiera seguido avanzando por el camino principal, habría visto aquella entrada. Enrojeció de vergüenza. ¿Cómo se le iba a pedir a la gente que atravesara los arbustos cada vez que tuviera que entrar o salir de la casa? ¿En qué estaba pensando? La señora Bates cerró la puerta.

—Confío en que a partir de ahora utilizará el camino y que no la encontraré arrastrándose entre los arbustos del general Woodsworth.

—No lo dude. —Se enderezó. Quizá no sabría hacer ninguna tarea doméstica, pero sería capaz de hacer eso.

—Bien. Entonces vamos a trabajar. Límpiese el barro de las botas. Es hora de pulir los armarios y los tocadores.

Capítulo 3

ANTHONY WOODSWORTH REPASÓ LOS NÚMEROS una vez más antes de escribir el gasto mensual final en la línea inferior. Era bueno. Desde que había invertido en el ferrocarril le iba muy bien. El mes siguiente sería diferente, con la compra de la finca en Kent. Una nueva propiedad siempre significaba que, durante varios meses, los gastos serían superiores a los ingresos. Odiaba que pasara eso, pero la finca de Kent valdría la pena. Ese terreno podría ser lo que lograse que los señores Morgan aprobaran que pidiese la mano de su hija.

Dos años. Dos años de cortejo deberían ser suficientes para permitir un compromiso.

Dobló las tres hojas de papel en tercios, midiendo siempre dos veces antes de marcar el doblez con el pulgar contra la mesa. Abrió el cajón de la izquierda sin mirar para alcanzar el lacre. Su padre querría ver aquellos números. Tanteó varias veces el cajón hasta que se tomó la molestia de mirarlo. El lacre había desaparecido. Dejó de buscar. ¿Quién había tocado sus cosas? Nunca permitía que le cambiaran de sitio sus objetos personales. Todo en su despacho tenía su lugar, y permanecía en él a menos que hubiera que usarlo.

Deslizó su silla hacia atrás, con lo que las patas rechinaron contra el suelo. Tendría que usar el lacre de la biblioteca. Después de enviar esa carta, se aseguraría de hablar con la señora Bates sobre el manejo de sus pertenencias por parte de los criados. Ese descuido le había costado, al menos, tres minutos de su tiempo.

Cruzó el pasillo y abrió la puerta de la biblioteca. Un revoloteo frenético le dio la bienvenida desde las cortinas. Se abrieron y cerraron como si alguien hubiera corrido a esconderse tras ellas. En efecto, un par de botas asomaban bajo la pesada tela adamascada que su madre había elegido años antes de su muerte. ¿Quién se escondería de él? Y en un lugar tan ridículo. Una mujer, a juzgar por el tamaño de las botas negras...

Entrecerró los ojos y dio un paso adelante. Había visto esas botas antes.

Eran de cuero negro, sencillas, pero las hebillas estaban colocadas de una manera única: desplazadas hacia el exterior más de lo que era habitual. El cuero casi negro tenía toques de burdeos. La señorita Morgan había admirado esas botas en una de las mejores tiendas de la ciudad la semana pasada. Había debido de convencer al zapatero para que se las vendiera. Le ofreció un precio exagerado: no le sorprendía que hubiera aceptado la oferta.

Respiró hondo, y el estrés de una mañana llena de estrictas finanzas terminó por disiparse.

La señorita Morgan estaba ahí, en su biblioteca.

Sola.

La mano le temblaba un poco. Dio un paso sigiloso en su dirección. Debía de estar nerviosa si había optado por esconderse de él. Una pequeña sonrisa se dibujó en sus labios. Tras dos años de obcecada insistencia, por fin la había conquistado. Sus padres debían de estar conformes con la relación, y ella se había apresurado a comunicárselo.

Nadie le impediría alcanzarla ahora...

Un destello rojo llamó su atención. ¿Era su bloque de cera el que estaba sobre la mesa auxiliar? Era mucho más pequeño de lo que debería; la cera roja y veteada cubría el tablero de la mesa. ¿Qué demonios...? Agarró la cera y luego frotó con el dedo el desastre que había sobre la madera centenaria. ¿Qué estaba pasando?

Un crujido de telas detrás de la cortina lo sacó de su confusión. La señorita Morgan lo estaba esperando. ¿Cuál era la reacción adecuada cuando, después de dos años detrás de una mujer, esta, por fin, le tendía la mano?

Para empezar, no debía ponerla nerviosa. Se acercaría con lentitud y cautela. En segundo lugar, hablaría con suavidad y le haría saber que podía confiar en que sería un caballero en cualquier situación. Y por último... por último, le propondría matrimonio. La propiedad de Kent ya no sería una carga financiera. Su padre por fin podría sentirse orgulloso de él. El apellido Woodsworth se vería encumbrado; no de la forma en que lo había hecho su padre, por supuesto, pero su matrimonio con la señorita Morgan lo enaltecería. Después de todo, su primo era el duque de Penramble. Sus posesiones en Londres eran tan significativas que la sociedad casi se había olvidado de los títulos escoceses del duque. Títulos que acabarían pasando a la familia Morgan si el duque no tenía descendencia.

El apellido Woodsworth ya no sería uno más. Eso era todo lo que su padre deseaba.

Llegó hasta la cortina y trató de retirarla con gesto ceremonioso. Sin embargo, estaba atascada. Unos delicados dedos sujetaban la gruesa tela.

¿La señorita Morgan mostrándose tímida? Nunca lo había sido. Pero tampoco antes le habían dado permiso para casarse con él. No podía pensar en otro motivo por el que lo visitara.

—¿Señorita Morgan?

La tela crujió a la altura de su barbilla. Él no podía verlo, pero ella estaba negando con la cabeza.

—Señorita Morgan, salga. Me complace que esté aquí. No sabe cuánto. No hay razón para que sea tímida. —Colocó la mano sobre la de ella, que todavía sujetaba las cortinas. Tenía la piel delicada y suave, las uñas lisas y… frotó el lateral del dedo índice. Había algo allí. ¿Cera? Tenía una mancha roja debajo de las uñas. ¿Qué había estado haciendo la señorita Morgan con su lacre?

—¡Basta! Salga.

—¡No! —Era una voz apagada, pero desafiante. La señorita Morgan sonreía o se reía: el desafío no formaba parte de su forma de ser.

—¿Cómo voy a proponerle matrimonio si no sale?

—No lo hará. Solo márchese.

—¿Marcharme? ¡Ahora que ha entrado en mi casa por primera vez, y de forma inesperada! —Rodeó la cortina y deslizó la mano en torno a la muñeca de ella. ¿Tendría que arrodillarse? Había oído eso en alguna parte. Con franqueza, jamás se había imaginado que tendría que proponerle matrimonio a través de una cortina. En los últimos tiempos había empezado a preguntarse si alguna vez le estaría permitido declararse. Parecía estar en un callejón sin salida, y lo único que se le ocurrió para mejorar su oferta había sido comprar ese terreno en Kent.

Pero ella había ido a él sin saber nada sobre aquello. Al final había conquistado su corazón.

Se arrodilló.

La mano de ella se quedó donde estaba, lo que lo puso en la incómoda situación de arrodillarse alzando las manos por encima de la cabeza para alcanzarla.

—Señorita Morgan…

La cortina osciló de nuevo brevemente, y ella intentó apartar la mano, pero él siguió firme. Dos años. Dos años de cortejo y, por fin, podría hacer que su padre estuviera orgulloso de él. Ninguna cortina lo detendría ahora.

—¿Consentiría ser mi...?

—¡No! —Se oyó un grito detrás de la cortina. La mano aflojó su agarre sobre la tela y al final la soltó. La luz resplandecía tras las ventanas que había a su espalda, provocando que sus rizos castaños parecieran estar en llamas.

Se puso en pie de un salto y dejó caer la mano. Ante él se encontraba una hermosa joven, y aunque fuera encantadora, algo era seguro: no era la señorita Morgan. Había visto esa nariz delgada, esas cejas pronunciadas y esa boca ancha ese mismo día. ¿Realmente la señora Bates había contratado a esa mujer? No pensaba que la joven lo lograse, con su aspecto y su manera poco convencional de entrar en un jardín. Se enderezó y se arremangó. Al parecer y después de todo, ese no sería el día en el que le propusiera matrimonio a la señorita Morgan.

El hombre que había estado a punto de proponerle matrimonio estaba erguido como un soldado, pero no llevaba uniforme.

—¿Quién es usted?

Patience tragó saliva. Necesitaba tiempo para pensar. ¿Qué probabilidad había de que se encontrara con el mismo hombre las dos veces que hacía el ridículo en un día? No tenía ni idea de cómo pulir los muebles. Había supuesto que tendría que utilizar algún tipo de cera, pero la única cera que había utilizado en su vida era el lacre. Había encontrado un poco, aunque por el terrible desastre resultante estaba claro que se había equivocado.

—¿De dónde ha sacado esas botas?

—¿Mis botas? —¿Qué tenían que ver sus botas en todo aquello?

—Pertenecen a la señorita Morgan.

—No es cierto. —Las botas eran un regalo de su hermano, y él le había asegurado que no había otras como esas en todo Londres. El zapatero estaba tan orgulloso de su trabajo que las había tenido expuestas en su escaparate durante dos días antes de entregárselas en su casa—. No sé quién es esa señorita Morgan, pero le aseguro que no tiene un par de botas como estas.

Finalmente, el hombre pareció observarla con atención. Ella se irguió todo lo que pudo: no era alta, pero tampoco era baja. Sabía que debía de tener un aspecto horrible, con arañazos en la cara y esa cera infernal manchándole las manos. ¿Cómo se suponía que se lustraban los muebles exactamente? No quiso preguntarlo. Su cofia no había conseguido contener sus rizos, así que había llegado al punto de quitársela e intentar frotar la cera en la madera con ella. Estaba a punto de tirar la toalla y preguntarle a la señora Bates qué estaba haciendo mal, pero aquel hombre había entrado.

—¿Por qué la señorita Morgan no podría tener unas botas como esas, si las ha podido conseguir una sirvienta?

¡Oh, Dios! Tenía razón. No sabía quién era la señorita Morgan, pero sabía cómo funcionaba la sociedad.

—¿Le parece que la señorita Morgan es el tipo de mujer que llevaría el mismo calzado que una criada? —Esperaba que ese hombre no estuviera demasiado al tanto de la moda. Era evidente que se trataba de unas botas de gran calidad, por eso las había manchado de barro. No contaba con que le hicieran limpiarlas. En casa se habría puesto unas zapatillas, pero no las había traído con ella: tan solo tenía el calzado que llevaba puesto.

—No. —Anthony miró las botas una vez más y frunció los labios—. Con total seguridad, no. Ella es muy especial y tiene muy buen gusto para la moda.

—¿Y no le molesta que usted le proponga matrimonio a cualquier doncella que se le antoje?

—Nada más lejos de mi imaginación. Pensé que era la señorita Morgan la que estaba detrás de las cortinas. —Empezó a ponerse colorado. No era vergüenza. No, no estaba avergonzado. Por la mueca que hacía, parecía frustrado.

—Dejaré pasar ese desprecio a mi figura y a mis rasgos.

El hombre se llevó la mano a la frente, como si hiciera visera con la mano sobre los ojos, y se la frotó con el pulgar y el índice.

—No quise decir...

—No, está bien. No estaba buscando un cumplido.

Se fijó en el pelo alborotado de Patience y en sus ropas andrajosas; se detuvo un momento en sus botas para después sostenerle la mirada.

—Estoy seguro de que debe de saber que su apariencia está por encima de la media. Simplemente no es quien esperaba que fuese. Eso es todo.

—Eso me ha parecido. —Le dedicó una sonrisa que habría molestado a su hermano: amplia, y provocada por el error de otra persona.

Él arqueó una ceja, pero no sucumbió a sus burlas como lo habría hecho Nicholas: con un suspiro de frustración, o, excepcionalmente, con risas. El rostro de ese hombre parecía calculadamente serio. Las profundas arrugas en torno a su boca y entre sus ojos permanecían fijas, pero tenía el resto de los músculos de la cara relajados, imperturbables. ¿Qué tendría que hacer para conseguir otra reacción de sorpresa en él? Era mucho más atractivo cuando estaba sorprendido que cuando se mostraba reservado.

—¿He interrumpido algo? Esa señorita Morgan, ¿va a venir pronto? Me iré. Deje que recoja esto. —Tomó su cofia manchada y lo que quedaba del bloque de cera que había encontrado en el otro estudio. La gente enceraba los muebles, ¿no? Estaba segura de haber oído a sus criados hablar del asunto.

—Eso no es suyo.

—Solo estaba utilizándolo para limpiar.

—Al margen de lo que hiciera, esa cera es mía, y debe permanecer en la esquina izquierda del segundo cajón de mi escritorio.

—Oh. —Extendió la mano para devolvérsela, pero él tan solo frunció el ceño y se quedó mirando los trozos de cera que le mostraba. Todavía había uno lo bastante grande como para poder utilizarlo, pero los otros dos, casi con total seguridad, ya no le servirían.

—Lo ha estropeado por completo. Explíqueme, ¿qué intentaba hacer con esto?

—Estaba puliendo los muebles.

—¿Con lacre? —Las arrugas que tenía a lo largo de la boca se hicieron más profundas y entre las cejas se dibujó una línea algo inclinada. Tendría unos rasgos cortantes y aburridos si no fuera por el gélido azul de los ojos. Menudos ojos: temía que él la sorprendiera observándolos.

—El lacre es cera, ¿no?

—Sí, pero tiene que pulirlos, no lacrar nada. No hay necesidad de utilizar cera, y mucho menos si esa cera es mi lacre personal.

¡Oh, maldición!

—Por favor, no se lo diga a la señora Bates.

—¿Valora su puesto de trabajo aquí? —Se puso derecho, como si por fin supiera que tenía la sartén por el mango.

—¡Mucho! —No podía perder ese trabajo en un solo día. Se quedaría en casa escuchando a mamá cantar y no tendría nada que echarle en cara a su hermano cuando regresara.

—Esta cera está totalmente destrozada. —Suspiró—. Si la devuelve a mi escritorio y se abstiene de contarle a nadie lo que ha ocurrido en esta habitación, no se lo mencionaré a la señora Bates.

—¿Su proposición a la señorita Morgan? ¿No quiere que nadie sepa que va detrás de ella? ¿No es adecuada para usted?

Anthony echó la cabeza hacia atrás y dejó caer las manos a ambos lados del cuerpo.

—¿Que si no es adecuada para mí? Es la mujer más adecuada con la que podría casarme. Créame. No hay mujer más adecuada que la señorita Morgan. Incluso tiene un primo duque.

¿Tenía ella algún primo apellidado Morgan? No. Probablemente, el pariente de la señorita Morgan era el duque de Penramble; no conocía bien a su familia.

—¿Tener un primo duque la hace adecuada?

—Pensaba que hasta una criada lo entendería.

—¿Es hermosa?

—Sí.

—¿Con dote?

El hombre dejó escapar otro suspiro.

—Sí. Tengo una lista de todas las jóvenes casaderas de la ciudad. La he repasado innumerables veces durante los dos últimos años. Créame, ella es la más adecuada para mí.

—¿Tiene una lista?

Él tragó saliva; Patience observó cómo se le tensaban los músculos del cuello.

—Tal vez no debería haber mencionado eso.

—¿Están todas las jóvenes casaderas en su lista? —¿Estaría su propio nombre en esa lista? No había sido presentada en sociedad, pero dos años atrás estuvo a punto de ocurrir. Aquel hombre parecía muy minucioso.

—Todas las jóvenes dentro de lo razonable. No tengo ningún título; aunque el patrimonio de mi padre va en aumento, yo no sería apto para algunas de las mujeres de mayor rango. Primas de caballeros con título fue lo más alto que me atreví a apuntar. Aunque no sé por qué tengo que responder a sus preguntas.

En ese caso, su nombre no estaría en la lista. Relajó la postura. Aquel hombre era, sin duda, uno de los más extraños que había conocido. El hecho de tener una lista con las posibles parejas a las que podría optar parecía convertirlo en un advenedizo social. Pero ¿existía aquello de escalar dentro de lo razonable?

—No hace falta que responda. Solo tenía curiosidad. A veces es difícil interpretar a los caballeros; intentaba comprenderlos un poco para no cometer errores cuando me encuentre en su compañía.

—¿Errores como robarles el lacre y luego esconderse detrás de las cortinas?

Seguía teniendo esos surcos alrededor de la boca. Patience trató de mantener una expresión seria, puesto que él hablaba en serio. No lo consiguió. Le temblaban los labios a pesar de que los apretaba con fuerza.

—Errores como interrumpir a dicho caballero antes de que pudiera terminar su proposición. —Se inclinó hacia delante, invadiendo su espacio—. ¿Cree que podría obligarlo a cumplirla?

Anthony se quedó con la boca abierta.

—La he llamado señorita Morgan. Es obvio que ha sido un error.

—Pero la forma en que me ha acariciado la muñeca y el dedo... —Arqueó las cejas en un gesto sugerente y la reacción de él fue inmediata. Hinchó el pecho y se inclinó hacia delante. Ella se arrepintió de haberse inclinado también un instante antes. Ahora estaba a solo unos centímetros de ella. Tenía los hombros anchos y el cuello más grueso aún que el de Nicholas. Provocarlo hasta ese punto podía no haber sido la mejor de las ideas.

Sus palabras fueron lentas y claras.

—Tenía cera en la muñeca y en el dedo.

Debería tener cuidado, pero algo en la actitud impasible de ese hombre hacía que deseara atravesar su coraza.

—Así que, ¿no le habría acariciado los dedos a la señorita Morgan? —Él entrecerró los ojos—. Quizá sea esa la razón por la que todavía no están comprometidos.

Relajó los hombros, y toda la exasperación que había visto brotar en él desapareció. Se paseó de un lado a otro, desde la ventana hasta la chimenea. Gruñó con suavidad y volvió la cabeza para mirarla.

—¿Cree que eso ayudaría? —Se tiró de las mangas, como si quisiera alisarlas—. Me ha preguntado sobre el funcionamiento de la mente de un caballero. Ahora me gustaría preguntarle cómo funciona la de una mujer. Si traspasara un poco la línea... acariciándole la mejilla o los dedos, como usted ha dicho, ¿cree que ella estaría más dispuesta a presionar a sus padres para que acepten un compromiso? Sé que quiere casarse conmigo, pero no aparenta tener ninguna prisa.

Parecía desesperado. El interés de Patience por los caballeros era mera curiosidad, pero el de él era real. Sus peculiares y penetrantes ojos la miraban con esperanza, como si acariciar la mano de su dama pudiera, por fin, concederle el favor de su corazón. ¿Cómo sería sentirse amada de esa manera? Sus ideas sobre que este hombre era un arribista se desvanecieron. A pesar de sus métodos, su pasión por esa mujer parecía genuina.

No es que estuviera deseosa de entrar en sociedad y tener que evitar a los hombres que se interesaran en ella solo por su posición. Pero ¿y si uno de ellos era sincero, como él? ¿Un hombre que se sintiera atraído por su título, pero que le profesara verdadero afecto?

—¿Quién es usted?

Anthony negó con la cabeza y se irguió de nuevo. Volvió a mostrar un semblante serio; reaparecieron las arrugas alrededor de la boca y los ojos.

—¿No se lo pregunté yo primero?

—Y yo le respondí: soy una criada.

—Pues, si es una criada de esta casa, debería saber quién soy yo, porque soy quien pagará por sus servicios.

—Pero... pensé que esta era la casa del general Woodsworth.

—Y lo es, pero estará en Brighton este próximo mes, y como yo no tengo que ir a ningún sitio, me encargo de las finanzas.

—Y ¿eso lo convierte en...?

—Es usted bastante atrevida para ser una sirvienta que comete un error tras otro en su primer día. No obstante, como está dispuesta a no difundir... rumores, me presentaré: soy el señor Anthony Woodsworth, el hijo del general Woodsworth.

Capítulo 4

ANTHONY MOSTRÓ SU CARTA, LLEVÁNDOSE la última baza. Arqueó una ceja en dirección a la señorita Morgan, y ella le dedicó su agradable y complaciente sonrisa. Habían vuelto a ganar. El señor y la señora Hibble se excusaron y abandonaron la mesa. Al parecer, no podían tolerar la derrota por más tiempo.

—Bien hecho, señor Woodsworth —dijo la señorita Morgan—. Siempre juega usted muy bien.

—Sí. Si a mi padre le importaran lo más mínimo los juegos de cartas, por fin tendría algo con lo que impresionarlo.

Ella se rio. La campana resonó en el pequeño salón de los Hibble. No era frecuente que se le presentara la ocasión de conversar con la joven y su familia en una reunión tan íntima. Ella no había cambiado respecto a la semana anterior. Su relación estaba estancada desde hacía ya más de un año. Después de haberse hecho ilusiones con que había ido a visitarlo el día antes, le resultaba difícil retomar la rutina habitual que tenían.

—¿Sus padres han dicho algo en las últimas semanas sobre mis pretensiones para con usted?

—No —dijo ella, a la vez que abría los ojos de par en par.

—Deben de conocer mi interés.

—Sí, claro, pero no debemos hablar sobre ello. —Se inclinó hacia delante haciendo un mohín con sus pequeños labios en forma de corazón—. Sobre todo, no en público.

Anthony reprimió como pudo un lamento, que resultó en una especie de gruñido, lo que no era mucho mejor.

—Solo nos vemos en público. ¿En qué otro lugar podríamos hablar de ello? Si sus padres nos permitieran una reunión privada, la organizaría hoy mismo, ahora.

La joven negó con la cabeza y sus rizos rubios se agitaron de una forma que él, normalmente, encontraba adorable.

—Nunca lo permitirían. Todavía no.

—Han pasado dos años. ¿Cuánto tiempo más debemos esperar?

El pecho de la joven se estremeció con un suspiro mientras ponía la mano sobre la de él. ¿Cómo había podido confundir ayer las manos manchadas de aquella criada con las suyas? Debería haber sabido de inmediato que la señorita Morgan nunca permitiría que se le ensuciaran las manos.

—Para serle sincera, señor Woodsworth, empiezo a pensar que puede ser el momento de probar una táctica diferente.

—¿De veras? —Que estuviera tan preocupada por él como para pensar en tácticas le devolvió parte de la esperanza que ayer mismo le había invadido. Durante demasiado tiempo, él había sido el único de los dos que mantenía viva aquella relación—. ¿En qué ha pensado?

—No estoy segura de que le vaya a gustar.

—Si nos va a permitir casarnos antes de dos años, estoy seguro de que me gustará. —También tenía el as en la manga del terreno de Kent, del que esperaba hablarle pronto, pero quería tener todo bien atado antes de contárselo. Con las transacciones de tierras, nunca se sabía lo que podía terminar saliendo mal.

Ella le estrechó la mano y la soltó, colocando ambas manos en su regazo. Sus ojos marrones brillaban más de lo habitual. Debería haberla presionado antes. Un gesto pícaro asomó a sus labios: nunca había estado tan guapa.

—Tengo la sensación de que mis padres le dan por sentado, porque siempre está con nosotros, disponible. Por eso no sienten la necesidad de acelerar los trámites para la boda.

El nerviosismo que había sentido al ver el brillo en aquellos ojos se hizo añicos. No era el tipo de plan que esperaba que le propusiera.

—¿Quiere que me aleje de usted?

—Bueno, no es eso lo que quiero, claro que no. Sin embargo... me pregunto qué pasaría si lo hiciera. —Parpadeó y volvió a apoyar la mano sobre la de él. Era un gesto inocente, pero no era la primera vez que lo hacía aquella tarde. Ese suave contacto volvió a darle esperanzas. Quizás el plan daría resultado.

—Supongo que podría visitar a mi padre en Brighton este mes. Tengo algunos asuntos pendientes.

—No, no me refiero a eso —replicó la señorita Morgan—. Mis padres sabrían que se marcha usted por sus obligaciones.

—Si cree que no debo irme, no entiendo a qué se refiere.

—Quédese en Londres. Yo también estaré aquí. Los dos asistiremos a los actos de costumbre, pero... usted pasará más tiempo con otras mujeres y yo con otros hombres.

—¿Quiere pasar más tiempo con otros hombres? —Dos años. Había estado cortejándola dos años, ¡y ahora ella quería pasar más tiempo con otros hombres! ¿Tanto se aburría con él?

—Ya le he dicho que no es lo que quiero hacer. Es solo que creo que debemos probar algo diferente.

—¿Quiere que la cortejen otros hombres?

Los ojos de la joven se agrandaron de nuevo y se llenaron de un fulgor insólito.

—Sí. —Estrechó su mano como si quisiera tranquilizarlo—. Pero no solo que me cortejen a mí. Usted debería cortejar a otras mujeres.

—No puedo ir por ahí cortejando a otras mujeres. Podrían tomar en serio mis intenciones.

—No dije que fuera fácil. —Se encogió de hombros—. Supongo que debería tratar de encontrar una mujer que no le tome en serio. Es lo que pienso hacer yo.

El plan empeoraba por momentos. ¿Cómo podría saber si una mujer lo tomaba en serio o no? Ni siquiera la única mujer con la que iba en serio parecía tomarlo en serio a él.

—¿Ha pensado ya a qué tipo de hombre va a perseguir?

—No solo el tipo de hombre. —Arqueó sus finas cejas y se inclinó hacia delante—. Tengo claro a qué hombre.

Un sabor amargo le invadió la boca. Ella nunca le había hablado así, entre susurros, con ojos centelleantes.

—¿A quién?

—A lord Bryant.

Anthony se levantó tan rápido que volcó la silla: todas las miradas se volvieron hacia él. Cerró los ojos y se obligó a no mostrar emoción alguna. Tirándose de las mangas, recobró la compostura.

—Lord Bryant —siseó, tan bajo como pudo para que nadie lo oyera— arruinará su reputación en una semana.

—¿No ve que por eso es perfecto? Mis padres se preocuparán tanto por mí que desearán arrojarme a los brazos de usted. Y si, al mismo tiempo, usted muestra interés por otra mujer… —Se encogió de hombros—. Entonces querrán aprobar nuestro compromiso cuanto antes.

Anthony se frotó la cara con la mano. Cuando, años atrás, le había dicho a su padre que encontraría la forma de que se sintiera orgulloso de él, aunque no se alistara en el ejército, no había imaginado que necesitaría tantas estrategias como un general. Pero la señorita Morgan era realmente perfecta. Su familia tenía una muy buena posición social y una gran riqueza. Era justo el tipo de mujer que su madre habría elegido para él. Y el título escocés era la guinda del pastel. Había buscado por todo Londres a una mujer como ella. No podía renunciar ahora.

Se agachó y recogió la silla. Los padres de la joven lo miraban con el ceño fruncido. Hizo una reverencia a modo de disculpa y volvió a sentarse, inclinándose hacia ella. Por frustrante que fuera, aquel plan parecía tener sentido. Ningún padre sensato querría que su hija se relacionara con alguien como lord Bryant. Respiró hondo y volvió a tirarse de las mangas. Su traje estaba impecable, como siempre.

—¿Cuándo propone que pongamos en marcha su plan?

—Sé que lord Bryant acudirá al baile de los Simpson este viernes por la noche. Me aseguraré de hablar con él allí.

—¿Cree que lo hará? —Contrajo el gesto. ¿Cómo hacerle esa pregunta?—. ¿Cree que mostrará interés por usted?

Ella pestañeó.

—Ya lo conoce. Es feliz conversando con cualquier cara bonita. ¿No cree que soy lo bastante bonita como para ser de su interés?

La señorita Morgan tenía un pelo suave y dorado, y los labios con forma de fresa. Era menuda y agradable, pero no tenía precisamente el ardor de la mayoría de las mujeres con las que ese hombre pasaba el tiempo. Sin embargo, no había forma sensata de explicarle aquello a la joven con la que aspiraba a casarse.

—Por descontado. No es eso lo que me preocupa.

—¿Le preocupa que se enamore locamente de mí? —La señorita Morgan soltó una risita, y por primera vez él pensó que no era un sonido demasiado agradable. No se le había pasado por la cabeza que lord Bryant, el famoso crápula, dejara de hacer de las

suyas por su futura esposa. Pero, a juzgar por esa risa, ella sí lo había pensado.

—No. En realidad, solo me preocupa encontrar una mujer a la que pueda fingir cortejar sin que le haga daño.

—Oh, yo no me preocuparía por eso. No será por mucho tiempo. Tan solo unas pocas semanas.

—¿Unas semanas? Pensé que solo se refería al baile de los Simpson.

—Un baile no convencería a mis padres. Le avisaré cuando empiecen a preocuparse; entonces puede que se avive el interés que tengan por usted. Les alegrará que esté de nuevo junto a mí, estoy segura.

Y mientras tanto, estaría pasando el tiempo con un hombre detestable que hacía que se le iluminara el rostro como nunca se le había iluminado con él. Comprobó su postura. Se pasó las manos por ambas mangas, como si quisiera sacudir unas partículas imaginarias, y por último asintió, mirándola fijamente. Su estrategia era fiable. Le sorprendió lo consistente que era. En aquel momento pensó que la propiedad de Kent no les habría hecho avanzar tanto como ese plan.

—Procedamos con su plan.

Ella dio un gritito y aplaudió. Esa era la reacción que él había esperado la tarde anterior, cuando pensaba que se escondía detrás de las cortinas. ¿Quién iba a imaginar que lo único que tenía que hacer para hacerla tan feliz era aceptar que ambos buscaran otras parejas?

Capítulo 5

ANTHONY DEJÓ CAER LA CABEZA sobre el escritorio. Acababa de revisar las últimas cuentas de la finca que su padre tenía en Essex. Se la habían regalado tras la rendición de Bonaparte. El general pasaba mucho tiempo allí, pero nunca se preocupaba de saber cómo afectaban los beneficios de la propiedad a su estilo de vida; tan solo le preocupaban los regimientos que estaban bajo su mando.

Los números le habían llevado el doble de tiempo de lo normal. Anthony nunca había tenido problemas de concentración, pero era evidente que ahora sí. No dejaba de pensar en las mujeres con las que podría bailar alguna que otra vez de más sin que malinterpretaran sus intenciones. La verdad era que no conocía a ninguna de ellas lo suficiente como para saber si lo tomarían o no en serio. Lo último que quería era verse atrapado en un matrimonio que no elevara el apellido de su padre en la sociedad. El duque de Wellington era un gran amigo de su padre; aunque este último jamás lo reconocería, aborrecía su baja alcurnia, pues su amigo había recibido un título y él seguía siendo tan solo el general Woodsworth.

El general no había ascendido de granadero a general por conformarse con lo que la vida le había dado. Siempre quiso más, no solo para él, sino también para sus hijos. Howard, el hermano de Anthony, había ascendido en la jerarquía del ejército tan rápido como era posible. No era ningún secreto que su padre esperaba que obtuviera un título algún día. Pero Howard ya no estaba. Cuando murió, su madre le hizo prometer a Anthony que jamás se alistaría. Eso lo obligó a buscar otra forma de enorgullecer a su padre.

Había hecho una lista con las mujeres por las que podría mostrar interés, siguiendo el plan de la señorita Morgan. Tenía seis nombres, pero había terminado por tacharlos todos, uno tras otro. Uno de los nombres lo había escrito y tachado tres veces: la señora Barton, antes señorita Grace Sinclair. Su amiga de la infancia. Era la única mujer de la lista a la que conocía lo bastante bien como para confiar en que, si le contaba su situación, no lo juzgaría ni se reiría. Solo lo ayudaría. Pero estaba casada. Con toda seguridad, el marido de su amiga no estaría de acuerdo con ese plan. Se rumoreaba que el señor Barton había llegado a las manos con otro hombre solo porque este habló demasiado tiempo con su esposa.

Eso le dejaba sin opciones. Tal vez con no hacer caso a la señorita Morgan fuera suficiente. Se rascó la frente. Tendría que serlo. Lo último que quería era dañar a una joven e inocente dama, o terminar comprometido con alguien que no aportara honor alguno a su apellido.

Dobló los últimos papeles y buscó en el escritorio el lacre para enviárselos a su padre. En lugar de tocar el rectángulo liso de lacre que esperaba, encontró trozos rotos que alguien había unido hasta formar una especie de piña rugosa. ¿La criada había seguido usando su lacre después de que él le ordenase que lo guardara?

Tocó la campanilla que estaba sobre su escritorio. Esperó. Volvió a hacer sonar la campanilla. ¿Tendría que ir a buscar a la señora Bates? Se levantó justo cuando se abría la puerta. Era la nueva criada.

Anthony extendió la mano con la cera, pero tras un momento decidió ocultarla.

—¿Ha llamado, señor?

—Sí, varias veces. —Volvió a sentarse. Estuvo a punto de disculparse por interrumpir lo que fuera que estaba haciendo, pero no lo hizo. Era ridículo. Mantuvo la barbilla alzada—. Me temo que todavía no me ha dicho su nombre.

—Patience.

—¿Como paciencia?

—Sí, como... «puede que necesite usted tener paciencia si me llama mientras estamos limpiando las chimeneas».

—¿Por eso ha tardado tanto?

—Sí.

No lo llamó señor, y no había asomo de arrepentimiento en su tono. Actuaba como si ella fuera la dama y él el sirviente. Si no fuera por la mancha de hollín en su mejilla y el vestido mal ajustado, podría parecer una dama. Tenía el cabello oscuro alborotado bajo una cofia manchada de rojo, que no lograba retenerlo. Unos rizos densos y rebeldes le enmarcaban la cara y el cuello. Limpiar las chimeneas debía de requerir cierto esfuerzo: no lo había pensado antes. El aspecto de su pelo no era el mismo que el de la primera vez que la vio. Lo llevaba recogido de una forma bastante elegante, como las damas de la ciudad. No había visto antes un color como ese: era oscuro, casi castaño, pero cuando la luz del sol se reflejaba en él, se iluminaba como una llama. Ladeó la cabeza para observarla mejor. Con la ropa adecuada y una doncella que la ayudara a domar ese cabello rebelde...

—¿Puedo hacerle una pregunta, Patience?

La comisura de la boca de la doncella se elevó al oír que pronunciaba su nombre.

—Por favor. —Sonrió de nuevo. Su ancha boca parecía estar hecha para la risa.

—¿Alguna vez ha deseado ser una dama?

Patience vaciló por un momento, abriendo los ojos de par en par.

—¿Con sinceridad? —preguntó.

—Sí, por favor.

—Bueno... —Se le iluminaron los ojos y ensanchó su sonrisa—. Con toda honestidad... puedo decir que no. Nunca he deseado ser una dama.

—¿No querría que otra persona limpiara sus chimeneas por usted?

—En primer lugar, no estoy limpiando mis chimeneas. Limpio las suyas. Sí, preferiría que un criado lo hiciera por mí, pero eso no significa que yo no sea capaz de hacerlo.

—¿He dicho yo que no fuera capaz? —Anthony abrió el cajón y guardó el lacre roto.

—No, pero por su forma de mirarme parece que eso es lo que piensa.

—¿De qué forma la estoy mirando?

—Como si no debiera ser una sirvienta. Y además me ha preguntado si no preferiría que otra persona limpiara las chimeneas. Claro que lo preferiría —frunció el ceño—, pero eso no quiere decir que quiera ir por ahí como si fuera una especie de dama. Estoy trabajado duro, y hago todo lo que me pide la señora Bates.

Anthony contuvo una sonrisa. Patience estaba apoyando la mano, manchada, en la cadera mientras hablaba. Actuaba tal y como lo haría una dama. En cualquier caso, era todavía más insolente de lo que podría serlo una verdadera dama. En toda su vida, ningún sirviente le había hablado así. De hecho, a cualquier otro sirviente lo habría puesto en su sitio, o le hubiera dicho a la señora Bates que lo aleccionara mejor. Pero lo que quería era tenerla de su parte, y estaba seguro de que sermonearla no sumaría puntos a su favor.

Se levantó, rodeó el escritorio y se apoyó en él, cruzando los brazos. Era una postura mucho más informal, a la que no estaba demasiado habituado, pero pensó que podría hacer que aquella conversación con la joven doncella fuera más distendida. Además, se estaba cansando de alzar la vista para mirarla.

—De acuerdo, no ha soñado con ser una dama, pero ¿no se ha imaginado en un baile? ¿Bailando con caballeros jóvenes y atractivos?

Por primera vez desde que entrase en el despacho, la joven bajó la mirada color avellana al suelo, pero volvió a alzarla casi de inmediato.

—¿Qué mujer no ha soñado con eso? Sí, he pensado que bailar con caballeros sería agradable, pero eso no significa que sea una ingenua o que no sepa cuidar de mí misma.

Solo le había preguntado si le gustaría acudir a bailes con jóvenes caballeros. No esperaba una reacción de ese tipo. Tal vez estaba haciendo el ridículo: la mejor opción sería elegir a una dama de las seis de la lista. Pero esas mujeres tendrían unas expectativas que él no tenía intención de cumplir. No sabía de qué manera una criada tan peculiar había pasado los filtros del ama de llaves, pero era perfecta para sus planes. Una vez adecentada, sería tan hermosa como cualquier otra joven en los bailes que estaban por venir. Y, además, ya se comportaba como si fuera mejor que el resto.

—Quiero que me acompañe al baile de los Simpson la próxima semana. Me gustaría que se hiciera pasar por una dama.

Patience se llevó la mano a la boca y se le llenaron los ojos de lágrimas. Anthony se enderezó, satisfecho de haber hecho realidad los sueños de aquella excéntrica criada. Disfrutaría de una noche de baile con él; tal vez también con otros caballeros, pero sobre todo con él. Tendría una historia que contar a sus hijos algún día. Y en ningún momento pensaría que estaba siendo cortejada por el hijo del señor de la casa en la que trabajaba. Era perfecta para su plan. La conmovedora reacción que había mostrado lo convenció de que su elección estaba siendo la acertada.

Hasta que la joven retiró la mano de la boca y se echó a reír.

Patience se enjugó las lágrimas e intentó enderezarse.

—¿Quiere que finja qué? —preguntó, con la esperanza de haber oído mal.

Las arrugas del señor Woodsworth aparecieron de nuevo. Entrecerró los ojos mientras esperaba su reacción.

—Quiero que finja ser una dama.

—No puedo hacerlo —dijo ella, mordiéndose el interior de las mejillas para no volver a reírse. Solo llevaba tres días fingiendo ser una criada, y ¿ahora le pedían que se hiciera pasar por una dama? Si su hermano pudiera verla en ese instante...

—Se hace usted un flaco favor al decir eso. En realidad... creo que no costaría mucho esfuerzo ponerla a punto.

—¿No? Es un alivio saberlo —exageró un gran suspiro antes de continuar. No podía evitar necesitar saber en qué aspectos aquel joven caballero tan estirado consideraba que ella tenía carencias—. En concreto, ¿qué debería mejorar?

La miró de arriba abajo.

—Sin duda su ropa. Y eso puede ser un problema. Me será bastante incómodo encontrar ropa para usted, pero ya me las arreglaré. Y su acento... tendremos que cambiarlo. ¿De dónde es?

¿De dónde era Rebeca? De algún lugar de Londres. Había hecho todo lo posible por hablar con el mismo tonillo que Rebeca, pero sabía que no lo hacía igual.

—¿Cree que todo lo que se necesita para ser una dama es la ropa adecuada y el acento correcto?

—No, es evidente que hace falta más que eso. La presencia, el carruaje, una familia adecuada… Tendría que fingir.

—¿Fingir? ¿Quiere que finja que tengo… presencia? —Le habían enseñado a tener presencia desde los seis años.

—Seguro que ha trabajado para señoras y ha visto cómo actúan. ¿Se ve capaz de imitarlas?

—Creo que podría arreglármelas —dijo, tratando de ocultar un asomo de sonrisa con la mano.

—Tendría que hablar con mayor claridad, como lo hace una dama.

Patience apartó la mano de la boca y dejó de fingir el acento.

—Que pueda o no actuar como una dama no viene al caso. Me temo que ha pedido ayuda a la sirvienta equivocada. Tengo mucho trabajo con las tareas de la casa. No tengo tiempo para ser también una dama.

El señor Woodsworth descruzó los brazos y se dejó caer en el escritorio. Parpadeó un par de veces y recuperó su habitual postura militar.

—Ese acento es perfecto. —Se acercó a ella—. Le concederé un tiempo extra para este trabajo; después de todo, está al servicio de mi padre. Me aseguraré de que la señora Bates la libere de sus tareas cuando sea necesario.

—¿Estaría casada o soltera?

—Soltera, por supuesto.

—Si quiere que sea soltera y además una dama, no hay demasiadas opciones para tener un título. ¿Qué quiere, que finja ser la hija de un duque?

Su rígida postura flaqueó por un momento, pero se restableció con rapidez: la columna recta de nuevo y la expresión impasible.

—Claro que no. No me estoy refiriendo a una dama con título. Necesitamos una dama que tenga un comportamiento excelente. Además —se burló—, nadie se lo creería. La clave de un buen engaño es la credibilidad.

Bueno, era un alivio saber que su disfraz de criada funcionaba, a pesar de que le doliera un poco pensar que el señor Woodsworth no la consideraba una dama.

—Vaya, menos mal... No se ven muchos duques por aquí...

—Su excelencia, el duque de Harrington, tiene una hermana que debutará esta temporada. ¿Cómo se llama? El apellido es Kendrick, pero no recuerdo el nombre de pila.

—No voy a fingir ser ella.

—Acabo de decir que no debería fingir ser una dama por derecho propio. Por supuesto que no debe intentar fingir que es ella. De hecho, ese sería un plan nefasto. Aunque me encantaría ver las caras de los señores Morgan si me ganara su interés. —Una sonrisa comenzó a dibujarse en sus labios, pero la contuvo de inmediato. Regresó a su escritorio y ordenó los ya impecables papeles—. La idea es ridícula. No le daremos más vueltas.

—¿Ridículo que una dama se interese por usted o que yo me haga pasar por una?

—Ambas —respondió mientras se volvía, atrayendo la mirada de la sirvienta.

—No es usted mal parecido, ¿sabe? Y la labor de su padre es impresionante. Yo no diría que es tan ridículo.

—En realidad... —Sacudió la mano, como queriendo disipar el pensamiento—. No me muevo en los mismos círculos que los duques. La verdad es que esa posibilidad es sencillamente impensable.

Al menos esa era una buena noticia. Con suerte, no se encontraría con nadie que conociera a Nicholas. No. Con seguridad no se encontraría con nadie, porque no iba a aceptar el plan del señor Woodsworth. ¿Cómo podría hacerlo?

—¿Por qué le cuesta tanto creer que una dama así pudiera estar interesada en usted? —preguntó. Era serio, y bastante aburrido, pero había algo llamativo en sus intensos ojos azules. De hecho, ella lo encontraba casi agradable, a pesar de todas las arrugas que tenía alrededor de la boca.

—Créame, no tendría ninguna posibilidad. He valorado todas las opciones para alguien de mi posición, y un compromiso con la señorita Morgan ya es más de lo que debería poder alcanzar, dados mis orígenes.

—Pero su padre es el general Woodsworth. Se podría decir que eso cuenta mucho. —Nicholas tenía al general en tanta consideración como a la mismísima reina. Patience dudaba mucho que los cálculos del hijo del general fueran correctos. Podría encontrar a alguien de mayor rango que el primo de un duque. Deseó conocer a esa señorita Morgan; esperaba que pudiera hacer feliz a aquel hombre.

—Mi padre empezó en el ejército como granadero. Solo le dieron ese puesto por su estatura, no por ninguna recomendación, y sus primeros ascensos de rango se debieron a la supervivencia más que a otra cosa. Se casó con mi madre, que era una criada. Y aunque quizá mi madre diría que no hay una posición en la sociedad lo bastante alta para los gustos de su hijo, mi padre me ha enseñado que las mejores metas son aquellas que se pueden alcanzar.

¿Metas alcanzables? Hablaba de la señorita Morgan como si no fuera más que una fase de un plan bien trazado. Aunque había parecido sincero con su propuesta de matrimonio. ¿Era tan buen actor o de verdad la amaba?

—Entonces, ¿ha elegido a la señorita Morgan como su futura esposa porque su meta es escalar posiciones en la sociedad y cree que la prima de un duque es lo mejor a lo que puede aspirar?

—¡No! Por supuesto que no. ¡No es solo por su primo! Su tía, la duquesa de Penramble, tiene un título escocés... —Se detuvo y pasó los dedos por su cabello, peinado con pulcritud. Le cayeron unos mechones sobre la frente con el movimiento; así parecía más cercano—. Basta con decir que si no consigo que esto funcione... no estoy seguro de que surja otra oportunidad como ella.

—Estoy bastante segura de que a la mayoría de las mujeres no les agradaría que las vieran como simples oportunidades.

—Puede que en su mundo y en el de mi padre tenga usted razón, pero entre los que tienen su rango y los que intentan ocupar un lugar en la sociedad, me temo que así son las cosas.

Patience se miró las manos manchadas. Esa era una de las ventajas en las que no había pensado de ser una criada. Cuando volviera a casa y pasara a ser objeto de cortejos, ¿sería eso lo que los hombres pensarían de ella? ¿La verían únicamente como a alguien capaz de elevar su posición social? Siempre había supuesto que podría encontrar a una persona que sintiera verdadera atracción por ella. Alguien con quien pudiera ser feliz cuando llegara el momento de casarse. ¿Y si todos los hombres fueran como el que tenía ante sí, que solo buscaba aumentar su patrimonio o su rango?

—No estoy segura de cuáles son sus planes, pero no lo haré. No me gusta la idea del engaño. Y parece que está tratando de engañar a esa señorita suya. ¿Quiere que pase tiempo con ella para tratar de influir en la opinión que tenga sobre usted? ¿O tal vez cree que, si dedica atenciones a otra mujer, vendrá a visitarlo a solas, como creyó que ocurría el otro día?

Él rodeó el escritorio y se sentó, inclinándose hacia delante. Se frotó la frente con la mano; un leve sonrojo le cubría el cuello.

—No sé en qué estaba pensando aquel día. Por supuesto que nunca me visitaría. Lamento que tuviera que presenciarlo. Y no, no pretendo engañar a la señorita Morgan. Fue ella la que me pidió que mostrase interés por otra mujer.

¿Había sido idea de la señorita Morgan? ¿Por qué diantres haría eso? ¿Y por qué aceptó él? Debía de ser muy hermosa para haber conseguido que aquel hombre, por lo demás rígido y contenido, perdiera los papeles en la biblioteca y ahora estuviera dispuesto a engañar a todo Londres con la ayuda de una supuesta sirvienta.

—Tienen ustedes dos una relación muy interesante.

—Lo sé. ¿Lo hará?

—¿Por qué querría ella que usted mostrara interés por otra mujer?

—Para que sus padres vean los riesgos de perderme como pretendiente. ¿Lo hará? —Restó importancia al plan de la señorita Morgan como si fuera la idea más razonable del mundo.

—Me parece una idea terrible.

—No le estoy pidiendo que evalúe las ideas de la señorita Morgan. —El señor Woodsworth frunció el ceño—. Le estoy preguntando si va a ir a ese baile. Después ya veremos si es necesario que vaya a algún otro.

—No entiendo por qué me lo pide a mí. Cualquier otra mujer sería una opción mejor. —Lo último que necesitaba era que un conocido de Nicholas la descubriera.

—Lo he pensado bien, y usted es, de hecho, la mejor opción.

—Entonces no lo ha pensado lo suficiente. —La joven se apoyó en el escritorio y se inclinó hacia él. A pesar de todos sus planes y valoraciones, le faltaba un dato clave: Patience no era una criada, y lo último que quería hacer era empezar su vida en sociedad con aquella farsa—. Debe de haber alguien mejor.

—No debería sentirse tan insegura. Es perfecta para el papel. Habla muy bien. Sus rasgos son bastante... atractivos. Nadie me culparía por mostrar interés por usted.

—¿Piensa que soy atractiva? ¿Vestida así?

¿Qué pensaría de ella si la viera con su verdadero aspecto? Espantó aquel pensamiento. Estaba tratando de halagar a una pobre criada para que hiciera lo que él quería. Y en cuanto a verla con su aspecto habitual... jamás tendría esa oportunidad.

—Puedo decir esto... —Se aclaró la garganta—. Puedo decir esto porque usted sabe lo comprometido que estoy con la señorita Morgan, pero sí: si su cabello estuviera bien arreglado, y con un poco menos de hollín en la cara... bien podría ser una de las damas más hermosas de cualquier encuentro social.

Una pequeña sonrisa se dibujó en los labios de Patience. El señor Woodsworth hacía cumplidos bastante extraños. Y aunque sabía que eran halagos con un propósito, deseaba que no dejara de hablar.

Pero eso era una tontería. Ella era una criada de su padre, y él quería utilizarla para llevar a cabo sus planes con la señorita Morgan.

—Para ser exactos, ¿qué tipo de encuentros sociales?

—Hay un baile esta semana. Me gustaría mucho que asistiera a él.

—Y... ¿quiénes ha dicho que eran los anfitriones?

Ni siquiera debería pensar en ir. Sería presentada en la corte dentro de unos meses. Alguien podría llegar a reconocerla. Pero tenía que admitir que estaba interesaba en ver a esa tal señorita Morgan. Además, era tentador pensar que pudiera ser útil en aquel plan. El señor Woodsworth decía que necesitaba su ayuda. Nadie había necesitado nunca su ayuda. Si pudiera hacer algo para ocultar su apariencia...

—El señor y la señora Bernard Simpson.

Simpson. ¿Conocía a alguien con ese nombre? No que pudiera recordar.

—¿Y si me reconocen?

—¿Suele ir a esta clase de bailes?

—No. —Al menos esta vez decía la verdad—. Pero he estado en otras casas antes de esta. —Tampoco era mentira. Él podía pensar que se refería a estar en otras casas como criada, pero ese era su propio malentendido. Con suerte, pronto adquiriría gran parte del carácter prometido a Nicholas. Hasta ahora sentía que todo se le había ido de las manos con aquellas medias verdades. Aun así, una media verdad era una verdad... o, por lo menos, no era una mentira—. ¿Y si me reconoce alguno de los sirvientes? Sería un escándalo.

El señor Woodsworth frunció los labios. Era evidente que no había pensado en eso.

—No creo que su plan funcione. —Le sorprendió sentir cierta decepción—. Tendrá que encontrar a una verdadera dama para usarla en su jueguecito.

—No. Haré que funcione. Pensaremos en algo. Es usted perfecta para el papel. Es hermosa, habla bien...

—Y estoy al servicio de su padre —concluyó por él antes de que pudiera hacerle más cumplidos inmerecidos.

—Su empleo no está en juego si se niega. Quiero dejarlo claro.

—Entonces, ¿por qué iba a querer hacerlo?

—Duplicaría su sueldo.

¿Doblar la paga de cuatro chelines semanales? No valía la pena arriesgarse.

—No.

—¿Qué le haría cambiar de opinión?

¿Había algo? Si la descubrían, ¿qué significaría? No tenía permitido acudir a ningún baile mientras no hubiera sido presentada en sociedad de manera oficial. ¿Qué pasaría con su reputación si se descubriera que se había hecho pasar por otra mujer para asistir a ellos? Como mínimo, podría perder la oportunidad de ser presentada a la reina. En el peor de los casos, si Nicholas se enteraba, todas las cosas censurables que había dicho sobre ella pasarían a ser ciertas.

Pero su hermano no estaba ahí. El señor Woodsworth sí, y algo en la desesperación de su mirada la cautivó. Tras dos años de sentirse atrapada sin poder ver, y mucho menos, ayudar a nadie, quería decirle que sí. Después de todo, ¿no era noble ayudar a los demás? Tal vez era eso lo que Nicholas quería que hiciera.

Patience notó un tic en el ojo izquierdo.

Mentira.

—Todavía no me ha dicho cómo ocultaríamos mi identidad.

—Eso se debe a que todavía no se me ha ocurrido. Esos rizos son difíciles de olvidar; tendremos que hacer algo con ellos. Pero, si se me ocurre una forma de que se vuelva irreconocible para los sirvientes, ¿lo haría?

Él había mencionado que no lo invitaban a las reuniones de más alto rango. Había muy pocas familias a las que conociera bien en Londres; y si, en efecto, él encontraba la forma de ocultar su aspecto, aquella podría ser una oportunidad para mantener su trabajo en la casa. La señora Bates no había ocultado su frustración por su falta de habilidades para la limpieza. Si no fuera porque el señor Gilbert había cubierto su torpeza para hacer las camas aquella mañana, estaba segura de que ya la habrían despedido.

—Necesito conservar mi trabajo durante, al menos, treinta días.

—Que mantenga su trabajo es indiscutible.

La tensión que sentía en la espalda se alivió un poco.

—Sí, pero ¿cómo voy a cumplir con todas mis obligaciones? Por no hablar de que a la señora Bates no le gustará que me tome una tarde libre.

—Haré que le encarguen el cuidado de los niños. Cuando necesite formarla, o planificar nuestro siguiente movimiento, darán por hecho que está con ellos.

¿Los niños? Retiró las manos del escritorio y dio un paso atrás. Todas las ideas preconcebidas sobre aquel hombre se desvanecieron.

—Usted no tiene hijos, ¿verdad?

No había visto ninguno. Y no había oído hablar de una señora Woodsworth. Claro que no. La razón de toda aquella debacle era conseguir una señora Woodsworth.

—No —negó con la cabeza—. Pero mi hermana sí.

Su hermana. Eso tenía más sentido. No podía imaginar al señor Woodsworth con niños, ni suyos ni de cualquier otra persona.

—La invitaré a quedarse y le diré que no traiga a la niñera. La ayuda de Sofía será necesaria, en todo caso, para su entrenamiento. No tengo la menor idea de dónde encontrar un vestido de fiesta en tan solo una semana.

Patience tenía montones de vestidos de fiesta en casa, ordenados y esperando a que los usaran. A su madre le encantaba ir de compras. Pero no había forma de recuperarlos.

—¿Quién cuidará de los niños mientras asistamos al baile?

Eso le hizo reflexionar. Se pellizcó el puente de la nariz.

—Sofía tendrá que ir como acompañante. Tal vez la señora Bates...

Patience negó con fuerza con la cabeza.

—¿La cocinera?

Patience hizo una mueca. Desde que había intentado mondar patatas con desastrosos resultados, no le gustaba más a la cocinera que a la señora Bates.

Suspiró.

—Con la ausencia de Doris... me temo que nos quedamos sin opciones.

Se le ocurrió una idea:

—El señor Gilbert los cuidaría.

—¿Gilbert?

—Sí, le encantan los niños. —El mayordomo había mencionado un par de veces a sus nietos. No era una prueba fehaciente de que adorase a los niños, pero Patience confiaba más en él que en cualquier otro miembro del personal—. De todas formas, estarán dormidos la mayor parte del tiempo. No es que tenga que entretenerlos.

Al final, el señor Woodsworth asintió.

—Con un poco de planificación, algo en lo que no me avergüenza admitir que destaco, deberíamos ser capaces de solucionar cualquier otro inconveniente que se nos presente. Escribiré a Sofía ahora mismo.

—No he dicho que esa sea mi única condición. He empezado por la más fácil.

—Una buena táctica. ¿Cuál es su siguiente petición?

—Una carta de recomendación. Me gustaría una magnífica sobre mi trabajo aquí cuando llegue el momento de irme.

—Hecho.

—Y... una última cosa. —¿De verdad estaba planteándose decirlo?

El señor Woodsworth no se movió; se limitó a esperar.

¿Cómo podría expresarlo para que no sonara extraño?

No podía.

—Por cada noche que juegue a este juego de la señorita Morgan, me gustaría que usted me hablara de tres de los solteros más codiciados de Londres. Quiero un informe honesto sobre su carácter y hábitos.

Después de que él la sorprendiera tantas veces aquella noche, fue satisfactorio ver cómo el señor Woodsworth palidecía de asombro.

—¿Para qué demonios quiere saber eso?

—Puede que algún día me vea en la tesitura de establecerme en una de sus casas. Me temo que no podré trabajar aquí para siempre. De hecho, asumo que una vez la señorita Morgan se convierta en la señora Woodsworth, no querrá tener por aquí a una criada que pasa el tiempo en salones de baile. Si me voy, quiero asegurarme de que mis nuevos jefes son buenos y amables.

Temblaba al hablar, y negó con la cabeza. No tenía miedo al matrimonio. ¿Por qué estaba actuando de esa forma? Nicholas se aseguraría de que cualquier hombre que se sintiera interesado por ella fuera una persona decente. Pero los hombres solo mostraban a su hermano su mejor versión. El señor Woodsworth tenía la clara ventaja de no ser alguien a quien un caballero sintiera la necesidad de impresionar.

—Le he dicho que no va a perder su trabajo por esto.

—No por esto, pero no trabajaré aquí para siempre. En algún momento pasaré a otro capítulo de mi vida, así que estas son mis condiciones.

Se quedó callado por un momento. Estaba más dispuesto a conceder las otras dos peticiones. Era lógico, porque las otras dos tenían sentido. Sin embargo, terminó por acceder.

—Lo haré. Información sobre tres caballeros a cambio de que se haga pasar por una dama cuando yo lo necesite.

¿Realmente iba a aceptar? De alguna manera, no creía que vestirse de dama fuera en lo que Nicholas estaba pensando cuando había dicho que servir bajo el mando del general la instruiría sobre el trabajo duro y el sacrificio.

—Si lo hago, también quiero mantener algunas de mis funciones como criada.

El señor Woodsworth frunció el ceño en señal de confusión, pero, si pensaba que ella era desconcertante, él lo era todavía más.

—Si insiste, claro que puede mantener sus tareas. —Se inclinó sobre el escritorio. La confianza brillaba en sus ojos azules—. ¿Hay algo más?

—Si me descubren, asumirá usted la responsabilidad.

Eso era injusto por su parte: él ni siquiera se daba cuenta de la responsabilidad que estaba asumiendo. Pero necesitaba saber que se tomaba en serio su protección, en caso de que la descubrieran.

—Sí. Le juro que encontraré la manera de volverla irreconocible. Le ofreceré la mejor comida, seré su informante sobre los mejores empleadores que Londres puede ofrecerle y bailaré con usted lo suficiente como para asegurar que viva cualquier ilusión que haya podido tener de ser una dama.

Patience sonrió con dulzura. No era en absoluto lo que había esperado cuando entró a trabajar en la casa, pero bailar con el estirado señor Woodsworth sería interesante. Aprendería un poco sobre la sociedad antes de entrar en ella, y luego se aseguraría de no dejarse enredar por un advenedizo social como él.

—Creo que hemos llegado a un acuerdo, señor.

Él se levantó para ponerse frente a ella. Extendió la mano y esperó a que la tomara. ¿Un apretón de manos? Y era él quien se lo ofrecía. Ella dudó. No era muy apropiado por su parte.

Entonces recordó el trato que acababan de hacer. Con una carcajada, le estrechó la mano.

—Esperemos que nunca nos descubran —dijo. La forma en que él asintió, asiendo su mano con más fuerza, le hizo sentir que por fin tenía a alguien que estaba dispuesto a luchar junto a ella, sin importar las dificultades que se presentaran. No se había sentido así desde el día en que su madre subió a un carruaje rumbo a París.

Esa era su excusa, se dijo a sí misma, por haber dejado su mano demasiado tiempo unida a la de él. Los vibrantes ojos del señor

Woodsworth traspasaron los suyos, y su rostro se suavizó hasta convertirse en uno totalmente distinto. Uno que no estaba agobiado por mantener una pose de seriedad. Cuando, finalmente, Patience retiró la mano, el caballero abrió los ojos de par en par y se apartó de ella. ¿Cuál era su excusa para no haber retirado la mano antes?

Se dio la vuelta para salir de la habitación, sintiéndose inmediatamente insegura de su decisión. Volvió la vista una última vez. Él estaba de nuevo en su escritorio, comprobando que todos los papeles estuvieran en orden. ¿Qué clase de hombre elevaba a una criada a la posición de dama para, a continuación, volver a colocar papeles? Parecía tan solitario como ella se había sentido mientras estaba de luto. Su padre seguía vivo, pero lejos de casa, y su madre y su hermano habían fallecido. Puede que Patience no estuviera tomando la decisión correcta al hacerse pasar por una dama desconocida, pero ayudarlo era lo correcto: podía apostar su reputación a que era así.

Eso era, en efecto, lo que acababa de aceptar.

Capítulo 6

—¿PARA QUÉ NECESITAS QUE te preste uno de mis vestidos de baile? —Sofía tenía los brazos en jarras y sus labios formaban una fina línea. El cuarto de los niños solo lo utilizaban cuando sus hijos se quedaban en la casa. Los dos pequeños estaban recorriendo la habitación en silencio, comprobando que todos sus juguetes favoritos siguieran allí.

Su hermana era experta en lograr que cualquiera se cuestionara sus decisiones, y la mirada que le estaba dirigiendo le hacía preguntarse si había pensado bien su plan.

—Es solo para un baile. Te lo devolveré sin ningún desperfecto.

—No me preocupa el vestido, Anthony. Lo que me pregunto es qué querría hacer mi respetable hermano menor con un vestido de baile de mujer. —Desvió la mirada hacia sus hijos, que en aquel momento intentaban alcanzar una marioneta en lo alto de una estantería—. ¡Harry! Baja a Augusta de ahí ahora mismo. —Los niños se calmaron de inmediato. Ni siquiera los miró para comprobar que la habían obedecido. Era la que más se parecía al general de los hermanos, incluso más de lo que se había parecido Howard.

—Tengo una amiga que... necesita que le presten uno. Puede que necesite que le presten algunas prendas más. Tú pareces de su talla, así que estoy seguro de que le valdrá. —Se volvió y se dirigió a sus sobrinos en un intento de imitar la técnica que ella acababa de usar con los niños. Tal vez, si asumía directamente que iba a aceptar, sería así.

El crujir de sus faldas significaba que lo estaba siguiendo.

—Esto no tendrá nada que ver con la señorita Morgan, ¿verdad? No creo que uno de mis vestidos le quedara bien. Es bastante menuda. Además, no me la imagino necesitando uno. No te habrás dado por vencido con ella, ¿verdad?

—¿Renunciar a la señorita Morgan? Por supuesto que no. —Había pasado dos años cortejándola; si no era capaz de conseguir aquel matrimonio, ¿qué diría eso de él?—. Pero sí, tiene que ver con ella. Tenemos un plan.

—¿Tenéis un plan?

—Sí, un plan.

—¿Un plan que incluye mi vestido?

—Lo más seguro es que sean varios.

—Anthony, te aseguro que si no me dices ahora mismo cuál es ese plan, estos niños tan revoltosos y yo nos vamos. —Los niños apilaban bloques en silencio—. No obtendrás ninguna ayuda por mi parte, y créeme, un vestido de fiesta no es algo que se pueda encargar de un día para otro.

No se podía discutir con Sofía. Suspiró.

—Por supuesto que te lo voy a contar. —Pero ¿cómo?—. Busquemos un lugar para sentarnos. Puede que me lleve algo de tiempo.

Su hermana se acercó a la mecedora y se sentó con un movimiento suave y elegante. Resignado, él acercó una pequeña silla infantil de madera que estaba junto a los niños y se sentó enfrente. Tenía que alzar la vista para hablarle. Solo Sofía y el general podían hacer que se sintiera como un niño.

—Como sabes, la señorita Morgan y yo llevamos más de dos años deseando casarnos.

—Todo el mundo lo sabe, puedes saltarte esa parte.

Y así lo hizo. Se saltó la parte en la que explicaba el plan de la señorita Morgan y se saltó también la parte sobre que apenas conocía a la criada a la que habían contratado. Cuantas más partes omitía, más le preocupaba que el plan no fuera buena idea, pero era el momento de pasar a la acción. No siempre se podía esperar a hacer lo más idóneo; en ocasiones había que hacer, simplemente, algo.

Sofía guardaba silencio mientras lo escuchaba divagar. Estaba muy callada. Cuando terminó de hablar, ella se cernió sobre su hermano, haciendo que se sintiera aún más como un niño, imponiéndose sobre él, en la pequeña silla infantil.

—¿De quién fue la idea?

—¿Qué quieres decir?

—¿De quién fue la idea de llevar a una criada a un baile y utilizarla como señuelo para que a los señores Morgan les preocupe perderte?

—Bueno... lo de la criada fue idea mía.

—Porque no querías meter por medio a una dama, supongo. Esa parte tiene sentido, o eso creo, pero debo entender que el resto fue idea de la señorita Morgan.

Anthony no respondió, y su hermana supo que tenía razón.

—Y ¿desde cuándo conoces a esta criada? ¿Es de confianza?

Maldita mujer. ¿Cómo había podido adivinar las respuestas que implicarían la mayor condena para el pobre Anthony?

—Lleva menos de un año al servicio de nuestro padre, pero la encuentro digna de confianza.

—Lo cual significa que debe de ser hermosa.

Aquello era escandaloso. Se levantó de su sillita. Estaba cansado de sentirse como un niño.

—Su aspecto no ha tenido nada que ver con mi decisión.

—Entonces ¿es una mujer poco vistosa? ¿Elegiste a una criada anodina para distraer a todo Londres?

—No, no es anodina. Es... como has dicho, bastante guapa, pero no fue su aspecto lo que me dio la idea. —Miró a su alrededor en un esfuerzo por agarrarse a algo. Se estaba tambaleando y lo sabía—. Tiene una forma de ser... No actúa como una criada. Ni siquiera habla como una criada. Su familia debe de haber sufrido algún contratiempo en el pasado. Tendrás oportunidad de conocerla. Le he pedido que te ayude con los niños: me servirá de excusa cuando necesite su ayuda.

Su hermana permaneció en silencio, meciéndose con calma en la silla.

—Y por eso me pediste que no trajera a la niñera. Ahora está todo claro.

—Bien —dijo él, esperando que la conversación hubiera terminado—. Puedo suponer que me ayudarás. —Si se mostraba tan confiado como su hermana, tal vez ella estaría de acuerdo con él.

—Con una condición.

Malditas mujeres con sus condiciones. Aquellas pocas semanas de engaño le supondrían años de devolver favores.

—¿Cuál?

—Si esta idea tan descabellada no funciona, tendrás que olvidarte de la señorita Morgan. Dejar de preocuparte del matrimonio durante, por lo menos, un año. Luego podrás volver a intentarlo.

—¡Un año! Ella podría estar casada dentro de un año.

Sofía se adelantó y le puso la mano sobre el brazo. Él se alejó unos pasos. Los Woodsworth no se tocaban; al menos, no en mitad de una conversación.

—No me refiero a que te tomes un descanso y vuelvas a intentarlo con ella. Quiero decir que podrás pretender a otra joven. Una que sea más adecuada para ti.

—Ella es adecuada para mí.

—Es adecuada para papá y lo que él quiere. Incluso podría ser adecuada para lo que tú crees que nuestra madre hubiera querido. Pero ella ya no está aquí, y si nuestro padre está tan decidido a tener el título escocés de la señorita Morgan y la fortuna de su familia, que le proponga él matrimonio. Debes buscar a una mujer que te convenga de verdad.

—Puedo demostrarte que me conviene. Tengo una lista...

Le mostraría la lista: había trabajado en ella varias semanas antes de decidirse por la joven Morgan.

—Oh. ¡Al diablo con esa lista tuya! ¿Crees que me casé con el señor Jorgensen porque cumplía una lista de requisitos?

—¿No fue así? Siempre había pensado, con lo diferentes que sois, que sentías la necesidad de casarte con alguien que te equilibrara.

—Me casé con él porque me hace feliz, Anthony. —Miró a sus hijos, que ahora leían en silencio. Eran los niños más educados que había conocido—. No creo que nos esté yendo muy bien sin él.

—¿Tienes noticias de su vuelta?

—Esperaba que tú supieras algo.

—Hace más de un mes que no veo al general, y no puedo decir que me confíe los asuntos del regimiento.

Su hermana asintió y volvió a mirar a sus hijos. Unas arrugas de preocupación se dibujaron en su frente. Anthony no veía que hubiera ningún problema: los niños nunca se peleaban, ni siquiera decían una sola palabra más alta de lo debido. Era evidente que los había criado bien mientras su esposo estaba en Freetown. Eran buenos y sensatos, muy parecidos a ella.

—Sofía, tus hijos están perfectamente. De pequeña, eras igual que ellos.

—En efecto, eso es lo que me preocupa. Siento que el señor Jorgensen lo haría de manera diferente, de manera que los niños sonrieran más.

Anthony no supo cómo responder. Harry pasó una página del atlas que le estaba leyendo a Augusta. Seis años eran pocos para estar leyendo ya, y nada menos que un atlas. ¿Cómo era posible que su hermana no viera lo bien que les iba a sus hijos?

¿Debería pasarle un brazo por los hombros? Comenzó a mover con cautela el brazo con esa intención, pero ella se irguió y abandonó la idea. ¿En qué estaba pensando? Era la persona más fuerte que conocía. Si su hermano pequeño la rodeara con un brazo, era probable que le clavara la mirada, como su padre les había enseñado. Quizás era eso lo que les faltaba: entrenamiento en defensa personal. Él tenía más o menos la edad de Harry cuando el general empezó a enseñarle.

—¿Quieres que les enseñe algo de defensa personal?

Sofía retiró la mirada de sus hijos y frunció el ceño.

—No. ¿Qué demonios te ha hecho pensar eso?

Se encogió de hombros. No le diría a su hermana que la imagen de ella clavándole la mirada le había llevado a pensarlo. Si algo había aprendido gestionando la herencia de su padre era cuándo guardar silencio en una reunión.

La costura era la única tarea en la que Patience destacaba. ¿Quién habría pensado que las horas de costura terminarían resultando tan útiles? Una de las criadas se había roto el vestido en el jardín; no porque se hubiera visto obligada a atravesar los setos. No. Se había enganchado a un clavo suelto en la entrada de carruajes. La señora Bates le había dicho que lo cosiera lo mejor posible, así que ahí estaba, en su pequeña habitación, cosiendo el roto en silencio. Nicholas la había regañado más de una vez por incrementar con esas tareas la carga que ya tenían las criadas, pero coser apenas era trabajo si se comparaba con limpiar chimeneas y barrer suelos. La señora Bates no había vuelto a pedirle que puliera nada más tras su primer fracaso con los muebles. Por suerte, había logrado limpiar la cera roja por completo, excepto de su cofia, que el ama de llaves seguía obligándole a llevar a menos que estuviera en alguna habitación donde pudiera entrar la familia o un invitado. Quería que la joven criada recordara que actuar sin fundamento o criterio podía tener consecuencias que duran mucho tiempo, incluso después de haber hecho el trabajo.

Estaba segura de que el señor Woodsworth o el señor Gilbert la habían salvado de ser despedida de inmediato por ese asunto, y una cofia manchada era un pequeño precio que pagar a cambio de mantener su trabajo.

Alguien llamó con suavidad a la puerta y la abrió despacio. El señor Woodsworth asomó la cabeza como si quisiera asegurarse de que ella no hacía nada que requiriera privacidad. No debía de pensar que la costura era un tipo de tarea para la que se necesitase estar a solas, porque entró y cerró la puerta con la misma delicadeza con la que había abierto.

Patience se levantó de la cama —el único mueble de la habitación excepto por una silla de madera— y el vestido en el que estaba trabajando cayó al suelo. Nunca había estado a solas en un dormitorio con un hombre que no fuera su padre o su hermano, y aunque era evidente que este era un caballero, y que no permitiría que nada manchara su reputación cuando ya había encontrado a la mujer perfecta para él, de repente tomó conciencia de lo pequeño y oscuro que era su cuarto.

—¿Puedo ayudarlo, señor?

—Ya me ha ayudado bastante —dijo él, agitando la mano—. Le he traído algo. —Sostenía algo grande a su espalda. Una tela de color amarillo brillante asomaba por sus costados.

—Un vestido —respondió ella. Y entonces ocurrió: el hijo del general, cuyos labios solían estar apretados en una fina línea, cambió de pose. Las profundas arrugas que tenía se convirtieron en una sonrisa. Aquellos ojos claros y penetrantes centellearon. Se inclinó hacia delante y, aunque estaba a un par de metros de ella, le pareció que estaba demasiado cerca.

—Un vestido —confirmó, mostrándoselo.

Era bonito. No podía decir que el amarillo fuera su color, pero era un color y, después de dos años de luto, lucir un color tan vivo sería toda una experiencia. El tejido estaba bien, pero no tenía nada que ver con los vestidos de baile que le habían confeccionado para su presentación en la corte. Intentó parecer emocionada, como lo estaría cualquier doncella. Después de todo, era un vestido de fiesta. Pero no pudo evitar que sus ojos volvieran sobre él.

—Debería sonreír más a menudo —dijo, sin pensarlo.

—¿Qué? Debería... ¿Qué quiere decir con eso? No ha pasado más de quince minutos en mi compañía. Podría ser una persona que sonríe todo el tiempo.

—Podría, pero lo dudo.

—He venido a entregarle este vestido, no a escuchar sus críticas sobre mi imagen.

La joven se encogió de hombros. No estaba criticando su sonrisa. No había nada que criticar.

—En cualquier caso... le sienta bien.

—¿El vestido? —Frunció el ceño y su sonrisa flaqueó.

—¡No! —Sabía que era inteligente. Había visto los libros que tenía en el estudio mientras lo barría—. Sonreír.

Él negó con la cabeza, confuso.

—Pero ¿qué le parece el vestido? —Dio un paso adelante. Ella retrocedió de forma automática, pero tropezó con la cama, que estaba justo detrás, y cayó sentada.

—Oh, lo siento. Tome. —Se adelantó con el brazo extendido, pero el voluminoso tejido del vestido hizo que tropezara y cayó sobre Patience, quien se apartó con rapidez de su camino, esquivándolo por poco mientras él seguía cayendo. El vestido se retorcía mientras él se revolvía en la cama—. Maldita sea —murmuró, tratando de desenredarse con urgencia.

Apretó los labios todo lo que pudo. Una criada no debería reírse de un caballero.

Probablemente, una dama tampoco.

El señor Woodsworth intentó levantarse, pero uno de sus pies seguía enredado en el vestido. El sonido de un desgarro lo hizo volver a caer. Esta vez quedó oculto del todo tras el amarillo.

A pesar de sus esfuerzos, Patience no pudo evitar que se le escapara una risita. El revoltijo sobre la cama se detuvo.

—¿Le parece divertido?

Se alejó de él, aproximándose a la puerta. Por supuesto que le parecía divertido. Era la persona más solemne que había conocido en su vida —excepto, quizá, su hermano, con su recién adquirida seriedad— y ahí estaba, sin poder quitarse de encima aquel vestido. Pero no debía decir eso, ¿no?

—¿Y bien? —volvió a preguntar. Esta vez asomó la cabeza bajo el corpiño. Tenía el pelo revuelto y aquel ceño, aunque fruncido, parecía diferente, menos severo y más exasperado.

—Es solo que… —No podía decirlo.

—Solo que ¿qué? —casi llegó a gruñir.

—Bueno, la verdad es que… ese vestido le sienta bien. —Se mordió el labio, dispuesta a salir corriendo. Cuando era una niña y se burlaba de Nicholas, un comentario como ese habría significado una persecución. Lo miró.

No se atrevería.

Y no se atrevió. En lugar de eso, dejó caer los hombros y suspiró. Por fin, se desenredó del vestido y lo dejó tirado en la cama.

Se peinó con los dedos y se tiró de las mangas de la camisa.

—Perdón por el desgarro.

—Puedo arreglarlo. Coser es una de las pocas tareas que se me dan bien. —Señaló el vestido en el que había estado trabajando. Parecía tan abatido que le tendió la mano, pero él dio un respingo con su contacto y se apartó—. Es un vestido precioso. Gracias.

Se irguió y se dirigió hacia la puerta, todavía de espaldas a ella.

—Pensé que el amarillo le sentaría bien. En cualquier caso, para un primer vestido de fiesta debería servir.

Abrió la puerta de un tirón y se marchó. La habitación parecía silenciosa y vacía sin él. Patience suspiró y recogió el vestido. El desgarro era pequeño, no le llevaría mucho tiempo remendarlo. No había ningún espejo en su habitación, pero cuando sostuvo el vestido frente a su figura, decidió que el amarillo no era un mal color después de todo. Tras dos años de estricto negro, le vendría bien algo alegre y luminoso. Giró en círculos y la tela de la falda se abrió a su alrededor. Necesitaría una enagua. Con suerte, quien le hubiera prestado aquel vestido al señor Woodsworth podría prestarle una también. Al día siguiente, bailaría. Bailaría incluso con el peculiar hijo del general y, con suerte, cuando estuvieran en público, él no rechazaría su contacto.

Volvieron a llamar con suavidad a la puerta. Patience arrojó el vestido sobre la cama y se apresuró a retocarse el pelo. Se concentró en inspirar y espirar.

—Adelante —dijo, cuando vio que la puerta no se abría de inmediato.

De nuevo, él asomó la cabeza. Miró hacia la cama, donde el vestido ya no presentaba el aspecto desordenado en el que lo había dejado.

—Se me olvidó decirle que se reúna conmigo en mi estudio mañana, a las diez en punto. Mi hermana y sus dos hijos deben conocerla. Mi hermana, la señora Jorgensen, hará que su criada la ayude a prepararse para el baile de los Simpson. Desde entonces, se encargará del cuidado de los niños.

Cerró la puerta sin hacer ruido.

Durante varios minutos, ella se quedó observando la puerta, esperando que llamara de nuevo, pero no lo hizo. Volvió a sentarse en la cama, recogiendo el vestido de fiesta amarillo. El hijo del general la inquietaba con su infrecuente sonrisa y su deseo de complacerla con aquella prenda. Por mucho que le preocupara que la descubrieran, tendría que asegurarse de que el señor Woodsworth supiera que la había hecho feliz. Lo había visto complacer a su padre en la elección de su futura esposa, e intentando complacer a la señorita Morgan aceptando participar en esa farsa. Lo último que necesitaba era a otra persona difícil de complacer.

Capítulo 7

A LA MAÑANA SIGUIENTE, DESPUÉS de dejar el vestido, remendado y doblado con tanta delicadeza como pudo, en la silla de madera de su dormitorio, Patience fue al estudio del señor Woodsworth. Giró el pomo de la puerta y la abrió despacio. Él estaba sentado ante su escritorio: una mujer con un vestido de día estaba sentada en una silla justo a su lado, con la espalda tan recta como la tenía él y el ceño igual de fruncido. ¿La señorita Morgan?

No. Su hermana.

El señor Woodsworth le había dicho que debía ir al estudio para que su hermana la conociera. Debía de tratarse de la señora Jorgensen. Tenía los ojos del mismo tono azul pálido que él: era su versión femenina. ¿Sería la señorita Morgan igual de delgada y seria que aquella mujer? Eso significaría que no habría risas en su casa, aunque no todos los hogares debían tenerlas. La mayoría de las veces, la suya no las tenía.

Pero echaba de menos su hogar.

Esperaba que él se levantara al verla entrar, pero, por supuesto, no lo hizo. ¿Qué hacían las criadas cuando entraban en una habitación? ¿Se inclinaban?

Comenzó a hacer una reverencia, pero se detuvo a medio camino. Estaba segura de que, en su casa, ningún criado le había hecho una reverencia nunca. Se apresuró a erguirse y sorprendió a los hermanos intercambiando una mirada.

—¿Es esta la hermosa criada de la que me hablaste? —dijo la señora Jorgensen en francés, mientras arqueaba una ceja, sin apenas mover la boca.

En francés. Una criada no debería hablar francés. Se concentró en no reaccionar a las palabras de la mujer.

—No dije que era hermosa —respondió él, en tono aburrido—, tú supusiste que lo era.

—Y tenía razón, ¿no?

—Sí, pero no entiendo qué quieres decir con eso.

Patience se acarició cada una de las uñas con la yema del pulgar. ¿Cómo se suponía que debía actuar cuando las miradas de los dos hermanos la recorrían de arriba abajo y de lado a lado? Como si no supiera de qué estaban hablando, supuso.

—No te enamores de ella.

Patience casi se atragantó.

—Basta de hablar de su aspecto. Deberías conocerme mejor. —Tenía los surcos alrededor de la boca más profundos que de costumbre. Volvió a hablar en inglés—. En cualquier caso, no puede lucir así en el baile. No queremos que la reconozcan como mi criada.

—¿Así que te refieres no solo a vestirla, sino también a disfrazarla? —preguntó su hermana, elevando la voz una octava.

—Sí. Creo que necesitaremos una peluca. —Se levantó y rodeó el escritorio color caoba—. Tiene un pelo bastante llamativo y fácil de recordar.

Patience ya no tenía las uñas tan suaves como antes. Se frotó las yemas de los pulgares contra ellas, sin importarle los bordes dentados. Los sirvientes no debían hablar si no se les hablaba a ellos. Esa era una de las reglas más difíciles de respetar. Él se había referido a ella como hermosa y llamativa en pocos minutos, pero sin sentimiento, solo de una manera analítica a la que no sabía cómo debía responder.

La señora se puso en pie. Era más o menos igual de alta que Patience. El vestido que le había prestado le quedaba bastante bien. Había añadido unos cuantos pliegues a la cintura para que le sentara como un guante. Tendría que pedir una enagua y un corsé, pero aparte de eso, estaría perfectamente. Por suerte, el señor Woodsworth no le había llevado la ropa interior: su aparición en la habitación ya había sido bastante incómoda.

—Esta es mi hermana, la señora Jorgensen. Sofía, esta es la criada que nos ayudará: Patience.

—¿Patience? —Apretó los labios—. Un nombre bastante pretencioso para una criada.

—Sí, bueno... —Estaba acostumbrada a que le preguntasen sobre su nombre y, a pesar de sus mejores intenciones, no pudo callar—. Mi hermano diría que cuando estoy cerca, todo el mundo en un radio de tres kilómetros necesita paciencia, así que... el nombre es adecuado.

La señora Jorgensen no parecía impresionada. Solo asintió, como si ahora el nombre tuviera sentido.

—¿Se ha probado el vestido?

—Sí. —Tal vez era mejor optar por respuestas cortas.

—¿Le queda bien?

—He hecho unos pocos arreglos, pero sí, en general, me queda bien.

Una ligera brisa pareció recorrer la habitación. La señora Jorgensen sonrió, pero con una sonrisa fría y poco amistosa. No cambiaba de expresión como su hermano, al menos no para bien.

—Créame, le gustaría conservar una figura como la mía después de haber tenido dos hijos.

—Me gustaría, sí —convino la joven. A veces la diplomacia era la mejor respuesta, y realmente, la señora tenía una figura muy esbelta.

—Supongo que tendremos que ponernos manos a la obra para poder presentarla como una joven con recursos. Déjeme ver sus manos.

Extendió las manos. Una semana antes habían sido tan suaves como las de la propia señora Jorgensen, pero ahora las tenía enrojecidas y ásperas.

La señora inspeccionó el desastre.

—Menos mal que existen los guantes. —Se volvió hacia su hermano—. Por muy bien que vistas a esta mujer, siempre se puede distinguir a una dama por sus manos.

—En ese caso, es bueno que desde hoy se quede al cuidado de tus hijos, así habrá alguna opción de que mejoren.

—Ya lo veremos —gruñó ella—. Patience, sígame. Es hora de que conozca a mis hijos. Mientras esté con ellos, espero que las palabras de su hermano sobre la paciencia no se cumplan.

—No, señora. —Negó con la cabeza y la siguió. Después de estar viviendo una semana en la casa del general, percibió por primera vez la autoridad. El señor Woodsworth, aunque serio, no tenía la misma disposición de mando. Molestar a su hermana sería un terrible error. Algo le decía que el castigo por cualquier indiscreción sería fulminante y severo.

—Espera. Olvidas esto.

La señora Jorgensen se detuvo y con una mueca volvió para recoger lo que le tendía su hermano: una peluca rubia que debía de haber sacado de alguno de los cajones.

—No lo he olvidado, solo he tratado de borrarlo de mi mente —respondió—. Sabes lo que la gente pensará de ella si aparece con una peluca.

—No tenemos otra opción. —Se la tendió. Ya estaba peinada, con la raya en medio y unos bucles perfectos que caían en cascada desde un recogido en la parte de atrás. Patience nunca podría conseguir unos bucles tan elegantes con su propio pelo, tan... rebelde—. Está de acuerdo en ir disfrazada.

—Haré todo lo posible para que parezca natural. Pero si alguien lo nota, dudo mucho que a la señorita Morgan le sirva que muestres interés por una mujer que lleva peluca. Todo el mundo dará por hecho que tiene sífilis.

El señor Woodsworth aflojó la tensión de la mandíbula. Patience reprimió una carcajada. Su plan perfecto se iría al traste si rumores como aquel empezaban a circular.

Ya era suficiente. Agarró la peluca de manos de la señora Jorgensen.

—Nadie pensará que tengo sífilis. Soy la viva imagen de la salud. Incluso con peluca.

—Pero ¿qué pasará si lo piensan? —Ella le quitó la peluca de las manos. Esos rizos no continuarían siendo tan perfectos si las dos mujeres empezaban un tira y afloja.

—Entonces, supongo que cuando me presenten pueden decir: «Esta es la señorita Patience, no tiene sífilis».

La señora Jorgensen dejó caer los hombros. Patience pensó que estaba a punto de experimentar el rápido y terrible castigo que esa mujer podía imponer. En cambio, resopló mirando a su hermano y, por fin, relajó el gesto.

—Anthony, este plan me parece horrible. Pero te felicito por haberla elegido. Creo que lo hará bastante bien.

—Gracias. —Patience se enderezó con naturalidad, tomando la postura que le habían inculcado desde la infancia—. Espero que la peluca parezca natural tal y como está, pero prometo que mi buena salud será muy visible. Nadie pensará que su hermano va detrás de una dama de dudosa reputación. Daremos un espectáculo tan bueno que la familia Morgan estará muy preocupada por llegar a perderlo. Sospecho que se anunciará un compromiso dentro de unos quince días. —Miró hacia la puerta y se detuvo antes de ordenarle a la señora Jorgensen que saliera. Tenía que conocer a los niños y preparar un baile. Lo primero la ponía un poco nerviosa, pero el baile no supondría ningún problema. Era la única tarea para la que realmente había sido educada. Pasara lo que pasase aquella noche, al menos no tendría que barrer el suelo ni estropear ningún mueble.

Las dos mujeres salieron una detrás de la otra. Para sorpresa de Patience, el señor Woodsworth las siguió. Por alguna razón, no pensaba que se les fuera a unir en el cuarto de los niños.

Iba a cuidar de unos niños. Había tenido una institutriz, e incluso recordaba algo de lo que esta le había enseñado. Aparte de eso, estaba perdida. Sin embargo, aquellos conocimientos eran más de los que tenía sobre cualquier tarea doméstica. Quizá fuera capaz de hacerlo bien.

Subieron las escaleras y el señor Woodsworth pasó junto a ella, rozándole las faldas con la pierna en el estrecho pasillo. No pareció darse cuenta, pero ella se apartó por instinto. Primero estuvo en su dormitorio y ahora pasaba muy cerca sin pensarlo. Se dijo que ser criada y casi invisible tenía sus ventajas. Aparte de Nicholas, ningún otro hombre había parecido tan cómodo en su presencia.

Abrió la puerta para dejar paso a su hermana y le indicó que entrara. Patience la siguió sin saber si debía esperar a que él entrara primero o no. Como criada, debería esperar, pero la habían ascendido, ¿no? No estaba segura.

Él se quedó esperando, así que entró.

Una criada a la que no había visto antes estaba en una esquina de la habitación. Dos niños, un chico y una chica, estaban sentados ante una mesa. Se levantaron al ver a su madre, pero no corrieron hacia ella. Esperaron con los ojos muy abiertos y la boca cerrada. Patience los observó, y después miró a los Woodsworth mayores. El niño, que parecía de unos cinco años, no tenía las pronunciadas arrugas de su tío, pero su expresión era igual de seria. La niña se mantenía erguida como la madre, a pesar de ser unos dos años menor que su hermano.

—Podéis sentaros —les dijo su madre. Obedecieron. Ella colocó la peluca en un tocador cercano y volvió junto a la criada—. Esta es la señorita Patience. Va a ser vuestra institutriz mientras estemos aquí con el tío.

Institutriz. Nadie le había dicho que sería considerada como una institutriz, solo que iba a cuidar de los pequeños.

Dos pares de ojos se clavaron en ella. La niña se mordió el labio y se detuvo. No podía tener más de tres años. Desde luego, eran demasiado jóvenes para tener una institutriz. Pero no era como si esperaran que les enseñara algo a esos niños tan callados. Todo aquello era tan solo parte del plan, para tener una excusa cuando necesitara asistir a actos sociales con el señor Woodsworth.

—Patience. —No se molestaba en añadir el «señorita» al dirigirse a ella, un recordatorio no muy sutil de su verdadero lugar en la casa. Para la señora Jorgensen, siempre sería una criada—. Estos son mi hijo, Harry, y mi hija, Augusta. Son jóvenes para tener una institutriz; sin embargo, muestran un talento notable. En especial Augusta, que ya puede contar hasta más de quince, y solo tiene tres años. Sospecho que podría ser la próxima *lady* Lovelace.

—¿Y Harry?

—Harry tiene seis años y, por supuesto, entrará en la academia militar. Ya ha empezado a practicar en casa. Supongo que no tiene conocimientos sobre eso, pero elegiré algunos libros para usted.

Asintió, contemplando de nuevo a los dos niños, tan callados. Ya eran serios como su tío, como Nicholas, a pesar de su corta edad. Se sentó en una de las sillitas que rodeaban la mesita. Harry enderezó la columna hasta el punto de que a la nueva institutriz le preocupó que derribara la silla que había detrás de él. Dirigió la mirada hacia el libro que habían estado leyendo hasta que los adultos entraron. Un atlas del mundo. Una lectura densa para niños de seis y tres años. La mirada nerviosa de su joven alumno hizo que mirara más de cerca el libro. Ocultaba algo lo bastante grueso como para que las páginas se amontonaran a ambos lados.

Arqueó una ceja, mirando al niño, y él puso las manos sobre el libro. Los hermanos Woodsworth conversaban en un rincón, sin hacer caso del pequeño grupo. Tomó su silla y la puso junto a la de Harry.

—¿Qué es lo que estáis leyendo?

—Papá está en Freetown. Leemos sobre ese lugar —dijo él, sin dejar de cubrir el libro.

—Oh. ¿Está lejos?

—Muy lejos.

—¿Cuánto tiempo lleva allí?

El pequeño Harry le sostuvo la mirada, tal como un joven caballero o un aspirante a general debía hacerlo.

—Se fue cuando Augusta tenía casi dos años.

Un año entero. Esos pobres niños habían estado sin su padre el último año.

—Y ¿qué tienes dentro del libro?

Harry apretó las manos contra las páginas. Ella se inclinó hacia delante.

—No tienes por qué enseñármelo. Pero prometo no enfadarme si lo haces. A mí también me gusta guardar secretos. —Miró a sus jefes, que seguían ocupados conversando.

Harry deslizó las manos y sacó un libro más fino de entre las páginas del atlas. Los bordes de ese libro estaban pintados en rojo oscuro, y en su interior había unos dibujos maravillosos. La página que Harry había marcado con el pulgar contenía el dibujo de un pato en un estanque. Sin embargo, no podía leer las palabras, pues estaban en danés.

—¿Por qué lo escondes?

—Pato —dijo Augusta, la aparente genio de las matemáticas, mientras sonreía y señalaba el libro.

—Shhh —susurró Harry.

—Ahora soy vuestra institutriz, y este libro es completamente aceptable. Incluso pediré permiso para que podáis leerlo. —Sonrió, esperando que el pequeño entendiera que era alguien en quien se podía confiar. Se acercó a una estantería y colocó el libro de ilustraciones en un estante. Todos los demás libros trataban sobre temas que ella difícilmente encontraría entretenidos, y eso que le encantaba leer. ¿Cómo habría llegado el libro del patito a la biblioteca?

—Así que... ¿estos son los libros que voy a utilizar para la educación de los niños? —preguntó, lo bastante alto para ser oída por los señores.

—Sí.

—¿Y todos son aceptables?

—Por supuesto. No traeríamos libros inadecuados a la habitación de los niños —respondió su madre. Uno era *Geometría en tres partes.* Por lo visto, las ideas de la señora Jorgensen y Patience sobre lo adecuado diferían bastante.

Sacó el libro en danés de la estantería y se lo llevó con gesto triunfal a los niños.

—¿Veis? Ahora podéis leerlo sin preocuparos. Vuestra madre os ha dado permiso.

Sacó el libro y lo abrió por la primera página. No podía leer ni una palabra, pero los dibujos eran interesantes.

—¿De qué trata este libro?

—Son cuentos —respondió Harry, mirando todavía a su madre—. Papá sabe leerlos. La abuela nos lo regaló, y nos dijo en una carta de qué trataban, pero solo recuerdo uno. —Pasó las páginas hasta la mitad del libro—. *El patito feo.*

—Una historia sobre un patito feo. Interesante. ¿Qué hace el patito?

—Es feo —dijo la niña—. Es un pato feo.

—Todo el mundo habla de lo feo que es —siguió Harry—. Pero, un día, se vuelve hermoso.

—Oh. —Patience echó un vistazo al hijo del general—. Creo que he conocido a alguien así.

—¿Quién? —preguntó la pequeña, con los ojos, marrón oscuro, brillando de interés—. ¿Quién es un patito feo?

—Oh, nadie es con exactitud un patito feo, pero ¿no crees que tu tío es un poco serio?

Los dos niños la miraron, ladeando la cabeza.

—¿Cree que el tío Anthony es un patito feo? —preguntó Harry, más alto de lo que a ella le hubiera gustado. El aludido miró en su dirección por un instante—. Yo no creo que sea feo.

—Oh, yo tampoco, pero lo he visto volverse... hermoso.

—¿El tío se volvió guapo? —Los ojos de la niña se iluminaron y se volvió para mirar a su tío con lo que parecía un nuevo respeto.

—¿Cómo lo hizo? —Harry parecía escéptico—. ¿Por qué no es guapo ahora?

—Creo que ahora es guapo. —Augusta se inclinó hacia la institutriz, buscando su apoyo—. ¿Por qué no crees que sea guapo ahora?

—Oh, sí que tiene buena figura. —Patience esperaba que aquello no llegara a sus oídos—. Pero lo vi volverse hermoso como ese patito. Fue fácil. Solo tuvo que hacer algo muy sencillo. ¿Sabéis el qué?

Los dos niños negaron con la cabeza.

—Sonrió. ¿Lo habéis visto sonreír?

La niña se llevó un dedo a los labios e inclinó la cabeza. Su hermano también parecía sumido en sus pensamientos cuando dijo:

—He visto sonreír al tío.

—¿Cuándo?

El niño se quedó perplejo. No tenía respuesta.

—¿Deberíamos hacerle sonreír ahora? Podríais verlo transformarse, como lo hizo ese patito.

Esta vez los niños asintieron, con los ojos bien abiertos.

—¿Vas a hacerle cosquillas? —preguntó Harry.

Patience contuvo la risa. El señor Woodsworth volvió a mirarlos, y esta vez ella se imaginó buscando con los dedos el lugar adecuado para atormentarlo con cosquillas. Él frunció el ceño, como si pudiera leer sus pensamientos. Sin embargo, aquella cara de desaprobación le dio más ganas de reír, y se aferró al borde de la mesa con todas sus fuerzas. Esto era a lo que Nicholas se refería al decirle que se tomara las cosas en serio. No podía bajar la guardia, ni siquiera con los niños. El señor Woodsworth no parecía el tipo de hombre que apreciara el sentido de humor; al final, él apartó la mirada y ella respiró hondo.

—No, no le haré cosquillas. Debemos pensar en una táctica diferente para hacer que sonría.

—Galletas —dijo la niña—. Las galletas siempre hacen sonreír a Harry.

—A mí también me hacen sonreír, pero por desgracia no tengo galletas.

—Baila con él. —A Harry se le iluminó la cara, y entonces se dio cuenta de que la transformación debía de ser un asunto de familia. El pequeño parecía diferente.

—¿Perdón?

—Así es como papá conseguía que mamá sonriera. —Echó los hombros hacia atrás en señal de triunfo—. Le encantaba hacer sonreír a mamá.

Ella miró al señor Woodsworth. No podía imaginarse bailando con él allí mismo, y no creía que eso le hiciera sonreír.

—No creo que bailar sea el método adecuado. —¿Qué haría sonreír a un hombre como ese? ¿Un libro de cuentas bien cuadrado?—. Las cosquillas podrían ser la única solución, pero me temo que no conozco a vuestro tío lo suficiente como para hacerlo. ¿Por qué no lo haces tú, Harry?

—¿Yo? Creo que tampoco lo conozco lo suficiente.

—Es muy posible que nadie lo conozca. —Los adultos comenzaron a acercarse—. Pensaremos en esto más tarde: tal vez encontremos la solución juntos. Pasaré mucho tiempo con vosotros, y Augusta no debería trabajar solo en sus números.

—¿Seguro que es lo bastante competente para estar con los niños? Solo es una criada —insistía la señora Jorgensen en francés. Patience se concentró en el libro que los niños estaban mirando. Los adultos no bajaban la voz ni trataban de esconderse; se sentían seguros pensando que la nueva criada no los entendía.

—Es competente. Mira cómo los niños se han encariñado con ella. Puede que sea poco convencional, pero tiene algo que inspira confianza.

—¿Una criada que inspira confianza?

—*Oui* —fue la breve respuesta que él dio.

Patience no se atrevió a levantar la vista. Temía que sus ojos resplandecieran de gratitud. Nadie había dicho nunca algo así de ella. Estaba claro que lo decía para calmar a su hermana, pero lo recordaría de todos modos. Inspiraba confianza. Eso no era poco. Y no tenía nada que ver con ser la hija de un duque. Hablaba de ella por sí misma, no por su posición.

—¿Qué tal este rato con la señorita Patience? —preguntó la señora Jorgensen a sus hijos, ya en inglés.

—Bien —respondió Harry.

—Cree que el tío es un pato —empezó a decir la niña.

—No he dicho eso. —Necesitó todo su autocontrol para no taparle la boca con la mano. Tal vez le había inspirado demasiada confianza.

—¿Eres un pato? —preguntó la niña a su tío.

—No, no es un pato. —Patience no se atrevió a mirarlo a la cara. Seguro que en aquel momento estaba frunciendo el ceño de veras.

—Pero has dicho... —exclamó Augusta, y Patience renunció a los buenos modales y le tapó la boca con la mano.

—Nunca dije que fuera un pato, señor. —Le miró de reojo. En realidad, no fruncía el ceño; parecía más bien confundido.

—Es cierto —secundó Harry. Bendito fuera el chico—. Nunca te llamó pato.

Patience apartó la mano de la cara de la pequeña y se enderezó como pudo en la pequeña silla en la que estaba sentada.

—¿Lo ve? Nunca me referiría a usted como si fuera un pato.

—Dijo que sonreías como un pato. —Harry resopló de risa y agachó la cabeza. Ella le lanzó una mirada que esperaba que transmitiera decepción por aquella deslealtad.

—Y dijo que no te haría cosquillas. —El último clavo en su ataúd lo puso la niña de tres años, y justo después de que él hubiera dicho que Patience era de confianza. Fue bonito mientras duró.

—Bueno —dijo el aludido—, parece que los tres han pasado un buen rato juntos, aunque haya sido a mi costa. —Se aclaró la garganta—. Pero me temo que debemos dejaros. La señorita Patience tiene toda la noche por delante y debe acompañar a vuestra madre para prepararse. Y... es hora de mi paseo.

Patience se levantó con rapidez, antes de que los niños pudieran seguir haciendo comentarios que no la beneficiaran. Se volvió para hacerles un último guiño antes de salir de la habitación, detrás de los señores. Debería tener mucho más cuidado con lo que decía cuando estuviera con ellos, pero se sentía mejor con aquella tarea. Si el señor Woodsworth la consideraba capaz de atenderlos, entonces debía de serlo: no parecía el tipo de persona que se equivocaba.

Capítulo 8

ANTHONY APENAS ESCUCHABA A STEWART Fairchild mientras este le explicaba las ventajas de invertir en el ferrocarril. Ya tenía varias inversiones en líneas férreas y los rendimientos eran incluso mejores que los que su amigo mencionaba. Cualquier otra noche habría estado encantado de aconsejar a Stewart, pero no aquella. No dejaba de mirar hacia las puertas abiertas del salón. Sofía y Patience deberían llegar en cualquier momento. El baile de los Simpson no era un gran acontecimiento: las invitaciones se limitaban a los familiares y amigos cercanos, lo cual era perfecto para su plan. Él y Patience no se perderían en la multitud. Sus atenciones hacia ella serían evidentes no solo para la familia Morgan, sino también para otros asistentes.

Sofía había solicitado una invitación adicional para su «amiga». Y, aunque no podía decirse que el general fuera de la alta sociedad, la mayor parte de Londres le tenía miedo, por lo que recibió la invitación extra a pesar de haberla pedido con tan solo un día de antelación. Anthony no había visto a ninguna de las dos mujeres desde que estuvieron con los niños. Pensaba que su hermana le pediría ayuda en algún momento mientras formaba a la criada —como mínimo, para enseñarle a bailar el vals—, pero no había sido así. El plan era que llegaran en carruajes diferentes, a horas distintas. Él se había marchado antes de tener la oportunidad de hablar con ellas. Repasó en su cabeza la historia que él y su hermana habían urdido: la familia de Patience era amiga de los Woodsworth desde hacía mucho tiempo. Así explicarían la llegada de las dos mujeres juntas y la inmediata predisposición de Anthony a pasar tiempo con Patience.

—¿No estás de acuerdo, Anthony?

El aludido retiró la mirada de la puerta y se centró en Stewart.

—Lo siento, estaba buscando a mi hermana y me he distraído. ¿Cuál era la pregunta?

—Te preguntaba cuál crees que es la mejor inversión a largo plazo: la vía ancha o la estrecha. Brunel usa la ancha, así que me inclino por invertir con él. —Stewart hablaba con seriedad. Anthony le había aconsejado con otras inversiones y todas habían salido bien para ambas partes.

—Sinceramente, no sé casi nada sobre calibres. Me temo que no soy la persona a quien debes consultar. Sin embargo, los rendimientos que he visto son prometedores y he pensado en poner más...

Sofía entró en el salón. La seguía una Patience casi irreconocible. Si no fuera por el vestido amarillo, no habría pensado que pudiera ser ella. Tenía un porte perfecto, casi demasiado perfecto. Tal vez debería decirle que no se esforzara tanto. No había muchas damas con tanta presencia: parecía ser la dueña del salón. Avanzaba erguida, con la barbilla levantada en su justa medida. Era desconcertante, como si estuviera por encima de todos. Quería picar la curiosidad de los Morgan, pero prefería que no todos los hombres ahí presentes se interesaran por ella también.

—¿Qué estabas diciendo? —preguntó Stewart.

Anthony negó con la cabeza: había sido grosero con su amigo por segunda vez.

—Lo siento. Ha llegado Sofía y me he distraído un momento.

—¿Quién la acompaña?

—Una vieja amiga de la familia.

Los ojos de su amigo se centraron en la joven del vestido amarillo.

—¿Me la presentas?

¿Por qué habría insistido en que su hermana eligiera un vestido tan llamativo? Es cierto que le había entusiasmado la idea de que la bella criada pudiera cumplir sus fantasías infantiles de asistir a un baile, pero ahuyentar a otros pretendientes era una complicación que no había previsto.

—Por supuesto. —Forzó una sonrisa. Tenía la sensación de que le iban a pedir aquello varias veces durante la noche—. No se quedará mucho tiempo en la ciudad, pero sería bueno que conociera algunos nombres mientras esté aquí.

Justo detrás de Sofía, los Morgan entraron en el gran salón de baile. La señorita Morgan miró un instante a Anthony a los ojos, y apartó la mirada con lentitud y premeditación. El temor, tan familiar, de que perdiera el interés por él le llenó el corazón, pero lo apartó. Era ella quien había propuesto aquel plan para fomentar la relación. Su última conversación fue lo más cerca que había estado la señorita Morgan de admitir que también quería casarse con él y que estaba dispuesta a luchar por ello. Anthony trató de reprimir el malestar que sentía en el estómago.

Sofía llamó su atención, y tomó del brazo a la criada, dirigiéndola hacia él. Patience volvió la cabeza con elegancia, con esa presencia que él había pensado que era demasiado, y formó una media luna perfecta en su ancha boca cuando sus miradas se encontraron. Aquella sonrisa, tan sincera y espontánea, podría ser la perdición de cualquier hombre. Incluso él se sintió atraído por ella: ninguna mujer le había sonreído de esa manera antes.

Claro que Anthony le había brindado la oportunidad de bailar durante una noche en lugar de trabajar: la sonrisa no tenía por qué estar relacionada con él como persona. Era probable que Patience sonriera a todo el mundo como si el hecho de verlos le iluminara el corazón.

Stewart se inclinó hacia él y Anthony supo, sencillamente supo, que otra pregunta sobre aquella mujer se estaba formando en los labios de su amigo.

—¿De dónde es? —No apartaba la mirada de ella.

Debería haber escogido a otra criada, una sencilla y poco agraciada.

—¿Quién? —preguntó. Era una pregunta estúpida. De sobra sabía a quién se refería. Pero no tenía una respuesta. ¿Y si su hermana había decidido que era del condado de Derby y él decía que era de Cambridge? Debería haberse interesado más por sus orígenes. Confiaba en la labor de Sofía, pero debería haber repasado con ellas. No había querido pasar demasiado tiempo con Patience, y menos en su propia casa. Nunca había estado en deuda con un sirviente, y no le gustaba cómo afectaba eso a su sentido de la disciplina. Se sentía fuera de lugar. No podía dejar que sus sentimientos interfirieran en sus planes. Lo único que habían acordado juntos era que su nombre sería Mary Smith. No sería fácil que la encontraran con un nombre así. Habría docenas en cada condado—. ¡Oh, la señorita Smith! Dejaré que sea ella quien le responda: viene hacia aquí con mi hermana.

¿Qué habría conseguido enseñarle su hermana en las últimas horas? El ambiente lo asfixiaba. Los jóvenes empezaban a emparejarse para preparar el primer baile de la noche: el vals. ¿Habrían tenido tiempo de practicarlo? ¿Y la polca? Sin duda la polca estaría en el programa. Londres no se cansaba de ella. Algo en el aplomo de Patience le hizo respirar hondo y calmarse. No todas las damas tenían destreza para esos bailes, pero él estaba allí para asegurarse de que se sintiera cómoda. Mientras no hubiera bailes complicados, todo iría bien. Su pareja podría guiarla en la polca y el vals. No tenía que deslumbrar a nadie: con su presencia era suficiente.

—Señor Fairchild —comenzó—, esta es la señorita Smith. Señorita Smith, este es mi gran amigo, el señor Fairchild.

Stewart se inclinó y Patience hizo una elegante reverencia. Mantuvo la mirada fija en él, con lo que su cuello parecía más largo. Sin rizos castaños que lo ocultasen y distrajeran, Anthony no pudo evitar fijarse en su elegancia.

—¿Y de dónde es usted, señorita Smith? —Stewart sonrió y se inclinó hacia ella.

Sofía abrió los ojos como platos. Miró a Stewart y después a Anthony, con un ligero movimiento de cabeza. Algo estaba a punto de salir mal.

Patience no parecía preocupada.

—De Londres —contestó, con una inclinación de cabeza.

—¿Londres? —Stewart miró a su amigo, confundido—. Anthony dijo que solo estaría usted aquí una semana o poco más.

—¿Dijo eso? —preguntó ella, alzando una ceja.

El aludido asintió enérgicamente.

—Nací en Londres, pero no siempre vivo en la ciudad. —Le dedicó su dulce sonrisa con tranquilidad, y si aquel joven tenía alguna pregunta más, estaba claro que la había olvidado.

Se aclaró la garganta.

—Me complacería mucho bailar con usted. El primero es un vals, y si nadie se lo ha pedido… —Miró a su amigo—. Sería un honor para mí conducirla a la pista de baile.

—Me encantaría. —Patience ladeó la cabeza y sonrió al hijo del general: por primera vez, él vio una mancha negra y redonda en su pómulo izquierdo. ¿Un lunar? ¿En qué estaba pensando su hermana?

Stewart la apartó del pequeño grupo, con la mano enguantada de ella apoyada en su antebrazo. ¿Era solo su imaginación o su amigo iba más erguido que nunca? Esperaba que aquella farsa terminara lo antes posible: lo último que quería era herirlo.

Hizo un aparte con su hermana para preguntarle:

—¿Cómo baila? ¿Será capaz de bailar el vals?

—Me aseguró que lo haría —respondió ella, despreocupada.

—¿Te aseguró que lo haría? —Se resistió a frotarse la frente. Notaba el inicio de una migraña. Era la misma sensación que tenía justo antes de cerrar un negocio de tierras para su padre, ese momento en el que estaba convencido de que todo lo que pudiera salir mal, lo haría—. ¿No la has puesto a prueba? ¿Dónde aprenden los sirvientes a bailar el vals?

—Dijo que lo aprendió en la última casa en la que estuvo.

—¿Como sirvienta?

—¿Crees que las sirvientas no encuentran tiempo para bailar?

—¿Cuándo? ¿Con quién? ¿Crees que los mozos de cuadra y los ayudantes de cámara están interesados en el vals?

—En realidad no es tan difícil. Stewart podrá ayudarla si tiene dificultades. Por lo que recuerdo, es un gran bailarín.

Su recuerdo era acertado. Su amigo era conocido por la ligereza de sus pies. Anthony entrecerró los ojos, observando a la pareja: habían llegado al centro de la pista de baile. Stewart siempre evitaba el perímetro. Si aquella joven había dicho la verdad o no sobre sus habilidades para el baile... toda la sala estaba a punto de descubrirlo.

Su hermana le tocó el codo ligeramente para llamar su atención:

—Habría insistido en lo del vals, pero, por desgracia, teníamos un asunto mucho más urgente que discutir.

—¿Qué? —Sintió en la cabeza una presión aún mayor. Necesitaba tumbarse en una habitación oscura, pero pasarían varias horas antes de que tuviera la oportunidad de hacerlo.

—Patience no mentirá. Has elegido a una doncella para que se haga pasar por una dama y... se niega a mentir. Aceptó ser Mary Smith solo porque nosotros seremos los que hagamos las presentaciones. Si alguien le pregunta su nombre, no tengo la menor idea de lo que dirá.

—¿Qué?

—Se niega a mentir —repitió lentamente, acercándose todavía más a su hermano—. Dice que no es capaz de hacerlo.

¿En qué demonios le había metido la señorita Morgan? La música comenzó a sonar y Stewart condujo a Patience en un arco suave, con la mano en la cintura y la sonrisa que reservaba para sus más cercanas amistades en el rostro. Si hacía una sola pregunta equivocada...

—Tendré que bailar con ella el resto de la noche.

—Eso sería como proponerle matrimonio. Y tras tus evidentes atenciones a la señorita Morgan estos últimos dos años, provocarías un escándalo.

—No podemos dejar que baile con todos los hombres que hay aquí. ¿Quién sabe lo que dirá?

—Como mucho, puedes bailar con ella un par veces sin levantar sospechas. Incluso con dos veces, algunas de estas damas empezarán a cotillear.

—Bailaré con ella dos veces. Si hay algún tipo de emergencia... si alguien le hace una pregunta de más, entonces bailaré una tercera vez. En cualquier caso, la señorita Morgan quiere que la gente hable.

—No estás siendo razonable. Solo debes mostrar algo de interés, y no hacer caso a la señorita Morgan. Un escándalo haría que los Morgan cortaran totalmente su relación contigo. No es que eso me importe, pero no quiero que corras de una persona equivocada a otra. El matrimonio con una criada sería un desastre.

—Sabes que nuestra propia madre era una criada.

—Y tú sabes que ella sería la primera persona que esperaría más de ti.

Tenía razón. Siempre tenía razón. Su madre siempre había querido que se casara y viviera bien. Pero él no era el indicado para aquellas tretas. Y tampoco lo era la criada a la que había elegido para el plan, que no quería mentir. Al final cedió a la presión y se frotó con furia las sienes. En cualquier otra situación, la honestidad de esa mujer le habría parecido admirable, pero no ahora. ¿Por qué no había mencionado su inquebrantable sinceridad cuando estaban ideando el plan?

Una carcajada flotó con suavidad hacia él por encima del sonido del cuarteto, como el tintineo de una campanilla. Era despreocupada y alegre. Sin duda venía de su criada. ¿Qué clase de criada se reía así? Las sirvientas deberían tener risas anodinas, no del tipo que atravesara un salón de baile como la brisa del mar.

La pareja se deslizaba por el salón de baile con elegancia y desenvoltura. Él la llevaba de la cintura, y ella tenía la mano en el hombro de él. Las demás parejas parecían tener cuidado en apartarse de su camino, percibiendo la superioridad de los bailarines.

—Bueno, al menos ha dicho la verdad sobre el baile —dijo Sofía. Anthony casi había olvidado que estaba allí—. Hacen buena pareja bailando. Y parece que él está encantado con ella. En el futuro no deberías llevarla a ningún encuentro social en el que él esté presente: será más fácil así.

No podía haber cautivado a su amigo con tanta rapidez, en un solo baile. Pero cuando la música terminó y Stewart la condujo de nuevo hacia ellos, pudo verlo: sentía interés e intriga. Los bailarines intercambiaron una sonrisa: la de ella era cómoda y franca. Se extendió por su rostro con la misma naturalidad con la que el sol de la mañana se extendía cada día por el estudio de Anthony. Una sirvienta no debería ser capaz de interpretar tan bien ese papel. Y, sin embargo, de alguna manera, aunque debería ser quien se sintiera menos cómoda y más insegura en aquella sala, había provocado los celos de las mujeres y deslumbrado a su íntimo amigo. Tendría que poner fin a todo aquello.

Para ser el primer vals, Patience pensó que había ido muy bien. No había bailado desde la muerte de su padre, pero sus años de lecciones como debutante le habían vuelto a la cabeza en cuanto dio los primeros pasos. También ayudaba que el señor Fairchild fuera un excelente bailarín y conversador.

Miró a los hermanos Woodsworth. Ninguno de los dos sonreía, y no sabía por qué. La verdad era que había ido bastante bien. Después de todo, tendría que agradecer al señor Woodsworth la oportunidad de asistir a aquel baile. Parecía tan entusiasmado con el vestido y la oportunidad de que ella viviera su sueño de ser una dama... Al principio, no lo había apreciado del todo. Ahora sí lo hacía. Haber asistido a su primer baile en sociedad con alguien que no la buscaba por su posición era un regalo para el que tendría que encontrar una forma de agradecimiento.

Llegaron hasta donde estaban los hermanos y les dedicó a ambos su mayor sonrisa.

—Gracias por traerme aquí. Señor Woodsworth, tenía usted razón. Creo que algunos de mis sueños se han cumplido esta noche.

—¿Le prometiste que sus sueños se cumplirían? —preguntó el señor Fairchild. Arqueó las cejas, mostrando una agradable sonrisa—. ¿Por qué nunca me habías hablado de la señorita Smith? Es encantadora. —Se volvió hacia ella—. Espero que haya vuelto a Londres para quedarse. Seguro que tiene más sueños por cumplir.

—No se quedará —dijo Anthony antes de que ella pudiera responder.

—Puedo responderle yo.

—Por supuesto que puede, pero es probable que no deba, ¿o sí debería?

Oh, Dios. La señora Jorgensen debía de haberle hablado de su incapacidad para mentir.

Stewart entrecerró los ojos, mirando a su amigo, y su sonrisa flaqueó.

—¿Por qué no debería hablar por sí misma?

Patience puso la mano en el antebrazo del que había sido su pareja de baile para tranquilizarlo. Los ojos de ambos hombres siguieron su gesto.

—Su amigo no confía en que sepa expresarme acertadamente. Pero a pesar de lo que él puede considerar que es un defecto en mí, casi siempre consigo decir lo correcto.

—¿De verdad? —preguntó el aludido. Las arrugas del contorno de sus ojos se hicieron más profundas que de costumbre, como si todo el movimiento del salón de baile le resultara doloroso—. Entonces, responda a la pregunta de si está en Londres para quedarse.

—¿Quién podría quedarse en Londres cuando el aire es tan desagradable? —dijo ella, volviéndose hacia Stewart y sonriendo.

—¿Y dónde va usted cuando necesita aire fresco? —preguntó este—. Cuando esté fuera de Londres, ¿dónde podría encontrarla?

Maldición, una segunda pregunta. No importaba, podía salir del paso una vez más. El señor Woodsworth intentó adelantarse para responder, pero ella hizo caso omiso:

—Me temo que, cuando estoy fuera de Londres, soy difícil de encontrar. Sin embargo, si su amigo, el señor Woodsworth, sabe dónde me encuentro y quiere decírselo, tiene mi permiso para hacerlo.

Después de todo aquello, sería difícil que volviera a encontrarse con el hijo del general. Había pocas posibilidades de que él supiera dónde se encontraría una vez que dejara de servir para su familia.

—Así que dependerá de Anthony que nuestra relación continúe en cualquier caso. —Entrecerró los ojos, observando de nuevo a su amigo. Patience se encogió de hombros. El señor Fairchild era amable, pero no había forma de que su hermano permitiera una relación entre ellos. Era mejor que supiera de inmediato a lo que atenerse. Podían ser amigos siempre que tuviera claro que, en algún momento, no muy lejano, ella se iría. Stewart miró a su amigo y a la joven dama—. ¿Le ha presentado Anthony a la señorita Morgan?

—No. —Aquel sí era un asunto del que estaba dispuesta a hablar. La buscó en el salón de baile, aunque no tenía idea de cómo era—. ¿Está aquí?

—Ha entrado justo después de ustedes dos. Pensé que las presentaría, o al menos que le indicaría quién es.

—Lo habría hecho si no la hubieras sacado a bailar en cuanto ha llegado —respondió Anthony con calma—. No he tenido la oportunidad.

—Bueno, ahora tienes la oportunidad. Está en la otra punta del salón, charlando con lord Bryant. ¿Vamos y las presentamos?

¿Lord Bryant? A Patience le pareció que la sala se quedaba en silencio; de pronto, se sentía el centro de todas las miradas. Dirigió la vista hacia el señor Woodsworth con pánico: le había dicho que nadie de mayor rango asistiría a los mismos encuentros sociales que él. ¿Qué hacía lord Bryant allí?

Anthony miró por encima del hombro de Patience, hacia el grupo al otro lado del salón. Inclinó la cabeza mientras examinaba el rostro de la criada.

—No hace falta que las presente si prefiere que no lo haga. —Los profundos surcos que se habían dibujado en sus cejas reflejaban preocupación.

—Oh. Ahora le das a elegir—dijo su amigo, encogiéndose de hombros—. ¿Estás seguro de que no quieres que estas dos encantadoras damas se conozcan?

—No. ¿No ves que no le apetece?

—El señor Woodsworth tiene razón. —La joven se apartó con sutileza de su pequeño grupo, tratando de ocultarse del grupo del otro lado de la sala tras el señor Fairchild—. Prefiero no hacerlo. De hecho, preferiría marcharme ya.

—¿No se queda más tiempo? —preguntó la señora Jorgensen—. ¿Para qué hemos venido entonces? Ni siquiera ha bailado con mi hermano.

—Y quiero bailar con él. De verdad que quiero. —Su corazón estaba reaccionando de manera extraña a la presencia de lord Bryant. No lo había visto desde que era una niña, pero era inconfundible, incluso a distancia. Se movió para ocultarse mejor—. Pero ahora me gustaría marcharme.

Anthony se frotó las sienes. La joven no lo culpaba: no le había ayudado en absoluto, después de que él y su hermana se hubieran tomado tantas molestias.

—Señorita Smith… —comenzó la señora Jorgensen.

—No, está bien —la interrumpió su hermano, dejando caer las manos a ambos lados del cuerpo y retomando su serio semblante. Habló en voz baja, tal vez para que su amigo no lo oyera—. Podemos irnos. Tal vez no deberíamos haber venido. Nos iremos juntos, y quizás eso sea suficiente.

Miró a la señorita Morgan y, por primera vez, Patience la identificó. Estaba radiante junto a lord Bryant. Llevaba el pelo perfectamente peinado, y sus labios formaban una sonrisa de complacencia. No tenía la actitud militar de la hija del general.

Parecía elegante y dulce. Esta era la mujer a la que el señor Woodsworth había pasado cortejando dos años. Él parecía el tipo de hombre que sería más feliz casado que soltero. Las profundas arrugas que tenía en el rostro cobraron sentido. ¿Cómo sería intentar, durante dos años, convencer a una familia de que uno era digno de su hija?

¿Qué le pasaba a la familia Morgan? ¿No eran capaces de ver que aquel hombre era honrado? Era cierto que, en parte, quería casarse con su hija por la posición social, pero la mayoría de las familias no verían eso como un defecto. Y pensaba que ella, Patience, era competente. Cuando la única persona en el mundo que la consideraba competente le pedía ayuda, no había motivo alguno para negarse. Al menos no cuando estaba en su mano ayudarlo. Suspiró.

—Lo haré. Un baile y después nos vamos juntos los tres. Tendrá que ser suficiente por hoy. Le prometo dos bailes la próxima vez que tengamos la oportunidad.

—¿Está segura?

—Lo estoy.

El señor Woodsworth hizo una breve inclinación de cabeza y le ofreció el brazo. Ella lo aceptó. Había prometido que la ayudaría a mantener su identidad en secreto. Llevaba una peluca, y además hacía mucho tiempo que no veía a lord Bryant; lo más probable era que se hubiera olvidado de ella. Solo tenía que actuar con naturalidad y procurar permanecer en su lado del salón.

—Gracias de nuevo por su ayuda. —El señor Woodsworth se inclinó hacia ella mientras pasaban junto a otras parejas en formación—. En realidad, no sé qué fue lo que me llevó a aceptar el plan de la señorita Morgan. Pero estoy agradecido por no tener que pasar tiempo con una joven a la que podría romperle el corazón, o hacer que su familia malinterpretara mis intenciones.

Su corazón estaba a salvo, pero esa suposición, por alguna razón, la irritó. Como si por el hecho de ser una sirvienta fuera imposible que albergase sentimientos hacia él.

—Las criadas también tienen corazón, ¿sabe?

—Pero usted es consciente de que todo esto es una farsa.

Extendió el brazo para alejarse un poco de ella.

—Bueno, sé que es una farsa, pero con los asuntos del corazón nunca se sabe qué puede pasar.

—Sí que lo sabe: nada. Por eso la elegí a usted. Nunca podrá pasar nada entre nosotros. —Se volvió para mirarla sin dejar de caminar—. ¿Me equivoqué al suponer que usted también lo tenía claro?

—No, no se equivocó, pero a una mujer no le gusta escuchar palabras como esas, tenga la posición que tenga.

—Pero un hombre debe ser claro en sus intenciones o podría causar daño.

—Oh, ha sido usted muy claro. No tiene que preocuparse por ello. Soy tan consciente como usted de que no estamos precisamente en la misma posición social. —Después de todo, ella era la hija de un duque. Aunque, obviamente, él no se refería a eso.

—Que sea una criada no significa que sea peor persona.

Patience rio con suavidad.

—En realidad, espero que me haga mejor persona.

El señor Woodsworth vaciló al dar el siguiente paso. Volvió la cabeza y le dirigió una mirada inquisitiva. Ella tan solo se encogió de hombros. Las razones por las que se había convertido en criada no las podría discutir nunca con él. Él recuperó la compostura y se volvió hacia ella. La polca estaba a punto de empezar, y a Patience le encantaba. Era tan animada, mucho más entretenida que el vals. Pero con lord Bryant al otro lado del salón, tendría que controlar y acortar sus pasos. Dejaría su baile más entusiasta para otro momento.

Se inclinó ante el señor Woodsworth, no con la elegante reverencia que había hecho a su amigo. Antes no había podido evitarla, con los dos hermanos observándola con tanta atención, preguntándose si cometería un error. Esta vez se inclinó levemente, para no destacar.

El señor Woodsworth volvió a fruncir el ceño cuando ella hizo la reverencia, pero cuando empezó la música, le tomó ambas manos sin dudarlo. Para un hombre que consideraba que una sirvienta estaba por debajo de él, sus manos eran firmes y diligentes, nada que pudiera sugerir que la despreciaba. Su amigo había sido un excelente bailarín, pero su toque había sido más suave, porque claramente había confiado en que ella sabía bailar. Al parecer, no era así con su actual pareja de baile.

Estuvo a punto de perder el primer paso, y su dirección fue necesaria después de todo. Se unió a él, saltando con rapidez a un lado. Después de eso, no hizo caso de sus manos y se concentró en la música y los pasos. A veces se dejaba llevar por el ritmo del baile, pero siempre volvía a contenerse.

—Parece que no le gusta bailar —observó Patience—. ¿No es una de sus pasiones?

—No lo llamaría una pasión, pero sí que lo disfruto. En cualquier caso, lo disfruto más con una compañera que no retenga su habilidad.

—¿Qué quiere decir? —Estaba haciendo exactamente eso, pero no quería decir por qué. Tampoco podía mentir.

—La he visto bailar el vals. Tiene mucho más talento natural del que muestra conmigo.

—Tal vez disfruto más del vals que de la polca.

—Puede ser, pero no creo que sea esa la razón.

—¿Cree que trato de comportarme y, como la polca saca a menudo un lado rebelde, yo estoy intentando ocultarlo?

—Podría creerlo perfectamente. —Una media sonrisa asomó a sus labios. Le soltó la mano y abrieron su formación para dar unos pasos rápidos. Volvieron a juntarse. El vertiginoso ritmo del baile hizo que ella respirara de manera cada vez más agitada. Él deslizó la mano hasta la parte posterior de su cintura para el siguiente giro. Incluso a través de su vestido de baile encorsetado, podía sentir el calor de su tacto en la parte baja de la espalda—. ¿Así que ha decidido comportarse esta noche?

—Lo he hecho. La verdad es que no quiero llamar la atención mientras esté en cualquier reunión social con usted. Mientras lleve esta peluca, intentaré ser dócil e invisible.

—¿Y cuando se la quite?

Pasó por debajo de su brazo levantado, mientras él la empujaba por el puente que había hecho para ella. Cuando volvieron a estar de frente, Patience sonrió.

—Seré tan rebelde como mi pelo.

El señor Woodsworth esbozó una amplia sonrisa que suavizó todas sus arrugas. La acercó hacia sí y se inclinó sobre su oído. Su respiración era tan rápida como la de la joven.

—Lo disfrutaré. Lo único que falta en nuestra casa es algo de desenfado.

Patience tragó saliva. Todavía podía sentir su cálido aliento en la mejilla. El desenfreno era lo que el señor Woodsworth quería, lo que necesitaba la casa. Era un cumplido inesperado.

Decidió no hacer caso de lord Bryant, que se encontraba en el otro lado del salón. Era muy joven cuando se habían visto por última vez; su pelo y su rostro habían cambiado. No tenía ninguna posibilidad de hablar con ella en aquel momento, y esa era, con probabilidad, la única forma de que la reconociera. Dejó de buscarlo y se lanzó a la polca. Cada vez que saltaba, lo hacía más alto. Aquello no se parecía en nada a bailar con su viejo y estirado profesor de baile. El señor Woodsworth nunca perdía un paso, y siempre la sostenía con firmeza, conduciéndola en todas las direcciones que debía tomar. Al poco tiempo, se encontró riendo de gozo. Cuando había abandonado su hogar, apenas unos días atrás, nunca habría imaginado que asistiría a un baile aquella noche. Qué mundo tan extraño el suyo. Extraño y maravilloso.

Él igualó su entusiasmo: sus pasos se volvieron menos forzados y más naturales. Cuando se relajaba y permitía que la música y su pareja de baile tomaran parte del control, era tan buen bailarín como su amigo. El baile se acercaba a su fin: colocó las manos de ella sobre sus hombros y la levantó por la cintura en el aire. Una carcajada volvió a escapar de sus labios. La levantó como si no pesara nada, con los brazos flexionados bajo el *blazer*. Observó el salón de baile desde su elevada posición. Aquel era un movimiento que su instructor de baile jamás habría pensado en enseñarle.

La sala estaba inundada de color y movimiento. Las parejas giraban mientras la música fluía a su alrededor. El señor Woodsworth la bajó mientras seguía ejecutando un giro. Era un momento perfecto, hasta que notó la mirada de lord Bryant clavada en ella desde el otro lado del salón.

Tanto sus pies como su ánimo tocaron el suelo. El señor Woodsworth seguía sonriendo: su sonrisa era desgarradoramente hermosa.

—Un baile más —dijo—. ¿Bailará conmigo una vez más?

Se le cayó el alma a los pies. No podía. Quizá lord Bryant no supiera quién era, pero estaba claro que le intrigaba conocerla. Si la invitaba a bailar, no podría fingir por más tiempo.

—No puedo.

El señor Woodsworth no protestó. No hizo ninguna pregunta. Se limitó a asentir con la cabeza, como si ser rechazado por una dama no fuera una sorpresa o algo improbable. Pero su sonrisa había desaparecido.

Volvió a ofrecerle su brazo: rígido de nuevo, aquel era el brazo del soldado al que su padre había educado.

—Llamaré al carruaje.

—Gracias. —Si tan solo pudiera explicarse. Quería que aquella sonrisa se mantuviera. Pero en el momento en el que él descubriera quién era en realidad, la mandaría directa a su casa.

—Gracias, señorita Smith, por todo lo que ha hecho esta noche. Estoy seguro de que ha sido suficiente para que los Morgan tomen nota.

Los Morgan. Por eso había sonreído y la había levantado en el aire. Estaba montando un espectáculo para los Morgan. El salón de baile ya no parecía alegre y colorido, sino abarrotado y chillón. Cuando llegaron a la altura de la señora Jorgensen, su estómago se había retorcido. El señor Woodsworth la dejó junto a su hermana y, fiel a su palabra, fue a llamar al carruaje.

La velada había sido un éxito.

Capítulo 9

PATIENCE OBSERVÓ LA CHIMENEA FRENTE a ella. No emanaba ningún calor. La habitación no se había usado desde hacía una semana: estaba limpia, como todo en la casa —la señora Bates era el ama de llaves más minuciosa que había conocido—, y vacía. Hasta entonces solo había reavivado un fuego con rescoldos y, francamente, se sentía muy orgullosa de sí misma por haberlo conseguido.

Habían pasado tres días desde el baile, y todavía no había tenido noticias del señor Woodsworth sobre la posibilidad de volver a ayudarlo. Supuso que seguiría necesitándola, puesto que su hermana le había pedido que se encargara de los niños todos los días desde entonces. Siempre que se quedaba a solas con los pequeños, estos parecían cobrar vida. Deseaba que se comportaran igual cuando su madre estaba con ellos, pero, como con ese fuego frío y muerto, no tenía idea de cómo encender a los niños cuando su madre andaba cerca.

Llevó el cubo de carbón. Para empezar, el carbón debía ir a la parrilla. Se puso los guantes de trabajo y recogió algunos de los trozos más grandes. Llenó la rejilla por completo, sin saber qué hacer a continuación. Si hubiera carbón vivo debajo, podría removerlo con el atizador y, tal vez, el nuevo carbón humearía hasta arder. Clavó el atizador en la leña, sabiendo que no serviría de nada, pero ¿no habría estado bien que fuera suficiente? Sin duda, las astillas se asentaron mejor en la rejilla. Tendría que tomar una vela y ver si podía encenderlas con la llama.

La puerta crujió tras ella. Dejó caer el atizador, sintiéndose estúpida. Lo último que necesitaba era que la señora Bates viera que intentaba encender un fuego pinchando el carbón con una varilla de metal.

—Patience, he estado...

Oh, Dios. Era él.

Miró el atizador que acababa de tirar.

—¿Qué está haciendo?

—Solo estoy encendiendo el fuego. La señora Bates quería que caldeara la sala de música para que su hermana diera un pequeño concierto con los niños esta noche.

—Pero no hay carbones vivos en ese fuego.

—Todavía no. —Recogió el atizador y lo volvió a colocar en el estante junto a la chimenea—. Solo tengo que encenderlo.

—Pero ha dejado la leña al descubierto. ¿Cómo va a encenderla?

—Pensé que tal vez una vela...

El señor Woodsworth alternó la mirada entre ella y la chimenea.

—¿Había pensado en una vela?

—No, pero tal vez una vela... —No tenía excusa. No tenía ni idea de lo que estaba haciendo. Y estaba claro que él lo sabía tan bien como ella—. ¿Qué usaría usted?

—Bueno, supongo que una vela podría terminar funcionando, pero no sin un poco de madera bajo el carbón.

¡Prender madera! ¡Claro! Sabía lo de la leña. ¿Cómo se le había olvidado? Por lo general, la leña y las astillas estaban justo a la izquierda de la chimenea. Se volvió hacia el hogar. En efecto, había una cesta con unos cuantos bloques estrechos de madera, y debajo había un cajón que, supuso, contendría algo para encenderla. Se tapó la cara con las manos. ¿Cómo había podido olvidarlo?

Se apresuró a acercarse al cesto y sacar la leña; luego, se volvió triunfante hacia él.

—Aquí está. —Oh, cómo le gustaría poder decirle que estaba a punto de usarlos cuando él había entrado, pero no era cierto.

Él la miraba con extrañeza. Tenía el ceño fruncido y negaba con la cabeza. Con eso podía encenderlo, ¿no? No estaba empeorando la situación, ¿verdad?

—Su cara.

—¿Qué ocurre? —Levantó la mano para limpiar lo que fuera que llamara la atención del señor, pero se detuvo al ver el estado de sus guantes. Estaban negros y cubiertos de polvo de carbón—. Tengo hollín por todas partes, ¿no es cierto?

El señor Woodsworth asintió, mordiéndose los labios. Si no lo conociera, habría pensado que estaba a punto de reírse. Sin saber qué más hacer, dejó caer los guantes sucios en el cubo del carbón y se quitó la cofia, ya estropeada y manchada de rojo. Intentando no sonrojarse, se frotó con rapidez la cara con el gorro, que se llenó de manchas negras; sabía que era imposible eliminar por completo las manchas de su cara sin lavarse.

Esperaba verlo todavía riéndose de ella en silencio, pero cuando dejó de frotarse la cara con el gorro, no había mueca alguna en su rostro, aunque no apartaba los ojos de su pelo.

—Oh, no, ¿también tengo algo en el pelo? ¿Está lleno de polvo? ¿Está sucio?

—¿Qué...? No. Es tan rizado y, bueno, carmesí, al menos con esta luz. No creo haber visto nunca un cabello así. ¿Cómo consigue esos bucles?

—¿Cómo los consigo? No hago nada.

—¿No se riza el pelo para que quede así? He visto a mi hermana hacerse rizos en el pelo, pero nunca le quedan así, y parece un proceso arduo.

—No. Nací con estos rizos. —Para disgusto de Nicholas, pues para él nada mostraba más la falta de decoro que un pelo como el suyo.

El señor Woodsworth desvió la mirada por encima de su cabeza, luego hacia la chimenea... hacia cualquier lugar de la habitación que no fuera el cabello de Patience.

—Le sienta bien. Dios sabía lo que hacía cuando le dio ese cabello. Tendré que acordarme de agradecérselo.

El hijo del general era un personaje extraño. La mayor parte del tiempo se mostraba disciplinado y formal, pero de vez en cuando decía algo fuera de lo común. Como ahora. Consiguió no llevarse las manos hacia los pequeños y apretados rizos que tenía en la nuca.

—¿Por qué tendría que agradecérselo?

—Su pelo aporta algo de color a la casa, y no puedo evitar pensar que afecta a la forma en que interactúa con mis sobrinos. Necesitan con urgencia a alguien como usted, al menos hasta que su padre vuelva.

No supo responder. No sentía que hubiera ayudado en nada con los niños. Ni siquiera había conseguido enseñar a Augusta algo más que cuánto eran dos más dos. Suponía que estaba siendo una aprendiz de institutriz tan torpe como lo había sido de criada.

—No estoy segura de lo que quiere decir.

—Fui a verlos anoche. Augusta intentó hacerme cosquillas. Harry no se unió a ella, pero le gritaba indicaciones.

Patience intentó ocultar una sonrisa.

—Veo por su sonrisa que ha tenido algo que ver.

—¿Debo disculparme? —Creía que estaba contento con ella, pero era algo extraño de lo que alegrarse.

—No. No se me dan bien los niños, pero después de anoche, siento que podría aprender.

—No creo que nada pueda ser difícil de aprender para usted. He desempolvado los libros de su estudio. Cualquier hombre que pueda soportar las invasiones anuales de Ática en *La historia de la guerra del Peloponeso* de Tucídides, puede manejar la interacción con un par de niños.

Él la miró con extrañeza y luego negó con la cabeza.

—Traiga. —Agarró el tronco que tenía en la mano—. Deje que la ayude con esto.

Patience retiró la mano: ella era la sirvienta en aquella casa, no él. No podía volver con Nicholas y decirle que el hijo del general Woodsworth había hecho la mitad de las tareas por ella.

—Puedo hacerlo. Solo necesito un poco de tiempo para pensar.

Él no discutió. Se limitó a asentir.

Miró la chimenea llena de carbón. Sabía que debía encender la leña debajo de la madera para que prendiera. Lo lógico era que la leña encendiera el carbón: tendría que ponerla debajo.

—Creo que sé cómo hacerlo, pero, por si acaso, le voy a contar mis planes y usted podrá decirme si estoy en lo cierto o no.

—Me parece excelente, y mientras construye lo que supongo que se convertirá en el fuego de carbón más perfecto del mundo, tengo algunas noticias para usted. He venido a cumplir mi promesa. Le contaré todo lo que sé sobre tres de los mejores caballeros de Londres.

Casi se había olvidado de esa parte del trato. Volvió a ponerse la cofia y los guantes sucios. ¿Qué le diría sobre los hombres que conocía? Con seguridad debía de haber, por lo menos, algún buen partido entre la manada de lobos que rondaban los trofeos cada temporada.

El señor Woodsworth sacó un papel doblado del bolsillo de su *blazer*. Ella no alcanzaba a leer lo que había escrito en el papel, pero sí podía ver que estaba ordenado en filas y columnas.

—En primer lugar, está el señor Fenton. Es amable...

—Señor Fenton. Puede ahorrárselo. No necesito saber nada de señores.

—¿Qué quiere decir? —Estaba haciendo un excelente trabajo, observando a Patience sacar el carbón de la chimenea sin criticar la forma en que agarraba cada trozo con el pulgar y el índice—. Me pidió que investigara el carácter de algunos de los mejores hombres que conozco.

—Sí, pero no solo de los mejores. Necesito información sobre hombres con título: condes, duques, marqueses. Tal vez uno o dos barones, pero solo si conoce a alguno que sea excepcional y posiblemente rico.

—¿Por qué demonios necesita ese tipo de información? Esas familias no pagan mucho más por su trabajo. ¿Y por qué solo hombres? Como criada, tratará sobre todo con las mujeres de la casa; en realidad, con las amas de llaves más que con cualquier otra persona.

—No ha sido así en esta casa.

Eso le hizo reflexionar. Se paseó de un lado a otro frente a la chimenea. Se detuvo.

—Se da cuenta de que la posición en la que la he puesto es única y ha nacido de la necesidad, ¿verdad? No imagino a otro caballero pidiéndole que haga algo así. De hecho, si lo hicieran, sería muy inapropiado.

Su gesto era severo al desestimar a cualquier empleador que tratara a Patience tal y como él lo había hecho.

—Entonces ¿qué debería hacer una criada si se encontrara en una situación en la que su empleador le pidiera que se hiciera pasar por una dama?

—Ningún otro empleador pediría eso. Es absurdo.

—Así que... ¿solo en la casa de los Woodsworth debo esperar ese trato?

—No. —Dobló su ordenada lista y se la guardó en el bolsillo. Después volcó lo carbones fríos en el cubo con un movimiento rápido.

—Sacar los carbones no forma parte de encender el fuego. Creo que ha comprobado que es capaz de sacarlos uno a uno si la ocasión lo requiere. Ahora, dígame cómo cree que debe encender el fuego.

—¿No va a decirme nada más sobre esos hombres?

—No tenía ni idea de sus altas miras. Solo he pensado en señores corrientes para usted. Es un milagro que se haya dignado a trabajar en esta casa.

—Bueno, en defensa de su casa, su padre no es con exactitud un señor, es un general y, aparte de Wellington, es el más respetado de toda Gran Bretaña.

—Me sorprende que no haya probado en la casa de Wellington. No solo es un general, también es duque. Por no decir que es ex primer ministro y actual comandante en jefe.

—¿Qué le hace estar tan seguro de que no lo haya hecho?

Se irguió aún más.

—Para su información, mi padre no ha tenido el beneficio de venir de una buena familia. Wellington compró una posición en el ejército. Tenía un respaldo. Mi padre solo consiguió un puesto gracias a su fuerza bruta. Por suerte, una vez que lo reclutaron, se dieron cuenta de su aguda inteligencia.

Estaba bastante a la defensiva. No era como si todo el mundo pudiera ser Wellington: aunque el general Woodsworth parecía haber llegado lo más lejos que una persona cualquiera podía llegar.

—La casa de su padre era la única casa en la que quería trabajar, y tuve mucha suerte de obtener un empleo aquí.

Él entrecerró los ojos.

—Sabe que no miento.

—Lo sé —asintió—. Supongo que ha tocado un asunto sensible. Mi padre respeta a Wellington, como es lógico. Pero siempre se ha preguntado qué podría haber logrado si su propia familia fuera de rango superior.

El general Woodsworth era el único que le venía a la cabeza que no hubiera empezado su carrera comprando su posición.

—¿Por eso se siente obligado y está decidido a casarse bien?

Le dedicó una sonrisa triste y luego señaló la chimenea. Aquel día no iba a obtener respuestas de su parte.

Patience apoyó las manos en las caderas. No podía ser tan difícil encender un fuego.

—Pensaba poner primero las astillas, luego la madera y por último el carbón.

—¿Y cómo lo encenderá?

—Con una vela del pasillo. Sé que la cocinera tiene cerillas largas en la cocina, pero nunca he encendido una y, la verdad, me da un poco de miedo.

—Una vela es la opción más segura. Las chispas de esas cerillas son impredecibles, y lo último que queremos es que se le prenda el vestido.

Colocó la leña en el fondo mientras él acercaba una silla desde el pianoforte y se sentaba, observándola. A continuación, apiló unos cuantos trozos de madera. Era algo sencillo, prender fuego. Sin embargo, se sentía poderosa haciéndolo por sí misma. Tomó el carbón y lo puso encima, siempre sabedora de que el señor Woodsworth la miraba. Cuando todo parecía estar listo, se levantó y sonrió. Él le devolvió la sonrisa. Debía de haberlo hecho bien.

—Vaya a buscar la vela.

Salió y tomó una de las velas que iluminaban el pasillo. Regresó junto a la chimenea. Como no quería distraerse con su sonrisa, no lo miró. Puso la vela justo debajo de la leña y dio un gritito de alegría cuando se prendió una pequeña llama.

Se volvió triunfal, ahora sí, preparada para la infrecuente sonrisa del señor Woodsworth.

Pero no estaba sonriendo. Observaba la pequeña llama. La señaló con la barbilla para que se volviera y la mirara también. Seguía ardiendo, pero no tanto como al principio. Solo se habían quemado los bordes de la leña, y todo lo demás estaba intacto. Unos segundos más y la llama se convirtió en nada más que una línea azul pálido. Luego desapareció por completo.

Patience bajó la cabeza y gimió.

—¿Qué he hecho mal?

Él se encogió de hombros.

—Supuse que quería conseguirlo usted sola.

—Sí.

Su acompañante oscilaba entre ser de ayuda o el hombre más exasperante que había conocido.

—Era obvio que sabía que no lo estaba haciendo bien. ¿Por qué me ha dejado seguir?

—Acaba de decir que quería hacerlo usted sola.

—Y también le he dicho que le contaría mi plan para que pudiera corregirme si me estaba equivocando.

—Yo no diría que lo que ha hecho esté mal.

—Pero tampoco diría que está bien.

—En realidad, casi lo tiene. Y confío en que lo resolverá sin mi ayuda. Cualquier criada que conozca a Tucídides puede encender un fuego.

Ah, así que por eso la había mirado con extrañeza antes. Lo más probable era que una criada nunca lo hubiera leído. Por supuesto, tampoco lo haría la mayoría de las damas. Intentó recordar las pocas veces que había visto a sus criados encender un fuego. O incluso aquí, cuando había añadido leña a un fuego ya encendido. En todas esas ocasiones, nunca había visto añadir las astillas mientras el fuego no estuviera ya en marcha.

—¿Tal vez si pongo las astillas después?

—¿Por qué cree que es así? —Sonrió él, asintiendo.

—Sinceramente, no tengo ni idea, pero si me lo dice, prometo no olvidarlo, y seré capaz de hacerlo sola la próxima vez.

Él se levantó y se acercó a Patience. Le tomó el brazo izquierdo y le quitó el guante sucio de trabajo. No se lo puso, su mano era demasiado grande para ese guante, pero lo utilizó como paño para recoger las brasas de arriba y volver a ponerlas en el cubo. Ella lo observaba. No se movía, apenas respiraba. Un hormigueo le recorría la mano desde que la había tocado para quitarle el guante. Se sentía demasiado cómodo con ella.

—¿De verdad va a obligarme a hacer el trabajo por usted? Entiendo que soy solo un... señor, pero tenga por seguro que exijo un mínimo de respeto.

Ella negó con la cabeza.

—Claro que no.

Se adelantó de un salto, se arrodilló junto a él y, con el único guante que le quedaba, comenzó a retirar las brasas tan rápido como podía. Cada vez que se inclinaba hacia delante para alcanzar un trozo de carbón, sus brazos se tocaban. Cuando él se echaba hacia atrás para depositar el carbón en el cubo, le rozaba la cintura. ¿Por qué no se había arrodillado al otro lado? Claro que entonces habría sido ella la que tuviera que rozarlo a él. Se concentró en controlar la respiración mientras su brazo volvía a rozarle la cintura, esta vez muy cerca de los lazos del delantal.

¿Por qué no parecía afectado por su cercanía? ¿Porque era una criada? Habían retirado la mitad de las brasas cuando ella no pudo soportarlo más. Por el amor de Dios, podía ver incluso la sombra de su barba.

—¿Por qué no la tira, como antes? —preguntó.

—Porque ha hecho un excelente trabajo colocando la leña, y si lo tiramos, se convertirá en un gran desorden. Solo hay que mover un poco la leña para dar más aire al fuego.

—De manera que lo he hecho bien.

—Lo ha hecho bien, salvo por un pequeño detalle. —Colocó el último trozo de carbón en el cubo y se puso en pie.

Ella también se levantó. Era la oportunidad perfecta para alejarse de él: una dama no debería estar examinando la barbilla de un caballero con tanto detalle, pero no lo hizo. Aparte de bailar y jugar con los niños, no había estado tan cerca de una persona desde que su madre se había marchado a París.

—No dejé que respirara. —Estaban solo a unos centímetros el uno del otro—. Todo estaba demasiado cerca, así que el fuego no podía respirar.

—Exacto. —Señaló la mano desnuda y ella la extendió. Él le enfundó de nuevo el grueso guante, sin ser consciente de que estaba causando el mismo efecto en ella que la leña en el fuego. Volvió a su silla y se sentó—. Inténtelo de nuevo.

Estaba decidida a no fallar una segunda vez. Miró la chimenea. La madera seguía demasiado apilada sobre la leña. Levantó cada pieza y ahuecó las astillas y los trocitos de algodón que había entre ellas. Alcanzó la vela, se volvió y enarcó una ceja, mirándolo. Él le dedicó un breve pero afirmativo movimiento de cabeza.

Esta vez, cuando la leña prendió, no dio ningún gritito. Observó. Poco a poco, el fuego fue creciendo hasta que vio que parte de la madera humeaba y ardía.

—¿Debo añadir el carbón ahora? —preguntó.

Las llamas de su fuego se reflejaron en los ojos del señor Woodsworth. No hubo respuesta.

—Creo que debería esperar un poco más —se respondió a sí misma.

—Yo también lo creo.

Se agachó y observó cómo las llamas lamían cada vez más madera. Las astillas habían desaparecido y ya solo quedaba el lento crepitar de los troncos. Las llamas bajaron y bajaron hasta que apenas se veían.

—¿Qué me estoy perdiendo? ¡Ardía tan bien hace un instante!

—Un fuego solo necesita tres cosas. —El señor Woodsworth levantó un dedo—. Una llama o una chispa.

—Lo tengo.

Levantó un segundo dedo.

—Algo para quemar.

—También lo tengo. —Intentó mantener la calma, pero el fuego se estaba consumiendo muy rápido.

—Entonces debe de ser lo último.

—¿Qué ocurre? —La calma aparente que ese hombre mantenía nunca había sido más frustrante. ¿No reconocía una catástrofe cuando la veía?

—Ya sabe lo que es.

—Necesita respirar… —Abanicó con las manos de un lado a otro, tratando de dar más aire al pequeño fuego. Por la cabeza le pasaron imágenes de sirvientes usando un fuelle para ayudar a que las brasas volvieran a la vida. Allí no había fuelles. Se arrodilló, teniendo cuidado de entremeterse la falda bajo las rodillas y lejos de las llamas. Inclinándose hacia delante, sopló con suavidad. El fuego necesitaba aire, pero no quería apagar la poca llama que quedaba.

De repente él se plantó a su lado. Había debido de quitarse el *blazer* mientras ella hacía esos míseros esfuerzos por avivar la llama. La anchura de su cuerpo ocupaba la mayor parte del espacio frente a la chimenea. Se inclinó hacia delante y sopló con fuerza en el pequeño montón de leña. La reacción fue inmediata. Las llamas crecieron y también lo hizo un pequeño revoloteo en su estómago. De nuevo, estaban muy cerca. Inclinado hacia delante, con el rostro iluminado por el fuego, las arrugas que tenía alrededor de la boca y los ojos se le marcaban más todavía, pero no lo hacían ni temible ni desagradable. Era guapo. Más que guapo. ¿Cómo no se había dado cuenta antes? Incluso sin su hermosa sonrisa, el carácter de aquel rostro la atrajo de la misma forma que el fuego le había quitado el aliento.

—Vamos, pruebe usted. —Sus hombros se rozaban, y el calor de su cuerpo la acaloraba más que el calor de las llamas. Se inclinó también, apartándose de él. Una vez más, se sorprendió de que él no se sintiera afectado cuando estaba a solas con ella. En cambio, ella había pasado de no pensar siquiera en su aspecto a encontrarlo repentinamente atractivo.

Sopló tan fuerte como pudo, y el fuego volvió a crepitar. Entonces se turnaron. Él se inclinaba hacia delante y soplaba en un lado, luego ella lo hacía en el otro. En menos de un minuto, el fuego empezó a arder con fuerza, y ambos se sentaron en cuclillas.

—Gracias. —Se había quedado sin aliento. Con suerte el señor Woodsworth pensaría que solo se debía a sus esfuerzos por mantener el fuego encendido—. Creo que esta vez sí arderá bien.

—No tiene que darme las gracias. Usted ha hecho la mayor parte del trabajo. —Se levantó y tomó su *blazer.* Patience se quedó mirando aquellos hombros anchos y esos brazos fuertes que introdujo en las mangas con un movimiento suave y ligero—. La próxima vez no le costará nada.

—¿Por qué es tan hábil encendiendo el fuego? Seguro que los sirvientes lo hacen por usted. —Torció un poco el gesto—. Me refiero a sus otros sirvientes, los que no son tan...

—¿Ingobernables?

—Sí. —Ingobernable era mejor que incompetente, o eso pensaba. De todas formas, no parecía molestarle cuando se refería a sus sobrinos.

—Mi padre no creció con servicio, y le preocupaba que su familia no supiera cuidar de sí misma. Su situación ha cambiado por completo de un tiempo a esta parte. Creo que siente que es algo que le puede suceder a cualquiera, y en cualquier situación. Supongo que no quería que fuera un inútil.

—Como yo...

—No —dijo, quitándose una pelusa inexistente de la ropa—. Acaba de encender un fuego maravilloso. Los hijos de Sofía son más felices con usted que con cualquiera de sus niñeras anteriores, y además ha renunciado a su tiempo y comodidad para ayudarme a conseguir mi compromiso. De hecho, creo que esta casa no ha visto que nadie más útil que usted cruzara el umbral de la puerta desde que mi padre se fue.

Patience se llevó la mano al estómago, buscando en su rostro cualquier señal de burla. Pero, como siempre, el señor Woodsworth estaba siendo sincero.

—Gracias. No sabe lo mucho que significa para mí.

Él frunció un poco el ceño.

—Pensaba que una criada estaría acostumbrada a ser de utilidad.

—Cualquiera lo pensaría, ¿verdad? —Él la consideraba útil. Había sido una buena idea ayudarlo, a pesar de haber asumido el riesgo de que la descubriera. La próxima vez que su hermano dijera que era una inútil, podría sacar a relucir la conversación con el hijo de uno de sus héroes.

—No creo que haya muchas más razones para que se haya vestido de dama. Si el plan de la señorita Morgan no funciona en quince días, creo que podemos asumir que no funcionará en absoluto y, entonces, podrá volver a sus tareas habituales. Pero si, por alguna razón, siente que no puede continuar, por favor, hágamelo saber y pensaremos un plan alternativo. No quiero que sienta que no tiene elección en este asunto.

¿Quería parar? El cálido color anaranjado de la llama se reflejaba en los ojos del señor Woodsworth. Desde que había llegado a la casa, Patience había aprendido a barrer, limpiar chimeneas, pulir plata y, ahora, a encender un fuego. Eran habilidades útiles. Había aprendido a ser útil. Sin embargo, todo eso podría hacerlo cualquier criada. Ya lo hacían antes de que ella llegara, y lo seguirían haciendo tras su marcha. Pero ¿ayudarlo a él con su plan? Eso era algo que solo ella podía hacer. Él confiaba en ella. No podía defraudarlo.

—Me gustaría seguir ayudándolo.

—Bien. —El señor Woodsworth respiró hondo—. Sé que le debo los informes sobre tres hombres, según nuestro acuerdo. La buscaré cuando haya reunido información relativa a tres que se ajusten a sus criterios.

—¿Puedo añadir un criterio más a esa lista?

—Supongo que sí.

—No se preocupe por informarme sobre caballeros frívolos. Creo que prefiero saber más sobre los que sean formales. —Pensó que su petición le resultaría extraña, pero si así era, no lo demostró. Se limitó a asentir.

Con una mirada de soslayo al carbón que estaba en el cubo, el hijo del general salió de la habitación.

El fuego seguía ardiendo con fuerza, pero si no añadía pronto el carbón, se apagaría de nuevo. Patience se apresuró a acercarse al cubo y, con cuidado, fue echando los carbones uno a uno hasta llenar la rejilla de la lumbre. Nunca encendería otro fuego sin pensar en el señor Woodsworth y en cómo se había arrodillado junto a ella y había soplado sobre las vacilantes llamas de esa manera tan tranquila y firme con que lo hacía todo. Por primera vez desde que se había convertido en criada, sintió que tal vez no siempre necesitaría que el señor Gilbert la cubriera. Cuando llegara el momento de volver a casa, no echaría de menos pulir muebles o barrer suelos, pero sí encender fuegos. Observó cómo las llamas azules y naranjas empezaban a engullir el negro carbón. Era bello y satisfactorio, y lo había creado ella.

Le quedaban casi tres semanas para demostrar su valía ante el señor Woodsworth, no solo como criada, sino como cómplice en su plan. Él le podría escribir una magnífica recomendación para que su hermano la leyera. Había tenido un pequeño contratiempo con la presencia de lord Bryant en el baile de los Simpson, pero ¿qué probabilidad existía de que estuviera en su próxima reunión social? Prácticamente ninguna. A partir de entonces, fingir ser una criada que se hacía pasar por una dama sería algo sencillo.

Capítulo 10

ANTHONY SE ACERCÓ a la señorita Morgan mientras fingía interesarse por el expositor de guantes. Había recibido una nota suya el día anterior, no mucho después de haber ayudado a Patience a encender su primer fuego.

Notas secretas y reuniones clandestinas. Su noviazgo estaba experimentando una notable mejoría.

Con solo dos meses para el comienzo de la temporada, la tienda de la modista estaba muy concurrida: un gran número de jóvenes hacían pedidos de vestidos y sombreros nuevos. La tía de la señorita Morgan estaba ocupada examinando unos retales al otro lado de la abarrotada tienda; esperaba que pudieran conversar sin que nadie se diera cuenta, ocultos tras las hileras de telas.

—He descubierto cuál es el próximo acontecimiento social al que acudirá lord Bryant. —La señorita Morgan no lo miró; se limitó a levantar una cinta roja en el aire para examinarla a contraluz.

—¿Cómo se las arregla para averiguar esas cosas? —Anthony se hizo a un lado para poder examinar unos sombreros.

—Basta con observarle un poco: es fácil rastrear sus pasos. En los últimos tiempos se ha encaprichado de una joven, hija de un vicario.

—¿Un vicario? ¿Pero es que ese hombre no tiene vergüenza?

—Yo me pregunto cuánto tiempo podrá resistirse esa joven a él. Es bastante encantador.

—¿Ha conseguido encandilarla a usted? —Echó una rápida mirada a la mujer con la que esperaba casarse. Ya no prestaba atención a la cinta roja. En lugar de eso, la apretó en el puño con tanta fuerza que no le quedaría más remedio que volver y comprarla después de que se fuera. La había dejado totalmente arrugada.

—En absoluto. Apenas he tenido ocasión de hablar con él. Parece tan centrado en la joven señorita Paynter... No lo entiendo. No es bonita, y apenas tiene un centavo a su nombre. ¿Qué ha podido ver en ella?

—Será un blanco fácil.

—No conoce muy bien a lord Bryant si piensa eso de él. Creo que lo que más le divierte es la persecución. No le interesan los objetivos fáciles.

Y sin embargo, la señorita Morgan prácticamente se abalanzaba sobre él con la esperanza de hacerse notar.

Pero Anthony no iba a darle consejos sobre cómo despertar el interés de lord Bryant. Preferiría que el barón no le prestara atención.

Enderezó una hilera de sombreros y avanzó hacia el expositor de guantes. No podía ir muy lejos si quería ocultarse de la tía de la señorita Morgan. Un par de guantes color crema sobresalía del resto, y pasó los dedos por la tela. Eran suaves y flexibles. A Patience le vendrían bien un par de guantes como aquellos para su próxima salida: así no se le irritarían las manos enrojecidas. Los sacó del expositor.

—Oh, son bonitos —dijo la señorita Morgan, alcanzándolos.

—¿Son de su talla? —preguntó Anthony. Supuso que las manos de la criada serían un poco más grandes que las de ella, ya que era al menos cinco centímetros más alta.

La señorita Morgan se los probó y frunció el ceño.

—Son un poco grandes. Pero supongo que se pueden pedir a medida. ¿Le gustaría saber cuál es mi talla?

—No. Compraré estos.

—Pero le acabo de decir que son demasiado grandes… —Abrió los ojos de par en par—. Oh, va a comprarlos para esa mujer. Por cierto, ¿quién es? —Su gesto se transformó: sonreía mucho más de lo que Anthony la hubiera creído capaz—. No creo haberla visto antes.

—No es nadie que usted conozca ni que vaya a conocer.

—¿Está de visita en Londres? Bailaba muy bien, al menos con el señor Fairchild.

Anthony enderezó los hombros. Era casi tan buen bailarín como Stewart. Se había tomado muy en serio sus clases de baile. Sabía que su técnica era perfecta, pero todo el mundo felicitaba siempre a su amigo. No había duda de que Patience había disfrutado más bailando con Stewart que con él. No podía saber con exactitud qué había fallado durante la polca, pero se había sentido incómoda. Hacia el final del baile, se había relajado y demostrado lo elegante que podía ser, pero después de que él la levantara, se incomodó de nuevo. ¿Cómo se las arreglaba para hacer que las mujeres se sintieran incómodas cerca de él? Tal vez se esforzaba demasiado, como la señorita Morgan con lord Bryant. Sin embargo, no sabía cómo no esforzarse. Su padre le había inculcado desde muy joven que todo lo que valía la pena hacer, debía hacerse bien.

—Como mínimo, no la verá durante la temporada —dijo él, sin responder del todo a su pregunta. Una verdad a medias. La semana pasada habría respondido con un simple sí, y habría zanjado el asunto. Era, en esencia, la verdad… pero no del todo. ¿Desde cuándo era tan riguroso? Supuso que su extravagante criada estaba haciendo que cambiara. No era de extrañar que la sociedad reprobase la confraternización con los criados.

—Entonces, ¿no le romperá el corazón?

—No. He encontrado a la única mujer que entiende perfectamente lo que estoy haciendo.

—¿Se lo ha contado? —siseó ella.

Pum. No había ninguna media verdad en esa pregunta. No importaba: aquella era la mujer con la que iba a casarse. Eran aliados en toda esa farsa.

—Sí, lo hice.

Ella había pasado a examinar un lazo azul intenso, que también estrujó.

—¿Y si habla de ello?

—No hablará.

—¿Cómo puede estar tan seguro?

¿Cómo podía estarlo? Pensó en el rostro de ella junto al suyo mientras la leña prendía al encender el fuego, la luz suave reflejándose en sus mejillas mientras esa ancha boca suya sonreía en señal de triunfo. Augusta y Harry parecían cobrar vida cuando ella estaba cerca. Había muchas cosas que no entendía de su criada, pero sabía que no informaría a nadie de su plan.

—Estoy seguro.

La señorita Morgan frunció el ceño. Bajó la mirada hacia los guantes que aún tenía en la mano.

—No me gusta la cara que pone cuando piensa en ella. ¿Se está enamorando de esa mujer?

—¡No! ¿Cómo puede pensar eso? —Tenía la misma cara de siempre. No sabía de qué le estaba hablando—. Por supuesto que no. Me conoce lo suficiente como para saberlo. Tengo claro mi futuro, y usted es la única mujer en él.

—No todo en la vida sale como está planeado.

—En la mía sí.

—El plan de su padre no se cumplió. No entró usted en el ejército, como él había planeado.

Era un golpe bajo, y se lo había dado la única mujer a la que quería impresionar. Sin embargo, nunca se uniría al ejército. Fue una decisión no solo tomada, sino grabada en piedra. En la lápida de la tumba de su madre.

—Howard entró. Un hijo en el ejército tendrá que ser suficiente para él. —Odiaba hablar del ejército. Cuando le había prometido a su madre que nunca formaría parte de él, se había tambaleado ante un futuro incierto. Conocer a la señorita Morgan había cambiado todo eso. Ella le había dado un nuevo propósito a su vida. Uno que haría que tanto su madre como, con suerte, su padre, estuvieran orgullosos.

—No entiendo por qué no se une al ejército. Sabe que tendría una carrera estelar.

—Por la reputación de mi padre.

—Sí, por él, pero también porque se lo merecería. Podría usted ser alguien poderoso en el ejército y, sin embargo, no tiene ningún deseo de unirse. Nunca lo he entendido y, para ser sincera, mis padres tampoco.

—Pensé que lo entendía. Poco después de conocernos, me dijo que lo entendía. —A decir verdad, esa había sido la conversación que había hecho que se decidiera a cortejarla. Sí, su posición en la sociedad y su dote eran perfectas para él, pero ese momento había sido el punto de inflexión que había necesitado para pasar a la acción—. Recuerdo a la perfección aquella conversación. Usted dijo que nunca podría imaginar lo que sería estar en el ejército.

—Y sigo pensando así. No puedo imaginarlo. Pero supongo que pensé que, como hombre, al final entraría en razón. Quiero decir... ¿qué más va a hacer con su vida? ¿Seguir viviendo como el administrador de su padre? He oído que lo hace muy bien, pero, seamos sinceros, él podría contratar a alguien para sustituirle en un santiamén.

Anthony levantó la mano para detenerla. No se quedaría a escucharla haciendo más comentarios despectivos sobre él. Todo lo que necesitaba era conocer el próximo lugar en el que se verían. Cuanto más tiempo permaneciera ahí, más fácil sería que los descubrieran.

—Páseme esas cintas.

—¿Perdón?

—Todas esas cintas que ha destrozado. Voy a comprarlas.

—Pero no las quiero. Ni siquiera prestaba atención a lo que estaba haciendo.

—Lo sé, y no veo por qué motivo el dueño de la tienda debería pagar por su descuido.

—Bueno, yo nunca... —Le entregó las cintas, resoplando. Él las puso sobre los guantes—. ¿Sigue con la intención de comprar los guantes para esa señorita Smith?

—Sí. —Pasó junto a ella—. Su tía viene hacia aquí. ¿Cuál es el siguiente encuentro social al que planea usted que asistamos? Por favor, que no sea otro baile. —Lo último que quería era verla a ella o a Patience bailando con otros hombres.

—Lord Bryant irá de pícnic a Green Park; también la señorita Paynter. Lo han planeado todo. No llegarán juntos, pero se las arreglarán para estar en el mismo lugar y acabarán pasando la tarde uno en compañía del otro.

—¿Un pícnic? ¿Lord Bryant? Parece algo por debajo de sus actividades habituales.

—Y lo es; pero también lo es la dama a la que persigue. El caso es que estará allí. Una de mis criadas conoce a la criada de la señorita Paynter, y me aseguró que este era su plan.

—¿Estarán también sus padres?

—¿Mis padres? ¿En un pícnic? Desde luego que no. Les diré que voy de pícnic con usted y con su hermana. Envíeme un carruaje al mediodía.

—¿Sus padres no estarán allí, y debo enviarle un carruaje? Parece todo lo contrario a nuestro plan. —Si la acompañaba a un pícnic, no parecería que se estuvieran distanciando.

—Les haré saber que también va a llevar a la señorita Smith. ¿Qué clase de dama se apellida Smith? El nombre no deja volar la imaginación, desde luego.

Por eso lo habían elegido. No había razón para recordar a una mujer con el apellido Smith.

—Sí, Smith. ¿No sería más prudente asistir, sencillamente, a una partida de cartas juntos, en la que podamos permanecer separados y con suerte hacer que sus padres se preocupen por ello?

Ella le puso una mano en el antebrazo y le dio unas palmaditas.

—Lo primero es lo primero. Debemos conseguir que lord Bryant muestre algún interés por mí, y un pícnic podría ser la ocasión ideal. Les diré a mis padres que me he enterado de que llevará usted a su hermana y a la señorita Smith y que le he rogado ir yo también. Así podrán asumir que no fue usted quien tuvo la idea de invitarme. Tal vez su falta de atenciones sería la explicación a por qué me arrojo a los brazos de lord Bryant.

—No lo haría usted...

La señorita Morgan bajó las pestañas y se llevó la mano a la boca, mordiéndose un dedo.

—Por supuesto que no. Lo he dicho en sentido figurado.

Era como si ya no la conociera. Ese hombre convertía a todas las mujeres en cabezas de chorlito. No había otra explicación. Y, sin embargo, ahí estaba él, a punto de mandarla directa a sus brazos.

—¿Está segura de que estará allí?

—Todo lo segura que puedo estar. Mi criada me prometió que ese era el plan.

La señorita Morgan había recibido la información por medio de sobornos y encuentros clandestinos. Era algo habitual: estaba seguro de que su propio padre había tenido que hacer eso mismo durante la guerra. Sin embargo, no podía imaginar a Patience haciéndolo. Ni siquiera era capaz de mentir. Pero no era justo comparar a las dos mujeres. La que estaba delante de él era la que había elegido. Patience era una criada. Tal vez una criada podía permitirse el lujo de ser honesta en un mundo en el que se esperaba poco de ella. La señorita Morgan tenía que navegar por el complejo mundo de la sociedad, y lo había hecho bastante bien durante los últimos dos años.

Compró las cintas y los guantes. Tenía la intención de devolver las cintas a la señorita Morgan, pero su tía estaba junto a ella cuando terminó la compra. Tendría que encontrar otro momento para darle las cintas que había arrugado.

Capítulo 11

PATIENCE HABÍA CENADO CON FRECUENCIA al aire libre en la finca de su familia en Surrey. Incluso había ido de pícnic cuando era muy joven, antes de que Nicholas se fuera al ejército. Aquellos pícnics parecían parte de otra vida. Después de dos años de luto por su padre, y siendo el jardín trasero de la casa familiar en Londres la única naturaleza que había visto en los últimos meses, Green Park era un paraíso. Era lo bastante grande como para que hasta el aire pareciera más fresco. Miró el cielo a través de los árboles. Estar al aire libre siempre había tenido un efecto tranquilizador en ella. Si *Ollie* estuviera a su lado, pidiendo comida, la tarde sería perfecta. La naturaleza también parecía sentarle bien al señor Woodsworth: era difícil mantenerse tan estoico cuando estaba sentado sobre una manta en medio del parque.

La señorita Morgan, en cambio, parecía menos relajada. Sus ojos no dejaban de recorrer el parque como si estuviera buscando a alguien. La señora Jorgensen se las arreglaba para mantener la espalda tan recta como cuando comía en una mesa. Era la única a la que no afectaba el cambio de escenario.

El señor Woodsworth se inclinó hacia delante y abrió la cesta que les había preparado la cocinera.

Después de unas cuantas miradas indiscretas alrededor del parque, la señorita Morgan suspiró y se volvió hacia Patience.

—¿Cómo conoció al señor Woodsworth?

Él se detuvo, sosteniendo en el aire una barra de pan. Su hermana tosió.

—Son amigos desde hace tiempo. —Dio una palmadita en la espalda a su hermano—. ¿No es cierto?

—Sí. Supongo que se puede decir eso. —Dejó el pan en un plato que había puesto antes en el mantel. Esa era la historia que su hermana había pedido que todos contaran. Por desgracia, no conocía los efectos secundarios, físicos y negativos, que sufría Patience cada vez que intentaba mentir.

—En realidad, la primera vez que me encontré con él resulta que estaba arrastrándome por entre los arbustos de su jardín.

La señora Jorgensen se volvió para observarla, sorprendida. Al parecer no conocía esa parte de la historia.

—Eran muy jóvenes —añadió.

Patience suponía que veinte años podía considerarse ser muy jóvenes. Pero no estaba segura de la edad que tenía él. No era viejo, pero sus acciones, a veces, hacían que pareciera mayor de lo que debía ser. ¿Quizá treinta?

—Creo que podría decirse que yo era joven —dijo sonriendo—. Pero no estoy segura de que pueda decirse lo mismo de él.

—¿Le parezco viejo? —el señor Woodsworth torció el gesto, apesadumbrado.

Patience sonrió. ¿Por qué era tan agradable conseguir que reaccionara a sus palabras? Le encantaba la forma en que le cambiaba el rostro con cada emoción. La mayor parte de las veces eran cambios tan insignificantes que estaba segura de que solo alguien que lo conociera muy bien podría percibirlos.

—Bueno, no parece muy joven cuando frunce el ceño de esa manera.

Su semblante se volvió inexpresivo, y no por falta de emoción o por confusión; no, Patience había estudiado su rostro lo suficiente como para saber que cuando procuraba mostrarse del todo neutro era porque intentaba controlar sus emociones.

—Según Augusta, usted cree que mi sonrisa me hace parecer un pato. Así que no creo que ir sonriendo por ahí sea una buena idea.

Oh, Dios, seguro que aquel no era el momento de decirle que, para ella, que su sonrisa le recordase a un pato era en realidad un cumplido.

—¿Ha conocido a sus sobrinos? —La señorita Morgan dejó de asistir a la conversación con inquietud y se unió—. Todavía no conozco a sus hijos, señora Jorgensen. —Se acercó a ella—. ¿O debería llamarte Sofía?

—Señora Jorgensen está bien —respondió esta sin mirarla a la cara, mientras sacaba un queso envuelto en papel de la cesta.

Patience contuvo una carcajada que estaba segura de que no le sentaría bien a la señorita Morgan. ¿Estaba de verdad celosa de su relación con los pequeños? ¿No se daba cuenta de que bastaría una palabra para que el señor Woodsworth se comprometiera con ella, rebosante de felicidad? Si era tan posesiva con él, deberían casarse ya mismo. Eso es lo que ella haría. Dos años era mucho tiempo para que un hombre esperara a una mujer. Incluso a una que consideraba ideal.

—No soy tan viejo.

El señor Woodsworth seguía enmascarando con cuidado su rostro. ¿Por qué le molestaría eso? ¿Acaso quería que lo llamaran joven e ingenuo, como tantas veces se lo habían dicho a ella?

—Y, de hecho, no creo que sonría como un pato.

—Nunca dije que sonriera usted como un pato.

—Los hijos de mi hermana no estarán de acuerdo con sus palabras.

—En cualquier caso, no dije eso. No con exactitud. Y como sabe, no soy capaz de mentir.

La señorita Morgan la observó con atención.

—¿Nunca miente?

—La honestidad es una gran virtud —dijo el señor Woodsworth, poniéndose derecho e inclinándose un poco hacia delante.

—¿Ni siquiera mentirijillas inocentes?

—No sé a qué se refiere. —Patience no conocía bien a la señorita Morgan, pero su interés no le parecía amistoso.

—Ya sabe. Una mentira para suavizar un golpe o para ayudar a alguien a sentirse mejor.

A Patience no le gustó el destello de interés que vio en los ojos de la señorita Morgan.

—Soy casi incapaz de hacerlo. Me gustaría decir que es una virtud, como sugiere nuestro anfitrión, pero lo más probable es que Dios supiera que me haría falta ayuda extra para ser virtuosa, así que hizo que mentir fuera casi imposible para mí. Espero que, a pesar de mi particular forma de ser, haya aprendido a no herir a los demás. Creo que hay formas de responder a ese tipo de preguntas sin herir a nadie, ni recurrir a la mentira.

La señorita Morgan sonrió y se inclinó hacia ella.

—¿Cree que el señor Woodsworth parece viejo?

Patience examinó su rostro. Él se aclaró la garganta y se pasó las yemas de los dedos alrededor de los puños de las mangas. Pudo ver cómo se contenía para no tirar de ellas y se aseguraba de que su ropa estuviera en orden. En realidad, no parecía muy viejo, solo severo y serio. Lo que tampoco era propio de la juventud.

—Solo tengo veintiséis años —dijo, antes de que ella pudiera responder.

—Y aparenta exactamente esa edad —intervino la señorita Morgan, casi sin pensar—. Pero, adelante, señorita Smith, me gustaría que respondiera a mi pregunta. ¿Le parece viejo?

—Es difícil de describir —comenzó. Era cierto. En el poco tiempo que llevaba con él, le había mostrado muchas facetas de sí mismo. Un hombre que se declaraba a una mujer escondida tras una cortina. Un hombre que se arrodillaba junto a una sirvienta y le enseñaba con paciencia a encender el fuego, un trabajo que cualquier criada en condiciones debería saber hacer, sin juzgarla. Su expresión se suavizó al recordarlo enredado en el vestido amarillo sobre su cama—. No creo que parezca viejo.

—Entonces ¿cree que parece joven? —La señorita Morgan parecía no estar dispuesta a dejar su entretenimiento.

Los intensos ojos azules de él se clavaron en los suyos como cuchillos de hielo: afilados, pero vulnerables al mismo tiempo. Golpeados desde un lateral, los cuchillos se podían romper; si se dejaban al calor, se derretían. Pero un solo corte sería tan profundo como el de cualquier arma forjada en acero. Era mejor no enfrentarse directamente al señor Woodsworth.

—Es más serio que cualquier otro joven de veintiséis años que haya conocido. Dirige la casa como alguien con mucha más experiencia en la vida que la que debería tener con tan pocos años. Nunca lo he visto llegar tarde o indispuesto tras una noche en White's, a pesar de que, con el estatus de su padre, sería admitido allí con toda seguridad. Es un hombre bastante maduro para su edad, así que, aunque no lo llamaría viejo, tampoco podría llamarlo joven.

Se quedó en silencio durante un momento. La señorita Morgan recolocó sus faldas sobre la manta. Los ojos de él seguían observándola, pero se habían suavizado. Tal y como ella esperaba, se habían derretido.

La señora Jorgensen se aclaró la garganta.

Tras un instante, la señorita Morgan volvió a recorrer el parque con la mirada, como había hecho al llegar.

—Ah, parece que no hemos sido los únicos en pensar que hoy sería un buen día para un pícnic.

Patience apartó la mirada del señor Woodsworth para fijarse en un grupo de dos damas jóvenes y una de mediana edad que bajaban de un carruaje. El mozo extendió una manta para preparar el pícnic no muy lejos de ellos.

—Señorita Paynter, ¿por qué están acomodándose tan lejos? Deberían unirse a nosotros. —La señorita Morgan les hizo un gesto para que se acercaran; el mozo miró a la mujer de mediana edad para pedirle permiso. Esta miró a una de las jóvenes, que asintió con discreción.

—Así es mucho más agradable, ¿verdad? —La señorita Morgan sonrió con franqueza. ¿Quién era esa joven? Debía de ser la persona a la que la señorita Morgan había estado buscando todo el tiempo. ¿Qué probabilidad había de que eligieran el mismo lugar para hacer su pícnic? Green Park era lo bastante grande como para que un encuentro casual no fuera tan casual.

La señorita Paynter les observaba, algo incómoda. Nadie se había presentado, y como nadie conocía a nadie del otro grupo, no estaba claro quién debía presentar a quién.

Al final, la mujer de mayor edad resopló.

—Señorita Paynter, preséntenos a su amiga, y después todos iremos averiguando quién es quién.

—Esta es la señorita Morgan. —La pobre joven parecía bastante incómoda—. Y sé que el caballero que está sentado a su lado es el señor Woodsworth, aunque no nos han presentado de manera oficial.

—Sí —respondió él, sacando a la tímida joven del apuro—. Tiene usted toda la razón. Señor Anthony Woodsworth, y es un placer conocerla, señorita Paynter. Esta es mi hermana, la señora

Jorgensen, y nuestra amiga... —Se detuvo antes de decir el nombre ficticio de Patience.

—Mary Smith —terminó su hermana por él.

La mujer mayor los saludó a todos con una inclinación de cabeza.

—Soy la señora Cuthbert, y esta es una amiga mía, la señorita Diana Barton. Está aquí, en Londres, con su hermano, pero él y su esposa no son de los que pasan mucho tiempo en actos sociales, así que me toca hacer de carabina durante un par de semanas. Como si no se pudiera confiar en que una mujer camine unas cuantas manzanas sin que una vieja entrometida la acompañe. Pero así es el mundo ahora, ¿no?

—¿Su hermano es el señor Nathan Barton? —preguntó el señor Woodsworth a la otra joven.

—¿Conoce a mi hermano? —Alzó la vista con sorpresa.

—Conocí a su esposa hace unos años. Éramos buenos amigos. Y he invertido con su hermano: conoce la industria ferroviaria mejor que nadie, salvo Brunel.

Esto dio lugar a un debate sobre el sistema de trenes y sobre dónde iba a construir el señor Barton su próxima línea de ferrocarril. Los conocimientos de la señorita Barton sobre el sector eran más amplios incluso que los del propio señor Woodsworth.

La señorita Paynter permaneció callada. La señora Cuthbert se unía a la conversación cada vez que podía expresar una de sus opiniones con la completa satisfacción de saber que tenía razón. La señorita Morgan no mostraba ningún interés. Seguía escudriñando el parque. Tal vez aquel no era el grupo al que había estado esperando. El lugar que había elegido estaba bastante concurrido, y cada vez que pasaban un caballo y un carruaje, tanto la señorita Paynter como la señorita Morgan volvían la mirada, expectantes, para después centrarse de nuevo en sus platos. ¿Estaban esperando a que se les uniera otro grupo?

La señora Cuthbert dirigió la conversación de manera excelente hacia las dos damas con las que había venido.

—Supongo que me tocará presentarlas a ustedes dos en la corte esta temporada. Ya he enviado mi carta para la señorita Paynter.

—De verdad, no tiene por qué hacerlo —dijo la señorita Barton—. Mi madre fue presentada en la corte; puede hacerlo ella. Simplemente no lo hemos visto necesario hasta ahora.

—Bueno, si espera a sentir la necesidad, puede que sea demasiado tarde. Si quiere saber mi opinión, es mejor que lo haga ya.

—A decir verdad, estoy demasiado ocupada para preocuparme por ser presentada en la corte.

¿En qué podía estar ocupándose aquella joven como para querer aplazar el encuentro con la reina?

—¿Se refiere a esas tonterías del ferrocarril? Es mejor que lo deje en manos de su hermano.

—Yo no lo llamaría «tonterías» —dijo la señorita Barton. Su agradable voz tenía un toque de dureza—. El negocio de Nate se ha disparado tanto que no puede seguirle el ritmo. Por no hablar de las líneas Richardson.

—Sí, y es noble por tu parte ayudarle si lo necesita. Pero a una mujer se le debe permitir algún entretenimiento.

—Por eso he venido hoy aquí. —Casi había recuperado el tono normal de su voz—. Gracias por sacarme de la oficina. Empezaba a sentirme algo atrapada.

—Bueno, aunque la señorita Barton no esté interesada, le agradeceré mucho que responda por mí —respondió la señorita Paynter—. De lo contrario, no tendría a nadie. Mi madre nunca fue presentada.

—Será un placer. Y no puede perjudicar sus posibilidades de encontrar un buen partido. —La señora Cuthbert le dio un empujoncito en el hombro. Patience podría asegurar que la señorita Paynter ya tenía en mente a cierto caballero.

—¿Un buen partido? —intervino la señorita Morgan—. ¿No estará pensando en lord Bryant? No solo sería un buen partido, sino uno fenomenal. Creo que se necesitaría mucho más que una presentación ante la reina si está planeando poner las miras tan alto.

A Patience se le encogió el estómago. ¿Otra vez lord Bryant? ¿No había forma de escapar de ese hombre?

La señora Barton se volvió hacia la señorita Paynter.

—¿Está usted siendo cortejada por lord Bryant?

La señorita Morgan se adelantó a cualquier respuesta.

—Lord Bryant no corteja a las mujeres —resopló—. Ha mostrado interés por usted, señorita Paynter, de eso no hay duda. Incluso yo lo he notado, pero todo el mundo sabe que su interés siempre dura poco.

Oyeron que un carruaje se acercaba; esta vez Patience alzó la mirada, como las otras dos jóvenes. No podía ser a lord Bryant a quien buscaban. No podía ser. Patience no tenía idea de cómo era su carruaje, pero supuso que sería mucho más sofisticado que el que pasó junto a ellos. Tal vez no era a él a quien esperaban. Ambas mujeres bajaron de nuevo la vista al ver el carruaje, así que quienquiera que fuera a quien esperaban no debía de estar dentro.

La señorita Paynter se retorció las manos.

—Oh, no tengo ninguna esperanza depositada en lord Bryant, se lo aseguro. Sin embargo, es un buen amigo.

Esta vez fue la señora Cuthbert quien resopló.

—Ese caballero no se hace precisamente amigo de jóvenes tan hermosas como usted, señorita Paynter. Cosas más raras han pasado. Tendremos que ver qué ocurre en su primera temporada.

Un ruido de cascos sonó a espaldas de Patience. La señorita Paynter y la señorita Morgan se volvieron, expectantes, y esta vez no apartaron la mirada. El rostro de la señorita Morgan se iluminó con una sonrisa, al igual que el de la señorita Paynter, aunque la suya era menos triunfal.

Patience se inclinó hacia la cesta de comida y tomó una servilleta. Se cubrió la mitad inferior de la cara con ella. La próxima vez que saliera en público, exigiría un velo. Debía de tratarse de él. Las tres mujeres, incluida la decidida señorita Barton, observaron al hombre que estaba detrás de ella, con actitud dubitativa. ¿Quién, si no lord Bryant, podría provocar semejante reacción?

Oyó el crujido del cuero cuando el hombre descabalgó a sus espaldas, todavía fuera de su vista. Podría no ser él. Podría ser cualquiera. Podría ser el hermano de la señorita Barton, que parecía tan interesada en aquel hombre como todos los demás. Sí, debía de tratarse del señor Barton.

—Bueno, parece que han organizado una fantástica fiesta de pícnic. —La voz era profunda y masculina, con una pizca de humor. Hacía años que no oía la voz de lord Bryant, y aunque tenía un tono duro que ella no recordaba, era inconfundible. Estaba detrás de ella, a punto de unirse al grupo.

Patience tosió en su servilleta. Su peluca rubia no ocultaba su rostro ni su voz. Si lord Bryant le decía a alguien que andaba por ahí, en sociedad, llevando peluca y haciéndose llamar Mary Smith, su reputación quedaría arruinada. Ni siquiera tendría que decírselo a nadie. Si la llamaba *lady* Patience por sorpresa, las mujeres del pícnic difundirían la noticia de su transgresión con más frenesí del que pudiera lograr ningún caballero.

—Lord Bryant, qué maravillosa sorpresa. —La señora Cuthbert se deslizó a un lado, haciendo un hueco entre ella y la señorita Paynter—. Debe unirse a nosotros.

—Bueno, las apuestas parecen estar a favor del señor Woodsworth. Y no creo que sea el tipo de hombre que se aproveche de eso, aunque no lo conozco muy bien... Tal vez me equivoque.

—En efecto, aprovecharme de las mujeres no es algo que tenga por costumbre —dijo el aludido. Su voz era más baja y se tomó su tiempo para elegir las palabras. En apariencia, no había ningún afecto entre los dos caballeros. Patience mantuvo la servilleta cubriéndole la boca. Se movió hacia un lado mientras el recién llegado se sentaba. Rozó con el muslo la pierna del señor Woodsworth, pero no se atrevió a levantar la vista para ver su reacción. Podría regañar a su atrevida sirvienta más tarde. Por ahora necesitaba mantener la cabeza baja y la boca cerrada.

Se hicieron las presentaciones, y ella fue presentada una vez más como Mary Smith. Miró con discreción a lord Bryant cuando fue mencionada. Tenía la cabeza ladeada y exhibía una media sonrisa.

—Señorita Smith, un nombre inspirador —fue su único comentario. Después de que le presentaran a la señorita Barton, se dirigió a ella—: ¿Alguna relación con Nathan Barton, el hombre del ferrocarril?

Parecía que todo el mundo conocía al hermano de la señorita Barton.

—Es mi hermano. En realidad, ya nos conocíamos: estuvo usted en su boda.

—Ah, sí. Nunca olvido a una mujer joven y hermosa. No importa cuántos años hayan pasado...

Patience mantuvo la mirada en las mangas del señor Woodsworth, pero estaba segura de que lord Bryant la estaba mirando.

La señorita Barton rio.

—Solo ha pasado un año, pero gracias por recordarlo. Usted estuvo en su boda y, sin embargo, nunca ha ido a visitarlo, al menos desde que yo estoy aquí.

Esta vez fue él quien rio.

—No creo que su hermano me tenga mucho cariño; una vez me dio un puñetazo en la cara. —Hubo un resuello colectivo en el grupo. Ponerle la mano encima a alguien de rango era un delito grave—. No me malinterpreten. Me lo merecía. Y he aprendido la lección. Desde entonces, me niego en rotundo a besar a la prometida de cualquier hombre, al menos si ese hombre está en la misma habitación.

El señor Woodsworth dejó su plato sobre la manta.

—¿Cree que es mejor besar a la prometida de un hombre cuando este no está presente?

Por el rabillo del ojo, Patience vio que lord Bryant se encogía de hombros.

—En todo caso… es mejor para mi cara.

El hijo del general se puso en pie.

—Voy a estirar las piernas, si alguien quiere acompañarme.

Patience esperó un instante para asegurarse de que lord Bryant no se ofrecía y luego dejó su servilleta, levantándose también.

—Me uniré a usted —dijo en un susurro.

Le ofreció el brazo y ella lo aceptó. Sin mirar al grupo que quedaba atrás, el señor Woodsworth la condujo hacia el sendero. Permanecieron a la vista del grupo, pero pronto estuvieron fuera del alcance de sus oídos.

—No me gusta hablar mal de nadie, pero ese lord Bryant es uno de los hombres más despreciables de Londres.

Patience no lo llamaría despreciable, pero sí inoportuno; sin lugar a dudas, inoportuno.

—Desde luego, preferiría no encontrarme con él.

Él se detuvo y se volvió para mirarla con preocupación.

—¿Tanto la molesta? No había pensado en eso. Estoy seguro de que tiene una personalidad demasiado abrumadora para usted.

—No es tanto su personalidad. —No podía decirle que había pasado dos semanas en su finca cuando era más joven. Todo era diferente entonces. Nicholas aún no había servido en el ejército. Su padre aún estaba vivo. Su madre era volátil, pero sin rozar el ridículo: su padre siempre la había mantenido con los pies en la tierra. La esposa de lord Bryant había sido una mujer tranquila y agradable, abrumada por las tareas del hogar. Lo cual era comprensible: atender a la familia de un duque durante dos semanas resultaría abrumador para cualquiera. *Lady* Bryant había fallecido poco después. Patience siempre se había preguntado qué le habría ocurrido, pero la noticia de su muerte fue tan discreta como lo había sido la propia *lady* Bryant. Después de unas pocas semanas parecía que su marido, al igual que todo Londres, la había olvidado—. Preferiría no estar en el mismo grupo que él.

—Eso va a ser difícil —suspiró el señor Woodsworth—. La señorita Morgan pretende pasar todo el tiempo que pueda en su compañía. Es parte de su plan. Por eso hemos venido hoy aquí.

—¿Por lord Bryant? —Dejó de caminar. Su mano, alrededor del brazo del señor Woodsworth, avanzó con él hasta que consiguió detenerlo también. Él se volvió para mirarla y ella inspiró profundamente—. Y el baile, ¿fue una coincidencia que él también estuviera allí?

—No: la señorita Morgan está siguiendo su estrategia. A ella le gustaría que sus padres se preocuparan al verla en su compañía, y entendieran que yo soy una opción mucho mejor.

Ella negó con la cabeza. El único hombre de la sociedad al que quería evitar era el mismo en torno al que la señorita Morgan estaba planeando sus actos sociales.

—Sus padres no están aquí. ¿Cómo ayuda este pícnic a ese plan? —Aunque estaban bastante alejados del grupo, pudo ver que la señorita Morgan se inclinaba hacia delante y le ponía fruta en el plato a lord Bryant. Los ecos de la risa de la joven llegaron hasta ellos a través de los árboles.

—Por fortuna para nosotros, la señorita Paynter y lord Bryant decidieron encontrarse en una zona concurrida del parque. La noticia llegará a oídos de sus padres.

—¿La señorita Paynter? ¿Cómo sabía que la señorita Paynter estaría aquí?

—Ella es el último capricho de lord Bryant. ¿No lo sabía?

Había estado de luto durante dos años y luego se había puesto a trabajar como criada.

—¿Cómo podría haberlo sabido?

—Cierto. —Él se volvió para observar al grupo, con el ceño más fruncido que nunca—. Admito que es agradable estar en compañía de una dama que no esté pendiente de lord Bryant. —Parecía no gustarle el susodicho tanto como le gustaba a la señorita Morgan, lo que, si se basaba en la manera en que ella se inclinaba hacia él, era mucho.

El señor Woodsworth había dicho que era una dama.

Sonrió y fingió examinar también al grupo.

—Es bastante guapo, ¿verdad?

—¡Basta! —dijo él. Su ceño ya no parecía tan forzado.

Patience suspiró:

—Pero sus hombros son tan fornidos… ¿cómo se supone que no voy a fijarme en eso?

—Yo tengo los hombros fornidos, pero ninguna mujer parece fijarse en ellos.

Se enderezó hasta alcanzar su máxima altura. Tenía razón: sus hombros eran robustos. Era más corpulento que la mayoría de los caballeros; sin duda se parecía a su padre, que había comenzado su carrera en el ejército como granadero. El principal requisito para ese trabajo era la estatura.

—Me atrevo a decir que… sus hombros, señor, son aún más anchos que los de él.

—Y, sin embargo, nunca los ha mencionado.

Arqueó las cejas. Esta era una faceta de su acompañante que no conocía. Así que sabía coquetear: nunca lo hubiera imaginado.

—No me pareció apropiado que una criada lo mencionara.

El señor Woodsworth se inclinó hacia ella hasta que su cara quedó a escasos centímetros de la suya. El inicio de una sonrisa apareció en sus labios. Levantó un dedo como para tocar la punta de su nariz, pero se detuvo justo antes de hacerlo. Ladeó la cabeza y arrugó un poco el gesto.

—No la considero una criada de verdad.

Patience no pudo evitar reírse. Intentó contener la risa en la garganta, pero fue en vano. No sabía cuánta razón tenía. Al oír sus carcajadas, el señor Woodsworth se quedó mirándole la boca fijamente, más tiempo del que debía. Estaban tan cerca que las enaguas de su vestido se desplazaban un poco hacia atrás. Él le recorrió el rostro con la mirada por un momento; luego bajó la vista hacia su cuello. Ella abrió la boca para decir algo, lo que fuera, pero la cercanía de él se lo impidió. Cuando volvió a mirarla a los ojos, casi los tenía de color violeta. Dejó de reír, pero no pudo apartarse de él.

—Lo siento. —Él no tenía tantos problemas para hablar. Sacudió la cabeza y retrocedió un paso con el rostro inexpresivo de nuevo.

Lo que fuera que le había hecho examinar su cara con tal detenimiento se había esfumado. La respiración de Patience volvió a ser normal, o al menos, bastante normal. Lo más probable es que estuviera evaluando el lunar. Ella estuvo a punto de tocarlo. Estaba bien colocado, tanto como era posible. ¿Por qué había permitido que la señora Jorgensen añadiera ese atributo? Había dicho algo sobre un rasgo característico que la gente pudiera recordar más que cualquier otro, de modo que, cuando recordaran su rostro, ese lunar fuera lo más llamativo, y no su aspecto real.

Patience se aclaró la garganta.

—Tal vez sea la forma en que lord Bryant se comporta. Las prometidas de todo Londres deben de estar buscando excusas para quedarse a solas con él.

Cualquier rastro del juego anterior desapareció del rostro del señor Woodsworth. De nuevo, miró a la señorita Morgan, que volvía a inclinarse hacia lord Bryant para entregarle una servilleta.

—Me haría más gracia si no pudiera ser cierto.

No debería haber dicho eso. Cualquier otra idea habría sido mejor opción para restar atención a su lunar. Quería al señor Woodsworth feliz de vuelta.

—No puedo presumir de conocer a lord Bryant, o a usted, pero la señorita Morgan sería una tonta si lo eligiera a él. No solo no estaría interesado en ella, sino que además estoy segura de que no tiene ni idea de cómo encender un fuego.

Él se rio. Echó una última mirada al grupo del pícnic, se volvió y le ofreció el brazo. Ella lo tomó, disfrutando de la calidez de su cuerpo.

—Lord Bryant no hace nada con discreción. Si alguna vez provocara un fuego, estoy seguro de que... quemaría medio Londres.

Patience casi tropezó.

—Señor, creo que acaba de hacer una broma.

—Sí, bueno, me lo pone fácil. Es más una caricatura que una persona. —Relajó un poco los hombros y los músculos del brazo también se aflojaron—. Admito que usted también lo hace fácil. Quizá debería rodearme de criadas más a menudo. No siento ninguna necesidad de impresionarla.

—Y, sin embargo, acaba de hacerlo.

—¿Con esa pequeña broma?

—Sí.

—Bueno, entonces tengo una razón más para pasar tiempo con usted. Es fácilmente impresionable.

Se habían alejado lo suficiente para tener que dar la vuelta si no querían perder de vista al grupo. Él así lo hizo, y caminaron en silencio. Los árboles eran altos en esa parte del parque, y varios pájaros piaron al cruzarse en su camino. Patience disfrutó del momento de calma antes de tener que volver a ocultar su rostro tras una servilleta el resto de la tarde.

Dos carruajes se abrían paso por el camino frente a ellos. Él acercó el brazo de ella a su pecho, de modo que quedaron muy juntos. Inclinó la cabeza hacia abajo hasta que sus labios estuvieron cerca de su oído.

—Debemos de estar provocando un chismorreo que llegará hasta los Morgan. Creo que lo mejor es que caminemos un poco más cerca el uno del otro.

El canto de los pájaros parecía menos alegre y la luz del sol ya no era tan radiante. Por supuesto: sus acciones no tenían nada que ver con su lunar o con ella misma, como mujer. Era su criada. Y, por encima de todo, él era el señor Woodsworth, ejecutando con diligencia su plan.

Se acercó más a él, pero ya no sentía la calidez de antes. No tenía ningún deseo de vérselas con lord Bryant en el pícnic, y tampoco quería seguir paseando. Por un momento, había olvidado que estaba representado un papel. Debería haberlo recordado cuando el señor Woodsworth la había llamado dama. Bajó la cabeza cuando se acercaron al grupo.

Lord Bryant se reía con la señorita Paynter mientras que la señorita Morgan los observaba, con el ceño fruncido y los brazos cruzados. Cuando estuvieron a pocos metros, se puso en pie.

—Por fin ha vuelto. He decidido que también me gustaría dar un paseo por el parque, si no le importa, señor Woodsworth.

Él dejó caer el brazo de Patience.

—Será un honor —respondió, recobrando su habitual formalidad.

Patience no sabía cuánto tiempo pasaría hasta que lo viera sonreír de nuevo, pero esperaba que no fuera demasiado. Supuso que, antes de que hubieran empezado aquella farsa, la pareja era feliz uno en compañía del otro. Pero, por lo que había visto ese día, él no vibraba cuando estaba con la señorita Morgan; no como cuando fingía interés en ella. Pero no todas las parejas eran iguales. Tal vez él fuera más feliz sin ser feliz.

Aunque no tuviera sentido alguno.

Patience suspiró y se acercó adonde estaba sentada la señorita Barton. Parecía una mujer agradable. ¿Por qué el señor Woodsworth no había elegido a alguien más parecido a ella? Su hermano trabajaba en la industria ferroviaria, lo que seguramente no la convertía en el mejor partido, pero ¿por qué tenía que ser tan racional al respecto? Cuanto más conocía a la señorita Morgan, más sentía que no le preocupaban la planificación y la organización como a él. Le gustaban aquellas farsas. Y las mujeres farsantes no parecían dejar un rastro de felicidad a su paso, sin importar quiénes fueran sus primos.

—Por favor, señorita Smith, no se siente todavía. —El hablar pausado de lord Bryant hizo que se le contrajera el estómago. No se volvió, pero el señor Woodsworth, que ya se había alejado unos metros, sí lo hizo—. Dijo que se llamaba señorita Smith, ¿verdad? Si no me equivoco...

Capítulo 12

LA PELUCA LE DABA CALOR y empezaba a agobiarla. Lo sabía. Lord Bryant lo sabía.

—Lo más seguro es que la señorita Smith ya haya caminado suficiente —dijo el señor Woodsworth desde donde se encontraba—. Tal vez la señora Cuthbert o mi hermana quieran pasear con usted.

Patience se dio cuenta de que no había propuesto a la señorita Barton, solo a las dos mujeres casadas. Pero si Patience tenía razón y lord Bryant sabía quién era, necesitaba hablar con él lo antes posible, antes de que lo contase. ¿Cómo convencerlo? Lo que estaba haciendo era una tontería. Actuar como una criada. Una doble insensatez, porque también estaba actuando como otra mujer. Ni siquiera sabía qué decirle a lord Bryant. Lo más probable era que regresara a su casa aquella misma noche, sin carta de recomendación y con solo dos semanas de servicio para presumir ante su hermano.

—Estaré encantada de pasear un poco con usted, lord Bryant. —Finalmente, se volvió y le dedicó una deslumbrante sonrisa. Por primera vez desde que lo viera en el salón de baile, pudo observarlo de cerca. Era más viejo de lo que recordaba, pero seguía siendo igual de atractivo, si no más. La edad le había definido los pómulos y había dado volumen a su pecho y hombros. Era al menos tan alto como el señor Woodsworth, aunque no tan corpulento. En su juventud había sido bastante delgado. Ahora parecía un dios romano—. ¿Adónde vamos?

—Podrían acompañarnos —sugirió la señorita Morgan. Ya no tenía el ceño fruncido ni la actitud enfurruñada de antes. Al contrario, parecía feliz; le dedicó una sonrisa a lord Bryant.

—Claro —asintió el señor Woodsworth—. Cuantos más seamos, mejor. ¿Alguien más quiere unirse a nosotros?

La señorita Barton se puso en pie.

—Me encantaría dar un paseo, ¿y a usted, señora Cuthbert?

Esta negó con la cabeza. La señorita Paynter y la señora Jorgensen también prefirieron no ir.

—Nosotros cinco, entonces —dijo el señor Woodsworth—. ¿Vamos hacia Constitution Hill?

—Oh, vayamos —respondió la señorita Morgan—, siempre me emociona ver el camino por el que casi asesinan a la reina.

—Ya lo vi al entrar —comentó lord Bryant, poniéndose junto a Patience y ofreciéndole el brazo—. La señorita Smith y yo investigaremos ese bosquecillo hacia la derecha; puede verse desde aquí, así nos mantendremos a la vista del resto del grupo.

—¿Ahora le preocupa proteger la reputación de una mujer? —La voz del señor Woodsworth era mordaz y grave.

—Sí, bueno, depende de la dama. —Lord Bryant volvió a ofrecerle el brazo—. Ella tiene una reputación que me gustaría proteger. —La última esperanza que le quedaba de que no la hubiera reconocido se esfumó. Lord Bryant sabía exactamente quién era.

La señorita Paynter los observó con sorpresa. Cuando Patience miró al señor Woodsworth, este le estaba clavando la vista con fijeza, como si hubiera estado esperando que se volviera hacia él.

—Bien, entonces, es la dama quien debe decidir si quiere acompañarlo... —Tenía la barbilla alta y los ojos centelleantes—. O no. —Patience sabía que, si rechazaba la oferta de lord Bryant, el señor Woodsworth se aseguraría de que se mantuviera alejado de ella.

Le dedicó una suave sonrisa. No quería preocuparlo, pero con aquello solo consiguió que frunciera el ceño aún más.

—Pasearé con lord Bryant. No todos los días tiene una el placer de ser acompañada por un barón. —Lo tomó del brazo, sin hacer caso del profundo malestar que sentía en la boca del estómago. No tenía nada de valor en casa del general; si lord Bryant quería llevarla de regreso a su hogar esa misma tarde, volvería a su antigua vida en cuestión de pocas horas. Todo aquello sería tan lejano como un sueño. Se acabaría enterando del matrimonio del señor Woodsworth por medio de su hermano, o tal vez no. Sonrió más ampliamente al hijo del general. Podría ser la última vez que se vieran, y él ni siquiera lo sabía. Quería que la recordara sonriendo—. No se preocupe, señor Woodsworth, no provocaremos ningún incendio. Ni siquiera uno pequeño.

—Claro que no —confirmó lord Bryant—. Es probable que no pudiera, aunque quisiera.

Patience elevó una ceja en señal de triunfo, pero el señor Woodsworth no reaccionó.

—¿Está segura? —El porte del señor Woodsworth nunca había sido tan considerable. En casa y mientras caminaban no parecía intimidante. Ahora podía ver las semejanzas entre él y el general.

Ella mantuvo la cabeza alta y respondió:

—Del todo.

Él asintió y, tras una última mirada, se marchó con su grupo.

Lord Bryant condujo a Patience en la dirección contraria.

Cerró los ojos y siguió los pasos del barón. Tal y como sospechaba, en cuanto estuvieron fuera del alcance de los demás, él se acercó y puso una mano sobre las suyas.

—Entonces, *lady* Patience, ¿qué la ha traído a Green Park con un aspecto tan... rubio? —Recorrió su vestido prestado con la mirada. La última vez que estuvieron juntos, él estaba casado y ella era muy joven. Sin duda, no la había mirado como lo estaba haciendo ahora.

No dejaron de caminar, y ella se esforzó por seguir adelante.

—Apenas lo he mirado. ¿Cómo ha sabido que era yo?

—He sospechado algo enseguida. Lo crea o no, no hay muchas mujeres en Londres que no me hagan caso cuando nos presentan. Y aunque no pude verle bien la cara, nadie se ríe como usted, *lady* Patience. Esa risa no ha cambiado desde que era una niña. En el baile de los Simpson pensé que tal vez eran imaginaciones mías, pero al escucharla de nuevo hoy...

¿Cuándo se había reído? No mientras estaban sentados sobre la manta. Cuando caminaba con el señor Woodsworth. ¿Por qué no había sido más cuidadosa?

—¿Por qué no me ha dicho algo antes?

—Me pareció que no quería que lo hiciera.

Se relajó un poco ante esa respuesta. El lord Bryant que conoció la habría ayudado. No conocía esta versión más endurecida, pero al menos era perspicaz y parecía que no tenía planes de sacar el engaño a la luz por el momento.

—Es cierto, no quería que lo hiciera.

Él arqueó las cejas y elevó la mano de ella. Inclinando la cabeza hacia un lado, le dedicó una sonrisa pícara.

—Bien, parece que una hermosa joven me debe una.

—Oh, por favor. —Tenía que estar bromeando—. Es usted lo bastante mayor como para ser mi padre.

Dejó caer su mano y se llevo una de las suyas al pecho.

—Me hiere, y además sabe que no es verdad.

—De acuerdo: lo bastante mayor como para ser, al menos, mi tío.

—No puedo ser más de tres o cuatro años mayor que Woodsworth, y usted parece muy enamorada de él. —Se encogió de hombros, mirando en la dirección que había tomado el otro grupo.

—Se supone que tengo que parecerlo.

—Para ser exactos, ¿qué significa eso? —Dejó de caminar y se volvió hacia ella, enarcando las cejas—. ¿Se encuentra en algún tipo de apuro?

Negó con la cabeza. ¿Cómo podía explicárselo?

—Solo uno en el que me metí, y no estoy buscando a alguien que me rescate.

—No tiene que preocuparse de eso —dijo él, en tono de burla—. No soy de los que rescatan.

De alguna manera, lo dudaba. Le vinieron a la cabeza recuerdos de él acudiendo en ayuda de su esposa cada vez que ella llevaba una bandeja o bajaba de un carruaje. En otra época había sido, sin duda alguna, de los que rescataban.

—No es así como lo recuerdo en la época de Cravenhurst. ¿Qué son esos rumores de que es usted un vividor?

—No son rumores. Soy un hombre diferente, un vividor irremediable. —Su sonrisa parecía demasiado amplia para alguien que acababa de reconocer algo así.

Pero ella no había conocido a demasiados vividores. Tal vez todos estaban igual de orgullosos de su estatus.

—¿Debo temer por mí?

Lord Bryant se fijó en sus pies y luego recorrió su vestido estampado a cuadros. Se detuvo un momento en su cintura. Había pasado la noche metiendo la tela de la cintura y ahora encajaba a la perfección sobre su corsé. Se apartó unos centímetros de él. La primera mirada superficial podía considerarse atrevida. Esta lenta degustación de su figura era del todo indecente.

A pesar de que se alejó, él se inclinó, acercando su rostro al de ella. Mirando su pelo, alzó una ceja y exclamó:

—Con esa peluca... ¡Nunca!

La mirada de perversa intensidad de un instante antes había desaparecido. En su lugar había un brillo juguetón de solidaridad.

Patience negó con la cabeza y volvió a poner la mano sobre su brazo. Le costaría acostumbrarse a este nuevo lord Bryant. No era el hombre que recordaba, ni el hombre por el que Londres lo tomaba. Al menos, que ella pudiera ver.

—Bueno, si quiere ayudar...

—No creo haber dicho que quisiera ayudar.

No le hizo caso.

—Puede mantener a la señorita Morgan entretenida.

—La única forma en la que pienso ayudar es marchándome a casa. Respecto a la señorita Morgan... —Dio un paso atrás—. Ya he pasado más tiempo del que planeaba con ella. Es muy pegajosa.

—Es bastante aburrida, ¿no?

—¿Bastante?

—Lo sabía. —Chasqueó los dedos. ¿Qué habría visto el señor Woodsworth en ella?

—¿Lo sabía? ¿Y aun así mandaría a un viejo amigo a pasar tiempo con ella?

—Solo unas semanas.

—¿Unas semanas? —Echó hacia atrás la cabeza y miró al cielo—. ¿Cuánto tiempo lleva con esta farsa? ¿Qué espera conseguir? ¿Dónde se está alojando? ¿Sabe Harrington lo que está haciendo? —Respiró—. Por supuesto que no, su hermano nunca lo habría permitido. Debe contármelo, o lo averiguaré por mí mismo. Sabe que no me resultará difícil.

¿Qué pregunta debía responder primero? Y ¿cómo? Se frotó la nuca, rozó la parte inferior de la peluca y esta se movió un poco. Él abrió los ojos de par en par, y ella se arregló con rapidez el peinado.

—Nicholas no lo sabe, pero no tiene motivo para preocuparse. Cree que estoy en casa con nuestra madre, y ella cree que estoy en Bath con él.

—Eso no puede durar para siempre.

—No será necesario. Solo dos semanas más. Luego volveré a casa y se lo contaré todo. Confía por completo en la familia Woodsworth, así que su enfado debería remitir en poco tiempo.

—¿Está viviendo con los Woodsworth? —Miró en la dirección en la que se había marchado su grupo—. ¿Está el general en casa?

—Está en Brighton, con sus hombres.

Lord Bryant se puso rígido y tensó la musculatura de la mandíbula.

—Pero la señora Jorgensen sí está.

Ese dato le relajó.

—Aun así, deme una buena razón para que permita que siga quedándose allí. Es una locura. Si alguien en Londres se entera de esto... su reputación quedará arruinada.

Una buena razón. Necesitaba una buena razón. Tenía muchas. Quería demostrarle a su hermano que podía trabajar duro, como él. Quería ser mejor criada. Estaba aprendiendo poco a poco, y había descubierto que disfrutaba con algunas de las tareas. Otras las detestaba, pero, aun así, sentía una satisfacción al final de cada día que nunca había tenido como *lady* Patience.

—Porque necesito esta oportunidad antes de que me casen con un hombre que yo solo haya elegido en parte. Quiero tener la ocasión de respirar por un tiempo antes de que el resto de mi vida sea planeado por otra persona. Quiero ser la persona que yo elija durante unas semanas más antes de volver a ser *lady* Patience y luego *lady* conquienquieraquemecase. Y además de todo eso, me gustaría sentirme útil. Y en ese hogar lo soy. —Suspiró. El hombre que tenía delante hacía lo que quería, cuando quería. Era la última persona sobre la tierra que sabría lo que se sentía al no tener control sobre la propia vida—. No espero que lo entienda.

Lord Bryant permaneció en silencio: su sonrisa divertida, y su expresión burlona habían desaparecido. El resplandor en sus ojos se apagó, y bajó la mirada hacia el suelo. Era imposible que le permitiera seguir viviendo aquel engaño. No debía permitirlo y ella lo sabía. Más aún, él lo sabía.

Respiró hondo y volvió a sonreír.

—¿Cuánto tiempo dijo que duraría esto?

La presión de su pecho se evaporó; el sol agudizó el centelleo sobre cada hoja de los árboles que los rodeaban.

—¿Va a permitirme que siga adelante?

Él negó con la cabeza y rio con suavidad.

—Siempre me ha costado decir que no a las mujeres. ¿Por qué cree, si no, que me meto en tantos líos?

—Vaya, ¿nunca es culpa suya?

—¿Mía? —Puso cara de total inocencia—. Jamás. Ya ha visto cómo es la señorita Morgan. Tengo que lidiar con eso todo el tiempo.

—¿Y la señorita Paynter?

Lord Bryant suavizó el gesto.

—Ella es diferente.

Patience miró hacia el grupo. La señorita Paynter charlaba, desenfadada, con la señora Jorgensen y la señora Cuthbert. No era como la señorita Morgan. Era tranquila y delicada, como lo había sido su primera esposa. Tal vez ese hombre había encontrado por fin una pareja estable.

—¿Cuánto tiempo, *lady* Patience? No puede esperar que le oculte esto a su hermano para siempre. Seguro que en algún momento se enterará.

—Dos semanas más. Solo dos semanas más. Después volveré felizmente junto a Nicholas.

Él suspiró.

—Lo permitiré con una condición. Si necesita mi ayuda... si alguna vez se encuentra en una situación comprometida, me llamará.

Patience no contestó a eso. Se sentía incómoda todo el tiempo, y no podía recurrir a él cuando le tocara vaciar los orinales.

—Dijo que no era de los que rescatan.

—No lo soy, pero su hermano me reprendería si le pasara algo a usted y supiera que hemos estado en contacto. Por alguna extraña razón, todavía tengo ganas de vivir.

—Volveré a casa de una pieza, lord Bryant. Usted era la única persona que me preocupaba; ahora que he salvado este escollo, ¿qué más podría salir mal?

—Ya lo veremos.

—Y... ¿conversará y bailará con la señorita Morgan cuando surja la oportunidad?

—Sabe que en este momento estoy interesado en la señorita Paynter.

—¿No cree poder manejar a dos mujeres?

Una lenta sonrisa apareció en el rostro del barón.

—En realidad, ese es el tipo de desafío que estoy dispuesto a aceptar. Muy bien, *lady* Patience. —Le tomó la mano y se la llevó con lentitud a los labios. Se detuvo justo antes de besarle los nudillos para hacerle un guiño—. Tenemos un trato.

Ella esbozó una media sonrisa. Tenía un aliado impensable, que no había soñado tener. No podía creer que le permitiera seguir adelante.

—¿No cambiará de opinión y enviará una carta a mi hermano tan pronto como llegue a casa?

—Tiene mi palabra. —Le soltó la mano.

Ese comentario la hizo reflexionar.

—¿Cuánto vale su palabra hoy en día?

—No mucho. —Sonrió—. Nada en absoluto.

Le ofreció el brazo y comenzaron el camino de regreso hacia el grupo. Lord Bryant estaba exultante. Al parecer, el engaño lo estimulaba. Eso, o estaba tramando la forma más divertida posible de revelar aquel escándalo a toda la ciudad.

En realidad, no era el mejor de los aliados.

Capítulo 13

PATIENCE LLAMÓ CON SUAVIDAD a la puerta del estudio del señor Woodsworth.

—Adelante.

Respiró hondo para calmarse. Habían pasado dos días desde su paseo juntos en Green Park, y no quería parecer demasiado amistosa con su jefe. Pero no podía evitar verlo como a un amigo. Habían bailado juntos, paseado juntos y hablado a solas tan a menudo que a veces se olvidaba de seguir actuando como una criada cuando estaba cerca de él. Pero esta vez lo recordaría. Estaba aquí solo como criada o, en este caso, como institutriz. Los niños le habían preparado algo.

Empujó la puerta y de inmediato hizo la inclinación que había estado practicando. Perfecta, tal y como una doncella debía hacerla.

Él estaba sentado ante su escritorio. Varios montones de papeles estaban colocados en orden a su alrededor. Dejó la pluma.

—Ah, Patience, justo la mujer que esperaba ver.

¿Era ella?

—¿Yo, señor?

—Sí. He estado trabajando en esta lista suya, y ya está completada, con seis nombres. Todos bastante serios, y todos con rango de barón o superior. Ni un señor a la vista… Venga, déjeme mostrársela.

Dudó. Haber hecho que el hijo del general recabara información sobre los hombres con los que podría casarse algún día le pareció, de repente, inapropiado. Él no sabía lo que estaba haciendo, pero ella sí, y se cuestionó su atrevimiento al pedir una cosa semejante.

—En realidad, los niños lo están esperando. Parece que tienen una sorpresa para usted y su hermana.

—Esto solo llevará un momento. —Le indicó que se acercara con un gesto—. No me gusta sentirme en deuda con nadie, y me irrita no haberle conseguido siquiera el nombre de los tres primeros caballeros, después de todo lo que ha hecho por mí.

Patience suspiró. No había nada que hacer más que acabar con aquello cuanto antes. Confiaba en su criterio. Si él decía que esos hombres eran buenos, tendría razón. ¿Qué mejor manera de empezar su primera temporada que con una lista de posibles candidatos?

—Venga —insistió él. Sacó un papel doblado del cajón y lo desdobló. Al igual que el anterior, estaba lleno de filas y columnas ordenadas. Pero esta vez había más. Se levantó y le indicó que ocupara su lugar en la silla. Sin saber cómo salir de la situación que había creado, ella obedeció.

Él se arrodilló a su lado. Los ojos le titilaban mientras se inclinaba hacia delante, señalando cada categoría y describiendo cómo había decidido qué atributos incluir. La fila superior estaba llena de ellos: benevolencia, propensión a la bebida, propensión al juego, tiempo medio que trabajaban para ellos sus empleados… ¿De dónde sacaba toda esa información?

—Puedo añadir cualquier otro caballero si cree que debe estar en la lista. No tengo que limitarlo a tres.

—No. —Se sintió vacía mirando a esos hombres, reducidos a los rasgos generales de su carácter. Reconocía algunos de los nombres, otros no, pero existía la posibilidad de que uno de ellos acabara siendo su futuro marido—. Ha encontrado algunos buenos. La lista es perfecta.

—Me gusta hacer listas. —Se irguió.

Ella sonrió ante el papel: podía verlo en los cuidadosos trazos de cada letra y en las líneas bien medidas.

—Gracias.

—Me ha costado encontrar compañeros jóvenes, solteros, serios y de buen corazón.

Señaló con el dedo uno de los nombres que no conocía.

—Lord Godfrey, ¿es joven?

—Bastante. No más de cuarenta años.

Cuarenta años. No lo consideraba joven, pero no tuvo el valor de decírselo.

—Y no bebe. Eso es bueno.

—Sí, tuvo que dejar de beber después de caerse y golpearse la cabeza una noche en White's. Desde entonces, le cuesta recordar fechas y a veces babea por un lado de la boca, pero es amable.

—Oh. —No sabía qué más decir—. La amabilidad es importante.

—Por supuesto, si busca un empleador de gran amabilidad, lord Bybee es otra buena opción. Es con seguridad más amable de lo que debería, lo cual significa que su personal está muy bien pagado.

Encontró su nombre en la lista. Treinta y uno. Era una edad más adecuada.

—Pero aquí dice que tiene una gran cantidad de deudas.

—Sí, ese tipo de bondad tiene un precio. Ha prestado dinero a medio Londres y nunca reclamará que se lo devuelvan. Pero puede ser que no le pase factura hasta dentro de cinco o seis años. En realidad, lo más probable es que sean sus hijos los que tengan que pagar el precio de su generosidad.

—¿Y estos son los mejores hombres que ha podido encontrar?

—Tenía que haber, en todo Londres, un mejor partido que los hombres de esa lista. Ni siquiera se había dado cuenta de lo importante que era para su futuro marido no ser «descuidado en casa» hasta que había visto esa columna en la lista. Al parecer, era una forma de mala conducta bastante común; según la lista, lord Dartmouth sufría de esa dolencia con bastante intensidad. Estuvo a punto de hacer un comentario sarcástico al respecto, pero se abstuvo. En parte, la razón por la que estaba ahí era para aprender a ser más seria, como Nicholas. Las criadas serias no menospreciaban a los hombres de rango, sin importar su falta de pulcritud.

—Si ninguno de estos hombres es de su agrado... —Se inclinó hacia delante y colocó su mano sobre la de ella—. Espero que me considere a mí.

—¿Qué? —La voz de Patience era poco más que un susurro. Su mano parecía muy pequeña en la de él. De repente, fue consciente de cada grieta en sus nudillos por culpa de la lejía.

—No veo por qué tiene que irse de aquí. ¿No soy un empleador decente? Sé que no tengo título, pero si se trata de la paga, estoy seguro de que podemos pagar tanto como alguien de rango.

Patience retiró la mano. Se levantó y se colocó tras la silla, para poner más distancia entre ellos. Estaba hablando de trabajo. Por supuesto que hablaba de trabajo.

—¿Quiere que añada mi nombre a la lista? Saldría muy bien parado en todas las categorías. Nunca bebo ni juego, y nuestros sirvientes han estado empleados aquí durante la mayor parte de sus vidas. Además, creo que ambos sabemos que soy un hombre serio: me han comentado que casi nunca sonrío, así que, en ese aspecto, debería estar muy por encima de la mayoría de esos hombres.

Tenía razón.

Patience se tropezó mientras se dirigía a la puerta. Él ocuparía un lugar destacado en cualquier lista. De eso estaba segura. Pero aquella no era una lista de empleadores; era una lista de posibles esposos. El señor Woodsworth no entendía lo que estaba sugiriendo. Y aunque no haría ningún daño que añadiera su nombre, sería el único que ella vería si lo hiciera.

Tenía la mano en el pomo de la puerta cuando se volvió. Estaba aún de pie: la luz de la ventana a su espalda le atravesaba el cabello y le rodeaba el robusto cuerpo con un halo celestial. No tenía el ceño fruncido ni sonreía. Tan solo estaba ahí. Firme. Práctico y preciso en todo lo que hacía. Como su lista.

Su magnífica y maldita lista.

Se aclaró la garganta y apretó el pomo de la puerta.

—¿Todavía piensa casarse con la señorita Morgan?

—Por supuesto. —Extendió las manos abiertas, queriendo mostrar de ese modo que no comprendía esa pregunta—. ¿Por qué, si no, íbamos a pasar por esta farsa?

—Entonces no. —Le dolió decirlo, como si alguien le hubiera apretado el corpiño mucho más de lo necesario—. No puede añadir su nombre a la lista. —No importaba que ella lo quisiera ver escrito, que lo quisiera en la parte superior y destacado con un círculo. ¿Podría haber un hombre mejor que él?

—Ah, ya veo. Tiene mucha razón. —Frunció el ceño—. Sería extraño que la mujer que presenté como Mary Smith fuera una criada en mi casa. —Golpeó los nudillos contra el escritorio y ella se sobresaltó con el sonido—. Podría decírselo. Una vez que estemos casados, podría decírselo.

Patience soltó el pomo de la puerta y se apoyó contra ella para ayudarse a mantener la compostura. La señorita Morgan viviendo en aquella casa como la señora. La idea le revolvió el estómago.

—¿Cree que ella permitiría que me quedara?

Se dio cuenta de que quería decirle que sí. Se inclinó hacia delante y se apoyó en el escritorio. Sin embargo, ambos sabían que era imposible que una mujer se sintiera cómoda teniendo en casa a una criada que había bailado con su marido.

No esperó la respuesta evidente. En cualquier caso, no importaba. Se iría antes de que él se casara. Gracias a Dios. La señorita Morgan podría parecer perfecta en una de esas listas, pero en realidad… se le rompía el corazón al imaginarlos como marido y mujer.

—Me habré marchado antes de que sea necesario explicarle nada.

El señor Woodsworth suspiró, se acercó a ella y entrelazó las manos con las suyas.

—Le escribiré una excelente carta de recomendación. Puedo garantizarle que le conseguiré una plaza en cualquier casa que elija. La mayor parte de Londres tiene miedo a mi padre, lo cual tiene sus ventajas. Elegiremos al mejor hombre de esta lista y se establecerá allí en poco tiempo.

Cerró los ojos y, por un momento, disfrutó de la sensación de aquellas manos cubriendo las suyas. Sería fácil, tan fácil, acostumbrarse a esa sensación…

—No creo que deba tomarme las manos así… un segundo después de decirme que piensa casarse con la señorita Morgan.

No abrió los ojos, pero sintió la quietud de la habitación. Él la soltó y sintió que se alejaba.

—¿Patience? —Su voz era suave y denotaba perplejidad. Lo había confundido con sus palabras.

Cielos, se estaba equivocando. No era una criada. Su madre y Nicholas no considerarían a nadie con un título inferior a barón; incluso un barón sería visto como una decepción.

No podía permanecer más tiempo en esa habitación. Se volvió y abrió la puerta con ímpetu.

—Los niños están esperando.

Salió del estudio, agradecida de que, como mínimo, las piernas le respondieran.

—Espere.

Se detuvo. Respirando lento y profundo, se volvió hacia él.

Cuando encendieron aquel fuego, el de la sala de música, al principio las llamas eran anaranjadas y luego doradas. Pero a medida que el calor crecía en intensidad, las llamas más cercanas al carbón eran de un azul ardiente e intenso. Los ojos de él tenían el mismo aspecto en ese momento.

Esperó a que le dijera algo, lo que fuera, pero él se limitó a quedarse quieto. Poco a poco, el resplandor se fue apagando hasta que solo quedó un recuerdo del agudo fulgor que habían tenido un momento antes. Se dirigió al escritorio y examinó de nuevo la lista.

—Tiene razón. No debería haberle tomado la mano. Sé que estamos representando muchos papeles juntos, pero intentaré recordar que mientras esté en esta casa es una criada, y no una amiga.

—Por supuesto. —Odiaba la forma en que las palabras sonaban en sus labios. ¿Por qué no podía ser una amiga y una criada? Pero ¿sería tan cálido el contacto de las manos de un amigo? Eso no se parecía a la amistad. Si él quería mantener una relación profesional mientras ella estuviera en la casa, sería mejor para todos. Por muy impropio e improbable que fuera un encuentro entre una criada y su empleador, un encuentro entre él y su verdadero yo no sería mucho mejor. Sobre todo si alguien descubría que había vivido en su casa. Asintió con la cabeza y se dirigió de nuevo a la habitación de los niños.

—Oh. Algo más.

Se le detuvo el corazón. ¿Qué tormento tendría para ella ahora?

—¿Quiere llevarse esto? —Le mostró la lista de los caballeros.

Casi se rio. ¿Para eso la había llamado?

—No. Quédese con ella. Tal vez podría seguir añadiendo nombres...

—Cierto. —La dejó sobre el escritorio y respiró hondo antes de darse la vuelta. Pasó ante ella para salir y le hizo un gesto para que lo siguiera hasta la habitación de los niños. Fue un recordatorio sutil. Era una criada. Lo siguió, observando cada uno de sus movimientos, mientras él miraba fijamente hacia delante. Quizá ni siquiera era consciente de su cercanía.

En realidad, eso estaba bien. No había ido a aquella casa para que el señor Woodsworth pensara en ella o la recordara. Estaba ahí para adquirir la experiencia que le enseñara algo sobre el trabajo duro, para experimentar una vida diferente a la suya. Después de pasar tres horas planchando el día anterior, al menos sabía que lo estaba logrando.

Llegaron al pasillo que conducía a la habitación de los niños; él redujo la velocidad lo suficiente como para permitir que ella casi lo alcanzara. Bajó la cabeza, pero no la giró.

—Espero que sepa que lamentaremos perderla.

Patience se tragó una risa amarga. Eso era lo que todos los empleadores decían a sus trabajadores cuando los despedían. Se lo había oído decir a su padre en varias ocasiones. Pero no era cierto. A los únicos empleados que habían despedido era a los que no encajaban en la familia. En realidad, nadie había lamentado su marcha.

¿Qué acababa de ocurrir en el estudio? No estaba seguro, y no le gustaba esa sensación. Echó una mirada furtiva a Patience. Su expresión, por lo general alegre, era sombría. Había pensado, por un momento... pero era ridículo. Su criada sabía que aquello era una farsa: más aún, una farsa para conseguir esposa. Estaría preocupada por perder su trabajo. Aun así, ¿qué lo había impulsado a tomarla de las manos? Los Woodsworth no eran muy dados a mostrar su afecto.

No es que sintiera ningún afecto por su criada. Eso era, sin lugar a duda, imposible.

Improbable, al menos.

Lo único que quería era decirle que podía mantener su puesto de trabajo y, con suerte, devolver la sonrisa a esa ancha boca suya, pero ella tenía razón. Una vez que él y la señorita Morgan estuvieran comprometidos, tendrían que buscarle otro puesto.

—¿Sabe qué obra de teatro han preparado los niños para nosotros?

—No, no me lo han dicho. Pero les ha mantenido entretenidos bastantes horas, así que no me he quejado.

—En cualquier caso, será interesante.

—¿Con Harry y Augusta? —dijo Patience. De nuevo mostraba su sonrisa, no tan amplia como de costumbre, pero como mínimo la conversación anterior no había acabado con toda su alegría—. Por descontado que será interesante.

En los últimos días, Harry y Augusta habían cobrado vida bajo el cuidado de Patience. Seguían siendo unos niños muy obedientes, pero habían empezado a pasar más tiempo al aire libre, y se reían más a menudo. Sofía era una madre maravillosa, pero la frivolidad siempre había sido responsabilidad de su marido. Ya era hora de que el señor Jorgensen volviera al hogar.

Su hermana ya estaba sentada en una de las tres sillas colocadas frente a una pila de edredones en el suelo.

—¿Te han dicho los niños lo que han planeado? —preguntó Anthony.

Sofía negó con la cabeza.

—No, creo que es una sorpresa para todos.

Tomó asiento junto a su hermana, dejando la silla de al lado para la criada. Había estado muy callada desde que salieron del estudio. Se sentó lo más alejada posible de él.

Harry y Augusta entraron en la habitación. Augusta tenía una especie de papel triangular atado alrededor de la boca. Se acercó de puntillas a los edredones apilados y se dejó caer entre ellos. Luego se cubrió la cabeza con las manos.

—Gracias por venir —comenzó Harry con voz fuerte y clara. El niño se estaba haciendo mayor, y su padre se lo estaba perdiendo—. Ahora nos gustaría representar una obra de teatro. La obra es *El patito feo.*

—Oh, no —Patience se removió en la silla.

—Una vez hubo un huevo —continuó el niño, y su hermana se revolvió—. Estaba en un nido. —Así que los edredones debían de ser un nido—. Hasta que un día, se rompió el cascarón.

Augusta abrió los brazos y se levantó de un salto.

—Soy un patito feo —dijo con el ceño exageradamente fruncido.

Patience gimió. Anthony pensó que estaban haciendo un buen trabajo: Harry entonaba bien, y las expresiones faciales de la niña eran perfectas. No estaba seguro de a qué respondía la queja.

El niño se acercó al nido y ayudó al patito a salir.

—A nadie le gustaba el patito feo. Los demás patos lo picoteaban.

Fingió que picoteaba a su hermana con las manos.

—Ay.

—Pero un día le ocurrió algo extraño al pato. Él...

—¡Ella! —exclamó la niña.

—... Ya no era fea. Se había vuelto hermosa.

El patito giraba y giraba mientras Harry se apresuraba a alcanzar una gasa blanca tras la pila de edredones. Envolvió a Augusta con ella, y esta dejó de girar. En su lugar, empezó a agitar las manos como si fueran alas cubiertas por la gasa.

—Ahora soy un hermoso pato. —Aleteó hasta situarse frente a su tío, casi subiéndose a su regazo. Patience se tapó la cara con las manos al tiempo que se encorvaba, de espaldas a él y a Augusta. La niña puso una mano a cada lado de la cara de Anthony y tiró de él para que la mirara—. ¿No soy una patita preciosa?

Con la cara de la niña poco más o menos pegada a la suya, sonrió.

—Sí, eres muy hermosa.

—¡Ha sonreído! —Augusta agitó la gasa en señal de triunfo—. El tío ha sonreído con su sonrisa de pato.

Patience comenzó a aplaudir con fuerza.

—¡Hurra, niños! Bien hecho. Habéis representado una obra excelente.

—¿Ha visto su sonrisa, señorita Patience? —Harry se acercó al grupo. ¿Por qué sus sobrinos estaban tan empeñados en hacerle sonreír? ¿De verdad era tan aburrido? Los niños habían pasado horas preparando aquello. ¿Lo habían hecho únicamente para arrancarle una sonrisa?

—Sí, la he visto.

—Tenía razón en eso.

—¿La tenía? —Reunió a los dos niños con un brazo alrededor de cada uno y los llevó de vuelta al nido—. Ahora es el momento de hacer una reverencia para saludar. Siempre hay que hacerla después de una actuación.

¿Por qué Patience parecía tan nerviosa? Sofía se inclinó hacia él.

—Parece que han hecho la obra para ti, no para mí. Nadie se ha alegrado de verme sonreír.

—Supongo que querían ver mi sonrisa de pato. Patience tiene mucha influencia sobre tus hijos. —Sentía la cara tensa. Los niños se habían esforzado mucho por arrancarle una sonrisa, y pensaba que debía mantenerla. Pero ya no era natural. Sus ganas de sonreír habían desaparecido. Y pensar que hacía un instante había pensado que la criada tenía sentimientos por él. ¿Cómo había olvidado uno de sus primeros comentarios? Pensaba que su sonrisa le hacía parecer un pato—. ¿De verdad mi sonrisa es tan ridícula?

—Anthony, tienes una de las sonrisas más bonitas que he visto nunca. Transforma tu cara.

—¿Perdón?

—Tienes que saberlo. Es como si hubieras nacido con una pose de seriedad. Así que una sonrisa... no sé... Te cambia la cara, la vuelve hermosa.

—Como el patito.

Su hermana se echó a reír. Harry y Augusta detuvieron las reverencias. Dejaron caer las manos, antes enlazadas, a los lados de cada uno mientras miraban a su madre. Sofía no paró. Apoyó una mano en el hombro de su hermano.

—Eso es lo que querían decir. —Lo acarició con suavidad—. Toda la semana me han estado preguntando por formas de hacerte sonreír, porque la señorita Patience les había dicho que sonreías como un pato. Me preocupaba que estuvieran contigo, por miedo a que hirieran tus sentimientos. —Se limpió una lágrima de la comisura de un ojo. Hacía tiempo que no veía reír a Sofía. Quizá desde antes de que su hermano Howard hubiera muerto—. Aquí estaba yo, tratando de proteger tus sentimientos cuando, en realidad, estaban siendo los niños más dulces del mundo. —Se acercó a sus hijos y los envolvió en un abrazo—. Ha sido una representación muy buena. Me ha encantado.

La pequeña puso las dos manos en la cara de su madre y le acarició las mejillas.

—Tú también sonríes como un patito, mamá.

—Gracias, cariño, eso significa todo un mundo para mí.

Patience se iba de puntillas hacia la puerta, con la cabeza baja y el cuerpo encogido. Anthony se levantó de un salto y cruzó hacia su lado de la habitación. Le colocó con cuidado una mano en el codo, sin querer sobresaltarla.

—Usted fue la primera que dijo que sonreía como un pato, ¿no?

Ella no respondió. Tampoco levantó la vista hacia él, pero no se apartó.

—¿Cree que mi sonrisa me hace hermoso?

Patience no giró la graciosa curva de su cuello. Solo llevaba unos días en la casa cuando había dicho eso sobre él. No debería alegrarse tanto de que una mujer dijera que era hermoso. Era algo extraño que decir, y una forma extraña de decirlo también. Sin levantar la vista, se volvió hacia él.

—Ya le he dicho que debería sonreír más a menudo.

Anthony le sujetó la barbilla con las manos y la alzó hacia él. Ahora estaba sonriendo, y quería que ella lo viera.

—¿Por qué me hace hermoso? —preguntó, antes de que sus miradas se encontrasen.

—Porque significa que es feliz. —Ella tenía los ojos tristes, más grises que verdes, y anegados en lágrimas.

Dejó de sujetarle la barbilla. ¿Dónde estaba su sonrisa? Todo aquello era un juego, ¿no? No soportaba ver que tenía las pestañas húmedas y no poder secárselas.

—Y la gente feliz es hermosa. En su caso, supongo que guapo. Ahora, ¿puedo irme? —Miró con atención su brazo. Él había olvidado que la estaba reteniendo. Lo retiró.

No quería que se fuera. Tenía muchas preguntas. Nadie, salvo su madre, lo había llamado guapo. Pero la forzaría a quedarse contra su voluntad. La había tocado de nuevo. Esta vez en la barbilla, y poco después de que ella le dijera que no lo hiciera. Era un idiota.

—Claro, puede irse.

Asintió con la cabeza; tenía un ligero matiz rosado en el cuello. Estaba avergonzada. No debería estarlo. Ahora que los niños habían aclarado lo que ella quiso decir, él estaba bastante satisfecho consigo mismo. No todas las sonrisas de los hombres provocaban un tinte rosado en el cuello de una joven encantadora.

—Pero gracias. Es uno de los cumplidos más bonitos que he recibido.

En lugar de responder, Patience se agachó, pasando bajo su brazo, y salió de la habitación. Menos mal. Ya la había avergonzado bastante por una tarde.

Se frotó la comisura de los labios. Sonrió como un pato.

Si eso era así, supuso que tendría que sonreír más a menudo.

Capítulo 14

ANTHONY CONSULTÓ SU RELOJ de bolsillo por cuarta vez. Eran las dos y media. Llegaba justo a tiempo, pero si no cruzaba la calle y subía las escaleras hasta la puerta de la casa de los Morgan, llegaría tarde. La señorita Morgan le había asegurado en una nota que sus padres estarían fuera, y que tendrían la oportunidad de hablar a solas.

Qué no habría dado unos meses atrás por tener una oportunidad como aquella. Y, sin embargo, estaba allí, de pie, sin poder moverse. Seguía teniendo el reloj en la mano, abierto y haciendo tictac. Cuando el minutero avanzó, empezó a caminar sin proponérselo. Llegaba tarde. Nunca llegaba tarde.

Llamó a la puerta y una criada le abrió. A pesar de sus dos años de noviazgo con la señorita Morgan, no había estado en su casa demasiadas veces. Nunca había visto a aquella criada. El mayordomo siempre había sido el encargado de atender la puerta. Ella sonrió y le hizo pasar sin tomar su tarjeta.

—La señorita Morgan lo espera en el salón, señor Woodsworth. Sígame.

Debía de ser la informante de la señorita Morgan, la que conocía dónde estaba la señorita Paynter en todo momento.

Estaba sentada a solas en el salón, con el fuego crepitando en la ornamentada chimenea de estilo rococó, justo enfrente de él. El salón de los Morgan estaba decorado con el propósito expreso de permitir a los visitantes conversar. Las sillas estaban colocadas una frente a otra, y frente al largo sofá. Se levantó cuando él entró. Hizo un gesto con la cabeza a la criada, y la puerta se cerró con un clic.

Estaban a solas. Si la noticia de ese encuentro llegaba a oídos de la sociedad, tendrían que casarse sin demora.

—¿Quiere que abra la puerta? —Después de dos años de noviazgo, no quería forzar el compromiso de esa manera.

—No. —Sacudió la cabeza. El cabello, perfectamente peinado, no se agitó con el movimiento. Lo llevaba con una raya en el centro y recogido hacia atrás, liso e impecable, a diferencia de cierta criada que lo había llamado hermoso tan solo dos días antes.

—Bertha es la única sirvienta que hay en casa, así que no deberíamos tener ningún problema. Necesito hablar de algo con usted.

Respiró hondo para tranquilizarse. Recordó el momento en que, semanas atrás, pensó que ella había entrado sola en su estudio. Pero no había ido a visitarlo; en su lugar lo había invitado a su casa. ¿Por qué lo habría invitado ahí? ¿Habría funcionado su plan? ¿Era el momento de pedirla en matrimonio? Tosió. No se sentía tan emocionado ni triunfante como cuando pensó que era ella la que estaba detrás de la cortina.

—Quería hablar con usted en privado. Como sabe, fui a una partida de cartas hace tres días. No estaba usted allí.

—No vi la necesidad de que asistiéramos a los mismos encuentros sociales cuando nuestro propósito era aparentar que separamos nuestros caminos. —También había pensado que Patience no debía asistir a otra reunión social tan pronto. No cuando sabía que lord Bryant iba a estar allí. Había aceptado pasear con él en Green Park, pero era obvio que no lo pasó bien. No quería ponerla de nuevo en una situación en la que se sintiera obligada a cumplir los deseos de un hombre solo por su posición social. En especial si ese hombre era lord Bryant.

—Por supuesto. —Se encogió de hombros—. De hecho, creo que fue una buena decisión, porque lord Bryant se mostró más atento sin su presencia.

—¿De verdad? —Los nervios que le habían atenazado hasta ese momento se relajaron. No esperaba una proposición ese día. La forma de pronunciar el nombre de lord Bryant lo había dejado bien claro.

—Pensé que era la señorita Paynter quien le interesaba. ¿También estaba ausente?

Entrecerró los ojos.

—No, estaba allí.

—¿Se ha cansado ya de ella?

—No. —Respiró hondo—. No creo que se haya cansado de ella. Jugaron juntos dos partidas de *whist*. Pero después me preguntó si quería jugar con él. —Se estiró en su asiento—. Y ganamos. Fue una de mis mejores partidas de *whist*. Creo que sabía que tenía que ganar para impresionarlo.

¿Impresionarlo? ¿Cuándo se había convertido eso en su objetivo? Todo lo que necesitaba era que la vieran en compañía del barón.

—No está interesada en ese hombre, ¿verdad?

La joven se rio. El sonido, que siempre le había resultado agradable, de repente le chirriaba en los oídos.

—Es lord Everton Bryant. Todas las mujeres de Londres están interesadas en él.

—En realidad, no todas las mujeres.

Ella se inclinó hacia delante, alzando la barbilla para acercarse a su rostro, y le dijo:

—Todas.

Se equivocaba. Era un hombre guapo, y Anthony había visto cómo lo miraban las mujeres, pero la mayoría de las mujeres de Londres debían de saber que era un vividor. ¿Por qué querría una mujer que se la relacionara con un hombre como aquel?

—Entonces ¿qué intenta decirme? ¿Hemos terminado con la farsa? ¿Le interesa él?

—No. —Le dio un golpe con la mano en el hombro. Él resistió la tentación de agarrarla—. Pero puede que haga una... apuesta por él, ahora que nosotros no estamos... que usted no me corteja. Nunca se sabe.

—¿Nunca se sabe? —Ni siquiera era el tipo de mujer que atraía a lord Bryant. Anthony no había seguido sus correrías de cerca, pero sabía que había logrado arruinar la reputación de algunas mujeres serias y cultas. Ella no era seria y, aunque a veces mostraba algún conocimiento de cultura, no era comparable a la sensata señorita Paynter—. Nunca la aceptará. —Era demasiado obtusa.

—Puede que sí lo haga. Sé que los rumores dicen que no se casará, pero tal vez solo necesite a alguien de calidad.

—El año pasado protagonizó un escándalo con la hija de un marqués, y no se molestó en casarse con ella. Y ya sabe lo que pasó después. —A veces era muy ingenua, pero siempre había sabido moverse en sociedad. Debía de entender la insensatez de sus actos—. La joven tuvo que conformarse con el único hombre que la quería: un hacendado. Un hombre con una posición no mucho más alta que la de un granjero. ¿Es así como quiere terminar?

La señorita Morgan endureció el gesto y se acercó lo suficiente como para que, si alguien los sorprendía en ese momento, no importara lo que ninguno de los dos pensara: el matrimonio sería inmediato.

—Un hacendado es más de lo que es usted. —Frunció el ceño en un gesto nada agradable—. Voy a intentarlo con lord Bryant. No es que tenga mucho que perder. Mi posición en la sociedad y mi dinero seguirán siendo los mismos si, como dice, él no tiene ningún interés a largo plazo en mí. Siempre hemos sabido que la nuestra no sería una unión amorosa. No dejemos que los celos se cuelen en nuestro acuerdo.

Anthony cerró los puños, clavándose las uñas en las palmas, y apretó los dientes.

—No tenemos ningún acuerdo. —Hablaba en un tono bajo y áspero, pero no le importó—. He trabajado durante dos años para lograr que tengamos un acuerdo, y en dos semanas ha sucumbido a los encantos de ese… ladino lord Bryant.

—Es elegante y excitante, por no mencionar que es un noble. —Lo alejó poniéndole el dedo índice en el pecho—. Todo lo contrario de usted. Tal vez, después de dos años, tenga ganas de algo emocionante. Si no pasa nada con él, podemos volver a nuestro plan original.

Era serio y aburrido, ¿verdad? No se podía comparar con el excitante barón. Le agarró la muñeca y la llevó hacia su pecho. Después de ver la representación de los niños, se había prometido esforzarse por sonreír más. Pero también podía intentar ser más excitante. Si lo único que le faltaba a su relación con la señorita Morgan era la excitación, quizás era el momento de dársela.

Le tomó la barbilla con la mano y acercó su cara a la suya. La respiración de ella era entrecortada, y una chispa de interés brilló en su mirada. Debería haberlo hecho un año atrás.

—Béseme, y pongamos fin a este juego.

Por un momento, ella se inclinó hacia él, hasta que las chispas se desvanecieron y, sin prisa, se deshizo de su agarre.

—No.

Anthony se alejó, sin saber qué lo había llevado a actuar así. Cuando había entrado en el salón, le preocupaba que ella esperara una proposición, y ¿ahora intentaba besarla y arrancarle un acuerdo? La forma en que sus ojos se iluminaron cuando habló del barón había provocado que su perspectiva y su razón perdieran el norte. Cuando al final habló, lo hizo con voz dura.

—¿Por qué no?

—Señor Woodsworth. —Enfatizó la formalidad al dirigirse a él—. No estamos comprometidos.

—Sí, ha sido muy clara en ese punto, pero déjeme preguntarle algo: si lord Bryant quisiera besarla, ¿se lo permitiría?

—Eso es diferente. —Se dio un golpecito en la muñeca—. Usted se lo tomaría muy en serio.

—Y él no.

—Exacto.

—Así que besaría sin preocupación a un hombre que no siente nada por usted solo por su posición.

—No solo por su posición. Es emocionante, y se dice de él que es tan, tan… —Se llevó la mano al pecho—. Impetuoso.

—¿Y yo no?

Ella volvió a reírse. Tuvo la repentina necesidad de echarse las manos a la cabeza. ¿Cómo había podido pensar que su risa era entrañable? La señorita Morgan extendió el brazo como si fuera a golpearlo de nuevo en el hombro, pero lo retiró antes de llegar a hacerlo. No debía de querer arriesgarse a que la tocara de nuevo.

—Por supuesto que no lo es. Y nadie espera que lo sea. No entiendo por qué esto cambia algo entre nosotros. Sé que su cabeza ganará a su corazón. Todavía no hay una pareja mejor para usted. Mientras tanto, eso nos dará más tiempo para seguir caminos separados. Tal vez en este tiempo entienda la conveniencia de unirse al ejército. Una vez que tenga una posición de privilegio en él, no veo ninguna razón por la que no podamos casarnos. La única alternativa mejor sería que el Parlamento otorgara un ascenso a su padre. Ha habido rumores al respecto durante años. Hizo casi tanto durante la guerra como Wellington. Y él es...

Anthony dejó de respirar por un momento; el resto de las palabras de la señorita Morgan se perdieron sin llegar a sus oídos. Repasó la línea de tiempo. Dos años. La señorita Morgan se había interesado por él, por primera vez, hacía dos años, justo después de que terminara su período de luto por Howard. Su familia había estado esperando el anuncio del ascenso social de su padre.

—¿Eso es lo que han estado esperando?

—Eso o que usted se uniera al ejército. Ambas circunstancias habrían elevado su posición en la sociedad a un lugar aceptable.

—Mi padre ha esperado una posición de prestigio durante años. Si eso fuera a ocurrir, habría pasado ya.

—¿Qué quiere decir?

—General es lo más lejos que puede llegar un plebeyo. Mi padre es consciente. Por eso era tan importante para mí que usted estuviera en la línea de esa baronía escocesa.

—¿Qué? —La señorita Morgan contrajo la cara horrorizada, se le aceleró la respiración y se le ensacharon las fosas nasales—. Nunca me dijo que ese era mi principal atractivo para usted.

—Tampoco yo sabía que mi principal atractivo era un posible ascenso jerárquico. Si Howard estuviera vivo, ¿nos habríamos conocido?

No hubo respuesta. Ella se dio la vuelta hacia un escritorio, levantó la tapa de este y sacó una hoja, pluma y tinta. Sin sentarse siquiera, garabateó algo en el papel y se volvió hacia él. Podría decirse que le tiró el papel.

—Ahora, lárguese. Haré lo que quiera con lord Bryant. Nunca hemos llegado a un acuerdo, pero en caso de que alguien lo cuestione, ese papel debería ser suficiente para aclararlo. Puede perder el tiempo con su señorita Smith. Es lo bastante aburrida como para que no le importe si su padre consigue o no un título.

—Tal vez lo haga. —No lo haría. Por descontado que no lo haría. Aunque no estaba seguro de que ella lo rechazara como acababa de hacer la señorita Morgan. No se molestó en mirar el papel. No importaba lo que hubiera escrito. Su noviazgo había terminado. En dos años no había conseguido ganarse su respeto, y mucho menos su amor. Era aburrido, común y una decepción para su padre. Lo había sabido toda su vida. El rechazo de la señorita Morgan no cambiaba nada.

Pero, mientras salía furioso de la casa de la señorita Morgan —esperaba que por última vez— supo que era mentira.

Capítulo 15

PATIENCE PASÓ EL PLUMERO POR la barandilla. Era una de las tareas que realizaba casi todos los días. No entendía del todo qué sentido tenía. Si la señora Bates le permitiera esperar uno o dos días entre una limpieza y otra, al menos habría polvo que limpiar.

Había evitado al señor Woodsworth desde la representación de teatro de hacía dos días, y eso empezaba a cansarla. Le quedaban menos de dos semanas para completar el objetivo con el que había llegado a la casa. Tendría que evitarlo durante ese tiempo. Si él necesitaba que volviera a ser Mary Smith, lo haría, pero aparte de eso, se mantendría alejada de su camino. Ese era su plan, y hasta ahora lo había cumplido.

Los dos últimos días habían sido de lo más aburridos sin él.

Y solitarios.

Si estuviera en casa, tendría a *Ollie*. Correrían un rato y luego, cuando estuviera cansada, él le dejaría descansar la cabeza sobre su pecho. En su casa también se habría sentido sola, pero al menos tendría al gran danés para darle consuelo.

Unos instantes después, se dirigió al estudio del señor Woodsworth. La puerta estaba cerrada. Lo más probable era que no estuviera dentro, ya que ella sabía con certeza que había estado fuera toda la tarde, y no lo había oído volver. Las instrucciones que había recibido eran muy genéricas: limpiar el polvo de la casa. El estudio era parte de la casa, y aunque no quisiera permitirse estar cerca de él, unos minutos en su estudio no le vendrían mal. El señor Woodsworth era lo más parecido a *Ollie* que tenía.

Abrió la puerta sin llamar y entró en silencio.

Ahí estaba él, sentado ante el escritorio. Tenía la espalda tan recta como siempre; llevaba el cuello de la camisa desabrochado y el pañuelo, suelto. Por lo general solía tener el pelo peinado a la perfección, y controlado, como él mismo, pero ahora parecía que jamás hubiera conocido un peine. A las cinco de la tarde no era lo normal. Sus papeles estaban apilados en filas y ordenados, pero había varios esparcidos por el suelo. En todo el tiempo que llevaba allí como criada, aquello nunca había ocurrido. El señor Woodsworth levantó la mirada y la sorprendió entrando en su santuario; ella pudo ver que tenía los ojos hinchados.

—Oh, disculpe. —Intentó escabullirse.

—No hace falta que se marche. —Miró el trapo en las manos de la criada—. ¿Tiene que limpiar el polvo?

—Sí, pero puedo volver más tarde.

—No me molesta.

—¿Está seguro?

—Lo estoy. Por favor, no se quede en la puerta, me pone nervioso.

Se apresuró a entrar y, sin pensarlo, cerró la puerta a su espalda. ¿Debería abrirla? ¿Sería más extraño que ahora la abriera?

—Déjela cerrada. —Parecía que él sabía con exactitud lo que pensaba ella en ese momento—. Tal vez tenga que hacerle algunas preguntas, y es mejor que todo quede en privado.

Asintió. Deseaba, al mismo tiempo, mirarlo y huir de allí. Lo había echado de menos, y el tiempo que pasaban juntos cada vez era menor. Saber que no debería pasar ningún tiempo con él le provocaba dolor en el corazón, y verlo despeinado le rompía el alma. Nadie en su vida la había tratado como él, y nadie volvería a tratarla así. Pronto volvería a ser *lady* Patience. Alguien a quien cuidar, no alguien útil.

Se volvió lentamente. Él la miraba expectante. Era hermoso, y eso que ni siquiera sonreía.

—¿Prefiere que me vaya? —preguntó él.

Toda la tensión que tenía en el estómago se esfumó. Un pequeño jadeo, como una carcajada, escapó de su garganta. Era muy formal; y con ella, que tan solo era una criada. No tenía que evitarlo. Era el señor Woodsworth. Tranquilo y sosegado. Mientras ella no hiciera ninguna tontería, él tampoco la haría.

—No, por favor, no. Quitar el polvo no me llevará mucho tiempo. No pensé que fuera a estar aquí, pero esperaba que estuviera.

Enarcó una ceja.

—¿Hay algo de lo que necesite hablarme?

—No —respondió—. Solo es que estos últimos días he estado sola y sentía la necesidad de relacionarme. Me gustaría que se quedara.

—Por supuesto, aunque no soy la mejor compañía en este momento.

Ella miró los papeles en el suelo.

—Ha pasado algo.

—No es algo malo, no se preocupe. Pero me ha dejado sintiéndome... incapaz de hacer cualquier cosa. —Se detuvo.

—¿A usted? Es usted uno de los hombres más capaces que conozco.

—Y conoce a muchos hombres, ¿verdad?

A casi ninguno.

—Pues no, supongo que no. Pero no deja de ser cierto.

Él asintió y se pasó la mano por la cara. Parecía cansado. Descansó ambas manos en el escritorio y la miró, entrecerrando los ojos.

—¿Puedo hacerle una pregunta? Aunque le advierto de que es totalmente inapropiada.

—¿Más inapropiada que pedirme que finja ser una dama?

Ladeó la cabeza.

—Puede ser.

Volvió a aparecer la tensión en el estómago: se le aceleró la respiración.

—Sí —respondió. Podía pedirle lo que quisiera. Lo ayudaría en todo lo que pudiera.

Se levantó y se paseó de un lado a otro ante la ventana.

—Si le preguntara si puedo besarla, ¿qué diría?

Se le paró el corazón y se llevó las manos al pecho. ¿Qué iba a decir? No podía besarlo. Las arrugas de su frente se hicieron más profundas al ver su reacción. Tenía que irse. Él no tenía ni idea de con quién estaba hablando, ni de las repercusiones de tal acción.

—No.

Se pasó las dos manos por la cara y suspiró.

—Lo siento. No sé qué me ha pasado. Por supuesto que no querría.

—No es que no quiera hacerlo. Si las circunstancias fueran otras... es usted tan serio... Y un beso...

—Debería ser emocionante y divertido —terminó él, antes de que ella pudiera añadir nada más.

Eso no era lo que iba a decir. Para nada. Apretó las frías palmas de las manos contra sus ardientes mejillas. Lo que fuera a decir era mejor no decirlo. Si fuera inteligente, saldría corriendo por la puerta, quizás incluso pondría fin a esa farsa. Podría ir a buscar la compañía de *Ollie*. El gran danés era la mejor opción de todas.

Ni siquiera cuando corrían por el jardín se le aceleraba el corazón así. Se sentía atraída por el señor Woodsworth. Y no había terminado de limpiar el polvo.

—¿Puedo quedarme, aunque no...?

Él dejó caer las manos a los lados, respiró hondo y se sentó de nuevo ante el escritorio.

—Claro, quiero decir, si todavía está cómoda conmigo después de lo que acabo de decir.

—Me quedo.

Estrujó el trapo y se dirigió hacia la chimenea para limpiar la repisa. Era lo más lejos que podía estar de él. No confiaba en sí misma si se acercaban un poco más. La pregunta resonaba en su cabeza. Que si podía besarla... ¿Cómo sería que él la besara y acariciara? ¿Cuántas veces sonreiría si eso ocurriera? Pero iba a casarse con la señorita Morgan. Llevaba dos años trabajando para conseguirlo, y no lo había visto fracasar en nada de lo que se había propuesto.

—¿Cree que está haciendo progresos con la señorita Morgan? —Sintió una repentina necesidad de sacarla a relucir—. No estoy segura de poder asistir a muchas más reuniones sociales. Puede que no tenga mucho tiempo. —Se mordió el labio inferior. No estaba segura de cómo se tomaría él esa noticia, pero lo mejor era empezar a prepararlo para cuando se marchara.

Levantó la cabeza del papel que estaba examinando. Su vista fue derecha a los labios de la joven, y ella relajó el gesto de inmediato. ¿Seguía pensando en la petición? Sacudió la cabeza y se encontró con sus ojos.

—¿Por lo que acabo de decir? Por favor, no me haga caso. Ha sido un momento de debilidad. Sé que me comporto como un hipócrita, dije que no utilizaría a nadie que estuviera bajo mi protección, y... no lo haría. No de esa manera.

—Lo sé. —Era evidente que le había pasado algo terrible. Tal vez debería haberlo besado. No se lo diría a nadie. Él tenía la capacidad de arruinar su reputación solo con decir que había estado como criada en su casa. ¿Qué daño habría hecho que lo besara también? Si la señorita Morgan había provocado que se sintiera así, se llevaría una reprimenda de su parte la próxima vez que se vieran—. No es eso. Es solo que tal vez no pueda quedarme mucho más tiempo.

—¿Por qué no? —Dejó la pluma y se levantó. Sus pasos coincidieron con los latidos del corazón de ella cuando se acercó a la chimenea.

—Pronto llegará el momento de irme. No puedo trabajar aquí para siempre.

El señor Woodsworth agarró el trapo que ella tenía en las manos y lo dejó en la chimenea. Su roce, tan natural para él, le provocó latigazos de fuego en la piel.

—Y si pudiera, ¿querría quedarse? Ha hecho mucho por mí. Me encantaría devolverle el favor como fuera.

—Pero ¿qué ocurre con la señorita Morgan? —No pudo evitar hacer la pregunta. Estaba tan cerca... Tenía la mano apoyada en el borde de la chimenea mientras se inclinaba sobre ella. Nunca había mirado a la señorita Morgan como la miraba a ella en ese momento. Al menos no desde que los conocía a los dos. Estaba cometiendo un terrible error con esa mujer, y Patience deseaba que lo supiera. Una relación entre ellos dos era imposible, pero eso no significaba que tuviera que conformarse con un matrimonio que solo tendría sentido sobre el papel.

—Estoy bastante seguro de que no me ama.

—¿Por eso está hoy tan consternado? —Miró hacia el escritorio y los papeles.

—Para mi sorpresa, su falta de amor por mí no me ha herido en absoluto.

Así que, aun sabiendo que ella no lo amaba, ¿se casaría con ella? ¿Estaba tan empeñado en ese plan que no le importaba lo demás, o la amaba tanto como para casarse con ella a pesar de todo?

—Creo que el verdadero amor, el amor romántico, requiere de dos personas.

—Eso suena como una sentencia. No estoy seguro de creer en sentencias en asuntos del corazón.

—Es la verdad. Todo lo demás son solo caprichos. —Tenía la corbata torcida y a Patience le hormigueaban los dedos de ganas de colocársela. No parecía él.

Retiró la mano de la chimenea.

—¿Está insinuando que he estado encaprichado de una mujer durante dos años? Me gustaría pensar que estoy por encima de eso.

—En mi opinión, si sabe que ella no lo ama, debe de ser un enamoramiento o algún tipo de autosacrificio absurdo. Usted debería estar por encima de eso. —Dio un paso adelante y comenzó a arreglarle la corbata. Ya había cruzado muchas líneas, una más no debería marcar la diferencia. Con un par de movimientos hizo que luciera mejor, casi perfecta.

Cuando levantó la vista, él la estaba mirando a la boca. Balanceaba el cuerpo hacia ella.

—¿Alguna vez ha estado enamorada de esa forma?

—¿De alguien que me corresponda?

Le puso una mano sobre la que ella todavía tenía en la corbata.

—¿No ha dicho que ese es el único amor posible?

—Sí. Quiero decir que no. Dije eso, pero no. —Su respuesta fue apenas un susurro, pero estaba tan cerca que sabía que la oiría—. No lo he tenido.

Deslizó el pulgar por los agrietados nudillos de Patience.

—¿Debo marcharme? ¿Me besará si no me voy?

Dejó la mano de ella y tiró de uno de los rizos que le caía alrededor del cuello. A Patience le costaba respirar. No sabía qué le pasaba al señor Woodsworth, pero actuaba de forma muy extraña.

—Quiero hacerlo. ¿Me convierte eso en una persona mala?

Quiso decirle que no, que en ningún caso. ¿No era algo que diría su madre? ¿Vive el momento? Si fuera su madre, lo habría besado. Y lo habría besado tan bien que le dejaría una sonrisa en la cara en lugar de la mirada hosca que tenía en ese instante. Puso las manos sobre su pecho y estrujó la tela de la camisa en sus puños. Alguna pobre criada tendría que plancharlos mañana. No sería ella. La señora Bates no le había vuelto a confiar la plancha desde que hizo un agujero en una de las sábanas.

—Podría hacerle la misma pregunta. ¿Qué me respondería?

El firme y responsable señor Woodsworth se acercó más. Su rostro estaba a pocos centímetros del de ella. Las arrugas que solían caracterizarlo se habían suavizado. Estaba tranquilo en aquel momento, y su rostro en calma era tan atractivo como su cara risueña.

—¿Alguna vez...? —Un leve gesto de preocupación le cruzó la frente—. Quiero decir... ¿dónde trabajaba antes de venir aquí? ¿Tiene por costumbre consolar a sus empleadores de esta manera?

Se rio. No sabía nada de ella. Debería alejarse, pero sus pies habían echado raíces en ese lugar y el cuerpo parecía preferir apoyarse en él que marcharse. Hoy actuaba como su madre: diversión sin consecuencias. Si seguía así, tendría que admitir que Nicholas tenía razón sobre ella. Tal vez la tenía. ¿Era tan malo vivir el momento?

—Pensé que usted me consolaba a mí por haber perdido mi puesto como criada.

—Oh, no. —Sacudió la cabeza—. Estoy siendo muy egoísta, e incluso tocar esos rizos revoltosos como lo estoy haciendo es más de lo que cualquier caballero debería hacer. En especial a una de sus criadas. Soy un canalla.

—Hay muchos hombres que no se lo pensarían dos veces a la hora de juguetear con la criada.

Se puso rígido y soltó el rizo del que había estado tirando con suavidad.

—¿Habla por experiencia?

Se quedó en blanco. Claro que no hablaba por experiencia. Aquella era la única casa en la que había servido y Nicholas jamás haría algo así en la suya.

—No responda a eso. —Dejó caer las manos y se alejó—. Nada de lo que pueda decir debería afectar a mis acciones. No importa si me siento atraído por usted, no hay futuro para nosotros. Lo siento mucho. Ha entrado para hacer su trabajo y yo me he comportado de la manera más diabólica.

—No, no es diabólico. Es humano. —Quería arrojarse a sus brazos. Quería volver a ese momento previo a que él recordara que estaba hablando con su criada. ¿Qué se sentiría cuando alguien tan grande y cariñoso te abrazaba?—. Lo he echado de menos estos últimos días. No quería estar sola y usted me ha acompañado, así que, gracias.

—Los dos tenemos trabajo que hacer, pero, cuando termine, puede venir a leer en aquel rincón si sigue necesitando compañía.

Entornó los ojos, mirándolo. ¿Quedarse más tiempo con él en el estudio? ¿Era prudente?

—Dominaré las manos. No más rizos... Tiene mi palabra. —Tenía los brazos rígidos a los lados.

—Gracias. Lo pensaré cuando termine de quitar el polvo.

Pasó por delante de él, se dirigió a una estantería y comenzó a limpiar el polvo de la multitud de libros encuadernados en cuero que había. A sus espaldas, él volvió a su escritorio. Incluso sin verlo, estaba atenta a cada uno de sus movimientos. Era tan fuerte, decidido y firme. Y a veces tan tierno y vulnerable.

Patience se movió con cautela mientras se abría paso entre los libros. ¿Sus movimientos eran tan envolventes para él como los de él lo eran para ella? Terminó de limpiar el polvo a todo, excepto al escritorio en el que él trabajaba. Volvió a la estantería.

—Voy a leer un poco, si no le importa. —Hacía semanas que no tenía tiempo para leer y lo echaba de menos. Buscó un ejemplar de los poemas de Byron, una mala elección para sentarse a leer a solas con un hombre que la atraía tanto, pero lo eligió de todos modos. Cuando pasó por delante de la mesa, él carraspeó.

—Lamento que tenga un empleador tan serio y aburrido. Nunca he entendido por qué no puedo ser serio en mi trabajo y en la planificación de mi futuro, y ser también una persona cautivadora y agradable. Pero es evidente que no puedo. ¿Una persona no debería ser capaz de comportarse de las dos formas?

—¿Qué ha dicho?

—¿No se debe permitir a una persona ser seria y divertida a la vez? ¿Debe limitarse mi ser a una sola de esas características?

Algo dentro de ella se calmó. Él tenía razón. Una persona debería poder comportarse de ambas maneras. Se había esforzado tanto por borrar la parte divertida de sí misma, cuando en realidad podía madurar y a la vez seguir siendo joven, libre y feliz. Ser feliz no tenía por qué significar que descuidara a sus seres queridos. Podía comportarse de manera despreocupada y no ser como su madre. Dejó caer el pesado libro al suelo, provocando un golpe fuerte. Se volvió hacia él. Estaba desplomado sobre su escritorio, con la mejilla apoyada en un brazo. Tenía los ojos llenos de frustración y sin luz. Esperaba que lo que iba a hacer cambiara ese estado de cosas. Después de todo, no había prometido no tocarlo.

—Puedo asegurarle que nunca he besado a ningún empleador. Nunca he besado a nadie. —Tomó aire para templar los nervios. No era como si él no quisiera besarla. Sabía que no la amaba, pero quería aprovechar cualquier momento de felicidad que pudiera antes de tener que marcharse de su lado. Se acercó sin dudarlo al escritorio. Se inclinó hacia delante, colocando las manos en los codos de él. Él se sentó con la cabeza inclinada hacia un lado y la miró con recelo. Eso lo haría más difícil: podría haber llegado a él con mayor facilidad si se quedaba desplomado como estaba. Ahora casi tendría que trepar por el escritorio para alcanzarlo. Apartó los papeles y retiró el tintero al borde del tablero; luego se inclinó hacia delante, lo agarró de la solapa de la camisa y tiró de él para acercarlo. Abrió los ojos de par en par, pero se dejó llevar sin oponer resistencia. Sorprender al señor Woodsworth era una de las cosas que más le gustaba hacer. Todavía estaba demasiado lejos. Se sentó en el borde de la mesa y se inclinó hacia delante, salvando los pocos centímetros que la separaban de su boca—. No hasta ahora.

Primero le besó la comisura de la boca. La había vuelto loca desde la primera vez que lo vio sonreír. Con suavidad, con cuidado de no asustarlo, se dirigió al otro lado de la boca y besó también esa comisura. Él tensó las manos, aferrándose a los brazos del sillón, y también los músculos de los antebrazos. Tenía los ojos abiertos, pero no se apartó de ella. En lugar de eso la observaba, y el pecho se le hinchaba con cada respiración.

Volvió a adelantarse, esta vez besándole el labio inferior. El señor Woodsworth tenía la boca más suave de lo que había imaginado. Mucho más suave y receptiva. Había tenido la intención de rozarla con la suya y poco más, y luego sentarse a leer, pero ahora que estaba ahí y sabía que no volvería a verse en aquella situación, decidió explorar un poco. Él no se acercaba, lo que era una lástima: eso habría hecho que el beso fuera más cómodo.

Pero no se apartó. Cerró los ojos, y por lo que ella pudo ver, dejó las manos donde estaban, aferradas a los brazos de la silla. Sonrió. Incluso en ese momento mantendría su promesa de dominar las manos.

Sin embargo, quiso explorar con los labios tanto como ella. Primero en una esquina de su boca y luego en la otra, hasta que ambos se encontraron de nuevo en el centro y compartieron la respiración. Para ser su primer beso, pensó que estaba yendo bastante bien. Él estaba demostrando ser de todo menos aburrido. Tras darle un último beso entre las cejas, Patience se enderezó, colocó los papeles donde estaban en un principio y se dio la vuelta para regresar a su lectura. Recogió el libro caído y se acomodó en un lujoso sillón de cuero. Solo después de abrir el libro se atrevió a mirarlo. No se había movido. Seguía con los ojos tan abiertos como cuando lo había besado.

Apretó los labios, tratando de reprimir una sonrisa. Al menos cuando tuviera que irse de esa casa, se llevaría aquel recuerdo.

—Bueno, señor Woodsworth, creo que eso ha sido tan serio como divertido. Así que quien le haya hecho sentir que eso era imposible, se equivocaba.

Patience estaba sentada con aparente tranquilidad, leyendo un libro. Byron, si no se equivocaba. ¿Qué clase de criada besaba a su señor y luego se ponía a leer a Byron? Siguiendo la lógica, la lectura de Byron debería haber sido lo primero. Negó con la cabeza, pero no lograba aclararse. Los montones de papeles que había organizado con renovada furia después de su escena con la señorita Morgan estaban desatendidos mientras esperaba que la criada se marchara o le hablara de nuevo. Cuanto más esperaba, más inseguro estaba sobre qué opción prefería.

Tenía el libro de poesía abierto en las manos, pero no había visto que pasara muchas páginas en los quince minutos transcurridos desde que lo había besado y se había sentado como si nada. ¿Por qué había invitado a una mujer a pasar tiempo a solas con él en su estudio? Apretó la pluma con más fuerza en un intento por no llevarse la mano a los labios. Había querido besarla; mejor dicho, había querido que ella quisiera besarlo a él. Pero había mantenido su dignidad e integridad intactas al contenerse. Sin embargo, todo había sido en vano, gracias a su impulsiva criada.

La luz que entraba a través de la ventana empezó a desvanecerse. Se levantó y acercó una vela al fuego para encenderla. Después de encender las velas de su escritorio y las de las mesas auxiliares cerca de Patience, se detuvo a pensar que tal vez debería ser ella quien encendiera las velas.

Se dejó caer de nuevo en la silla. Su escritorio tenía tantas velas como las pequeñas mesas que la rodeaban a ella, pero la luz parecía acumularse a su alrededor. No podía dejar de mirarla, pero ella no lo miró ni una vez. Parecía absorta en su libro, con una leve media sonrisa en una de las comisuras de sus desvergonzados labios.

Fuera lo que fuese que estaba pasando, tenía que parar. Sabía que era culpa de él. La había invitado a fingir algo que no era, un rol que había desempeñado de manera excelente. Si de alguna manera llegara a casarse con un caballero, encajaría a la perfección en el papel de una dama. Era un completo misterio para él. Podía ser una arribista. Le había pedido esa lista. Pero si ese fuera el caso, ¿no se tomaría más en serio lo que acababa de ocurrir? Era como si su boca no hubiera sido más que un experimento; lo había puesto a prueba y ahora estaba satisfecha.

O al menos esperaba que lo estuviera.

Si no era una oportunista, ¿por qué lo había besado? Se aclaró la garganta. Llevaba en el estudio, por lo menos, media hora. Ya era suficiente.

—He terminado mi trabajo. Me voy a retirar.

Patience se tomó el tiempo de terminar el párrafo que la ocupaba antes de levantar la vista hacia él. Tenía una mirada serena, como si no hubiera pasado nada.

—Solo —añadió él, por alguna razón poco clara, incluso como para sí mismo.

Ella abrió los ojos como platos al oír esa última palabra. Se tapó la boca con las manos.

—¡No pensará que voy a seguirlo hasta su alcoba!

—Yo... no, por supuesto que no. Solo quería decir... ¿Estará bien si se queda sola ahora?

—Sí, gracias. Ya no me siento sola. Es usted tan reconfortante como *Ollie*. Leeré unas páginas más y ordenaré el estudio antes de irme. —Suspiró y se hundió de nuevo en la silla.

Ollie. ¿Quién demonios era *Ollie*? Y ¿cómo la había reconfortado? Se levantó de la silla y se dirigió al centro de la habitación. No necesitaba preguntar nada. Ella quería que le preguntara, pero le resultaría más exasperante que no lo hiciera. Se frotó la cara con las manos. Era inútil resistirse.

—¿Quién, si puede saberse, es *Ollie*?

—¿*Ollie*? —Su ancha boca formó la palabra como una caricia.

—Sí, *Ollie*, el compañero que la ha reconfortado en el pasado. —Se paseó frente a ella—. ¿También lo besó?

Ella se rio con un gesto de repulsión.

—No, puedo asegurarle que nunca he besado a *Ollie*.

Muy bien. Eso estaba muy bien. No tenía la costumbre de ir besando a los hombres. Ya se lo había dicho...

—Sin embargo, *Ollie* se pasa el día besándome. Intento que deje de hacerlo, pero no sabe hacer nada mejor.

—No sabe hacer nada mejor —balbuceó—. ¿Qué clase de hombre...?

—Oh, no es un hombre.

—No es un caballero en todo caso... ¿Sigue en contacto con usted?

—No es un hombre. No tiene forma de contactar conmigo. Es un gran danés.

—Oh. —De repente, expulsó todo el aire de los pulmones. A veces odiaba a su criada.

—Los últimos años no han sido fáciles, y *Ollie* siempre me ha servido de consuelo. Me quiere por lo que soy y no por lo que se supone que debo ser. ¿Cómo no va a ser eso un consuelo? —Habló bajito: sus palabras fluían como el agua del arroyo en su finca de Kent.

Por primera vez en su vida, Anthony consideró la posibilidad de tener un perro. Estaba a varios metros de ella, pero aun así la sentía cerca.

—En ausencia de su gran danés, me alegro de haber podido ayudar. —Sonrió inclinándose hacia ella, y luego se enderezó y endureció el gesto. No era lo que debía haber dicho. Maldición, si esa mujer entendía sus palabras como una invitación a recibir más consuelo por su parte, corría el riesgo de convertirse verdaderamente en un canalla.

Patience se levantó, con el libro bajo el brazo, y se dirigió hacia la estantería. ¿O hacia él? No respiró, no se movió más que para seguirla con la mirada. El crujido de las faldas en el suelo al pasar junto a él dejó un ligero aroma a flor de cerezo. Necesitaba salir de la habitación. Los últimos treinta minutos habían sido insoportables. Se fue hacia la puerta y, con la mano sobre el pomo, se dirigió a ella. Tenía que dejar claro que seguía siendo su jefe.

—Confío en que lo ocurrido esta noche no se convierta en un hábito.

—¿Leer en su estudio? —Patience pasó con inocencia los dedos por el lomo del libro.

—No, es usted bienvenida a leer cualquiera de nuestros libros. Sabe bien a qué me refiero. —Por alguna razón, no podía decir en voz alta lo que había hecho. Eso lo hacía más real, y no estaba seguro de querer que lo fuera.

—Oh, el beso.

—Sí, eso —respondió tras aclararse la garganta.

—No lo convertiré en un hábito. Supongo.

No parecía muy segura. Anthony dejó el pomo de la puerta y se volvió para mirarla. Sus rizos castaños apenas quedaban recogidos en un arreglo bajo la nuca. Esos labios carnosos, que unos minutos antes habían estado apretados contra los suyos, se curvaron en una media sonrisa.

Se encogió de hombros.

—Si sucede de vez en cuando, cuando yo crea que usted lo necesita... eso no lo convierte en un hábito, ¿verdad?

Anthony se llevó las manos a la cara y se masajeó los ojos, las mejillas y la boca. A pesar de lo que había hecho, parecía tan inocente... ¿Cómo podía explicarle la terrible situación en la que los había puesto a los dos?

—¿Por qué lo ha hecho? No iba a besarla. No debería haber sacado el tema. Nunca lo habría hecho de no haber tenido una tarde horrible.

—Supongo que fue porque estuvimos hablando del enamoramiento y me di cuenta de algo. —Colocó el libro de Byron en la estantería—. Debo de haberme encaprichado de usted. Sé que no es un sacrificio, porque usted me ha dado demasiado; y no es amor, porque no siente lo mismo. Pero sé lo que yo siento y sé que, dadas las circunstancias, no tengo garantías de cuánto tiempo seguiré a su servicio. Así que pensé que sería... satisfactorio besarlo.

¿Satisfactorio? ¿Pensó que sería satisfactorio? Se le cortó la respiración por un momento al considerar lo que Patience podía sentir por él. No, aquello debía de ser algo común: seguro que las jóvenes criadas acostumbraban a tener sueños insensatos con sus señores solteros y bien situados. Era un capricho, tal y como ella había dicho. Menos mal que lo reconocía como lo que en realidad era y nada más. Pero tendría que dejar de actuar por impulsos.

—¿No le han enseñado nunca a tener autocontrol? En general, la mayoría de los sentimientos no merecen ser expresados.

—Lo crea o no, el autocontrol me ha sido inculcado desde que nací. —Endureció el gesto y frotó el borde de la estantería con el pulgar.

Debía de estar reviviendo parte de su infancia. Habría sido duro crecer sabiendo que nunca podría ser más que una sirvienta. Patience suavizó la mirada, como cuando estaba leyendo. Al final, su rostro se iluminó con una sonrisa.

—Gracias por dejar que perdiera el autocontrol por una vez. Debo admitir que ha sido estimulante.

Volvió a poner la mano sobre el pomo de la puerta. Lo había sido. Por su vida que lo había sido.

—Buenas noches, Patience. —Le dedicó una breve inclinación de cabeza y salió tan rápido como pudo sin que pareciera que huía.

—Buenas noches, Anthony.

Vaciló al dar el paso, pero no se volvió. Lo había besado, así que llamarlo por su nombre de pila no debería de ser peor, aunque, de alguna manera, lo sentía todavía más íntimo que el contacto de sus labios. Apretó las uñas con fuerza en las palmas de la mano. La culpa era suya. Él había empezado esa farsa. Él le pidió que se uniera a su mundo. Incluso fue él quien habló primero sobre el beso. Todas las ideas descabelladas que se le habían ocurrido, actos que cualquier persona racional se habría negado a hacer, las había aceptado. ¿Qué iba a hacer con ella?

Capítulo 16

PATIENCE TERMINÓ DE RETIRAR LAS cenizas, todavía calientes, de la chimenea y añadió unas pocas brasas más. Nunca lo hacía sin pensar en el señor Woodsworth. Llevaba dos días sin besarlo. Si Nicholas pudiera verla, estaría muy disgustado: no solo por lo que había hecho, sino porque todavía le hacía muy feliz pensar en ello.

El señor Gilbert, el mayordomo, abrió la puerta del salón y dio paso a un caballero. A Patience casi se le cayó el cubo de las cenizas.

Lord Bryant.

—Si es tan amable de esperar aquí, le daré su tarjeta al señor Woodsworth. —El mayordomo llamó la atención de la criada y entrecerró los ojos, mirando hacia la puerta e invitándola a marcharse. Lord Bryant no la había mirado: ventajas de ser solo una criada. Levantó el cubo a un lado y mantuvo la cara girada hacia la pared. El señor Gilbert esperó con la puerta abierta hasta que salió.

—Oh. Asegúrese, por favor, de decirle también que invite a la señorita Smith a unirse a nosotros.

—¿Disculpe? —dijo el mayordomo—. ¿Ha dicho señorita Smith?

Patience se encogió aún más; unos cuantos pasos y estaría fuera de la habitación. Podría ponerse la peluca. Se miró el vestido y el delantal. El delantal estaba manchado de hollín, pero el vestido estaba casi limpio. Mal ajustado y muy sencillo, pero limpio.

—Sí, señorita Smith. Ha sido una invitada de la casa estos días, ¿no es así? —Lord Bryant hablaba con un tono algo menos seguro de lo habitual.

—Los únicos invitados que hemos tenido han sido la señora Jorgensen y sus hijos.

Escuchó a lord Bryant tomar aire de forma ostensible, pero no se atrevió a mirar para averiguar si la había reconocido. Había pasado por delante del mayordomo y estaba en la puerta. Casi salió corriendo por el pasillo hasta la cocina, donde dejó el cubo de las cenizas. Solo quedaban quince minutos para que llegara la hora habitual de visitas. Él no había enviado una tarjeta, por lo que nadie lo esperaba. ¿Es que lord Bryant siempre hacía lo que quería?

¿Qué podía hacer ahora? ¿Buscar al señor Woodsworth y prevenirlo? ¿Ponerse la peluca y entrar con despreocupación en la habitación, diciendo que el señor Gilbert tenía problemas de memoria? Pero no los tenía, y había sido muy amable con ella. No podía decir semejante mentira.

Se paseaba de un lado a otro de la cocina, moviendo las manos mientras pensaba. Tenía que avisarlo. Se volvió para salir, pero se detuvo al ver entrar al mayordomo.

—¿Ha visto ya el señor a lord Bryant? —preguntó, sin dejar que antes hablara él.

Este le dirigió una mirada inquisitiva.

—¿Cómo sabe que es lord Bryant?

—¿No ha dicho su nombre?

—Estoy bastante seguro de no haberlo hecho.

—Es muy conocido.

—¿Lo es?

—Pregunte a cualquier mujer de la casa. Estará de acuerdo conmigo.

—Sea como fuere... —dijo entrecerrando los ojos—, me ha pedido algo extraño.

—¿Qué?

—Espera que usted lleve la bandeja del té.

—¿Ha preguntado por mí?

—Sí.

—¿Ha dicho mi nombre?

—No es de esperar que conozca su nombre.

—Entonces podía estar refiriéndose a Molly.

—No. Se refería a la criada que había estado retirando las cenizas. —Se aclaró la garganta—. ¿Tiene algún problema con servirle el té al barón?

—Por supuesto que no. Solo que... ese no es mi deber. No es el deber de una criada. La señora Jorgensen debería ser quien lo sirviera.

—La señora no suele estar aquí. Es la señora Bates quien lo hace, y si ella no está disponible, entonces sirve el té una criada.

—Pero no esta criada.

—Nunca antes ha rechazado hacer una tarea que se le haya pedido. Ni siquiera en las que ha sido un desastre. —Dio un paso adelante—. Cuando un invitado pide algo tan razonable, en especial un invitado con título, encontramos la manera de complacerlo.

—Pero...

—¿Teme por su persona? —El rostro del mayordomo se suavizó. La había protegido muchas veces del ama de llaves, bien explicándole cómo se hacían algunas tareas, bien distrayendo a la señora Bates de lo mucho que tardaba en llevarlas a cabo. Odiaba decepcionarlo ahora—. El señor Woodsworth estará en la habitación. No estará a solas con el barón en ningún momento.

Eso era aún peor. Sin embargo, cualquiera que fuera su temor, en ningún caso llegaría a sufrir daños corporales.

—No.

—Entonces me temo que tendrá que hacerlo.

Apretó los dientes y tuvo que asentir. De todos modos, a estas alturas no había forma de engañar a lord Bryant. Si había pedido que fuera ella, era porque la había reconocido.

Se acomodó unos mechones rebeldes de pelo en la cofia. Tenía los dedos cubiertos de polvo y ceniza y el delantal hecho un desastre. El mayordomo notó su angustia.

—Dispone de cinco minutos para adecentarse; mientras tanto, informaré a la cocinera de que ha llegado una visita antes de lo previsto. Ella tendrá listo el té para cuando usted regrese.

Después de lavarse las manos lo mejor que pudo, se apresuró a ir a su habitación para cambiarse el delantal y la cofia. No tenía espejo. Buscó unas cuantas horquillas más y se las puso con premura en el pelo con la esperanza de que sujetaran algunos rizos. Maldito lord Bryant. ¿Nunca la dejaría en paz? Si no fuera por él, estaría pasando con calma los últimos días de su servicio en casa del general. El señor Woodsworth no le había pedido que fuera a más actos sociales con él, así que por fin podía concentrarse en las tareas domésticas, su único propósito al ir allí.

Se apresuró a recorrer el pasillo y dio un pequeño rodeo para mirarse en el espejo del vestíbulo. Lucía un vestido casi limpio, aunque no tenía forma. Tenía el pelo tan mal como temía. Y la cara limpia. Con suerte, sería suficiente para convencer al barón de que estaba sana y se encontraba bien en la casa del general. Estaba tan cerca de cumplir su objetivo, y ahora lord Bryant le diría al hijo del general quién era en realidad.

No podía permitirlo.

El calor le llegó a las mejillas al recordar sus actos de dos días atrás. No le había importado mucho lo que el señor Woodsworth pensara de una criada tan descarada. Pero si descubría quién era... Ni siquiera podía soportar pensar en ello.

La cocinera había dejado el carrito con las pastas de té frente al salón. El señor Woodsworth ya debía de haber entrado. ¿Qué excusa habría esgrimido lord Bryant para su visita?

La señora Bates la esperaba junto al carrito con gesto hosco. Le abrió la puerta y juntas introdujeron el servicio de té. A Patience no le había gustado la petición del barón, pero como había dicho el señor Gilbert, los criados debían adaptarse a los deseos de un invitado con título. Y, por encima de todo, estaba allí para demostrar que era una buena sirvienta.

El señor Woodsworth estaba de espaldas a ellas, y tan concentrado en lord Bryant que no se percató de su llegada.

—¿Y no tiene forma de contactar con la señorita Smith? —preguntó el barón haciendo girar un sello que llevaba en el dedo meñique.

—Ninguna.

Se atrevió a mirarlo. Estaba sentado de espaldas a ellas, sin ser consciente del lío en el que estaba a punto de meterse. Lord Bryant, por su parte, llamó su atención y se burló moviendo la cabeza de un lado a otro.

—No debe de estar lejos. No hace más de una semana que estábamos de pícnic en Green Park. Recuerdo perfectamente que usted dijo que se trataba de una amiga cercana de la familia.

—¿Conoce el paradero de todos sus amigos cercanos?

—Asume usted que tengo amigos cercanos. Pero me temo que no lo sabría.

La señora Bates le dio un ligero empujón en la cadera. Era el momento de servir el té.

—Me pareció que ya estaba muy ocupado con la señorita Paynter y la señorita Morgan, ¿de dónde sacaría el tiempo para la señorita Smith?

La bandeja le tembló en las manos. El anfitrión de la reunión giró la cabeza hacia las dos mujeres y abrió los ojos de par en par. Cerró la boca, pero la miró con el ceño fruncido e hizo un leve movimiento hacia la puerta.

—Ah, el té. Justo lo que estaba esperando —dijo lord Bryant, poniéndose de pie con respeto, como ningún hombre haría ante una criada—. Y su criada es tan encantadora.

Lo estrangularía, fuera o no un noble. ¿Había ido hasta allí tan solo con la intención de atormentarla?

—Señora Bates, han pasado unos cuantos años desde que aparecí por esta puerta, pero puedo asegurarle que es usted tan encantadora ahora como lo era entonces.

Ella reprimió una risa infantil, aunque el rubor se abrió paso en sus mejillas. ¿Cómo era posible que, solo por ser atractivo y tener un título, el barón se las arreglase para que todas las mujeres que lo rodeaban se comportaran como colegialas?

—Oh, señor, me halaga.

—Halago a quien lo merece, por eso le pedí al señor Gilbert que esta joven y bonita doncella sirviera el té. Parecía necesitar alguna alabanza, lo cual es mucho más sencillo de hacer si es quien nos sirve.

Anthony estaba seguro casi al cien por cien de que lord Bryant sabía con seguridad quién era su bonita criada, o, mejor dicho, quién no era.

—Eso será todo, señora Bates. Patience puede encargarse del resto.

—¿Patience? —Por primera vez desde que había conocido a lord Bryant, su expresión, por lo general de aburrimiento o coqueteo, mudó en sorpresa—. ¿Su criada le ha dicho que se llama Patience?

Anthony no estaba seguro de si su arrebato era una pregunta o una afirmación, pero respondió:

—Sí, porque es su nombre. —Si se comportaba de un modo cortante con el invitado, tal vez este se marcharía antes. Lo dudaba. Lo más probable era que el efecto fuera el contrario, que se quedara y jugara con las emociones de Anthony con más saña, pero él era consciente de que lo único que estaba en su mano era maldecirlo—. No veo ninguna razón para que eso le cause sorpresa.

—No es un nombre apropiado para una criada.

—¿Adónde quiere llegar?

—A ningún sitio. Si una criada bonita quiere tener un nombre bonito, supongo que no es de mi incumbencia.

—Cierto. —Por fin había dicho algo con lo que podía estar de acuerdo—. No es asunto suyo. —Sin embargo, no le gustaba la forma en que miraba a la joven. Si no le había incomodado pedir que ella sirviera el té, ¿con qué más se sentiría cómodo? Como sirvienta, Patience no tendría más alternativa que hacer lo que se le pidiera. Había hecho todo lo que Anthony le había pedido, e incluso algunas cosas que no.

—¿Cómo quiere su té? —Patience se inclinó sobre la taza de té del barón.

—Fuerte.

Ella asintió y levantó con cuidado su taza para servir el té. Mantenía la mano firme y el rostro inclinado con delicadeza. Había visto a damas de alto rango servir el té con menos decoro que ella. ¿Dejaría de sorprenderlo alguna vez?

—No quiero que una cara bonita me distraiga —dijo lord Bryant—. Aunque parece que me ocurre con bastante frecuencia. Estábamos hablando de la señorita Smith.

¿La señorita Smith? Lo sabía, seguro. Una peluca rubia y un lunar no podían ocultar la voz o los modales de la criada. Conocía a algunos hombres que ni siquiera miraban a los sirvientes, pero el barón le había dedicado ya más de una mirada.

—Sí, hemos hablado de ella, pero, como le dije, no sé con exactitud dónde se encuentra en este momento —respondió Anthony.

—Es una lástima. Tengo noticias para ella. Noticias de su hermano.

Patience se detuvo en seco al escuchar aquello y dejó de servir el té.

¿Patience tenía un hermano? No sabía nada sobre ella, aparte de que su perro era un gran danés llamado *Ollie*. La única vez que había mencionado a su hermano fue al hablar de su propio nombre. Casi había olvidado que existía. Cuando entró en su estudio, había tenido la clara impresión de que estaba sola en el mundo.

Una ráfaga de ideas sobre su criada le cruzó la mente, incluyendo su tajante insistencia en llevar un disfraz. En realidad, ella nunca había querido aparecer en sociedad; aunque había pedido que le entregara esos informes de hombres de mucho mayor rango que él, no había querido pasar tiempo en público.

¿Había trabajado para lord Bryant antes de llegar a su casa? Debía de saber que era Mary Smith la que estaba a su lado. Pero no era Mary Smith antes de llegar a la casa. ¿Cuánto sabría el barón sobre Patience?

—No he conocido a su hermano.

—Para alguien que dice ser un buen amigo, no sabe usted casi nada de ella. No sabe cuál es su actual paradero y no conoce a su familia.

—¿Cómo conoce usted a su hermano?

—Lo conozco tan bien como cualquiera, supongo, es decir... no muy bien. La cuestión es que hablamos de él en el pícnic. Mencionó su nombre, y pensé que le gustaría saber que va a volver muy pronto a Londres.

Patience dejó caer las pinzas del azúcar sobre la bandeja del té. Inhaló con fuerza; Anthony deseó que fuera capaz de disimular mejor. Si lord Bryant le preguntaba por su familia, le respondería con sinceridad. En reuniones como aquella, Anthony siempre tenía presente su incapacidad de mentir. Lo último que necesitaba era que alguien de Londres descubriera que había estado haciéndose pasar por una dama. No volvería a encontrar trabajo.

—Haré que mi hermana le envíe una nota —respondió, escueto.

—Ah. —Lord Bryant sonrió abiertamente—. De manera que la señora Jorgensen sabe dónde está su amiga.

—Supongo que sí.

—¿Por qué no lo dijo desde el principio? Me habría ahorrado muchas molestias.

Lord Bryant no había dado muestras de reconocer a su criada y, sin embargo, nada en su conversación tenía sentido. ¿Por qué Patience le había mencionado al barón el nombre de su hermano, pero no a él? Solo habían estado juntos durante un breve paseo, y ese hombre sabía más de ella que él. Y, si la hubiera dejado a solas con el invitado en el estudio, ¿habría sido la misma mujer franca y descarada que había sido con él? Se le revolvió el estómago y el aroma amargo del té invadió sus sentidos. Tendría que pedirle a la señora Bates que revisara las reservas de té: algo lo debía de haber echado a perder.

Llamaron con suavidad a la puerta y el mayordomo entró.

—Disculpe, pero el señor Stewart Fairchild está aquí para verlo. ¿Le hago pasar?

Patience le agarró el dobladillo de la manga. Tenía los ojos muy abiertos y negaba con la cabeza. Tuvo el repentino deseo de envolverla en sus brazos y alejarla de todo. ¿En qué la había metido? Detestaba al barón por la forma en que imaginaba que se aprovecharía de una criada como Patience, pero él mismo no había hecho nada por ayudarla. Como señor de la casa, nunca debería haberla puesto en la posición en la que se encontraba ahora.

—No —dijo, sin apartar los ojos de la criada. Llevaba dos días sin mirarla, al menos no de verdad. Ella lo observaba con puro pánico reflejado en sus ojos color avellana—. Dígale que tendrá que venir en otro momento. Hoy no recibo visitas.

La risa de su amigo resonó desde el vestíbulo hasta la habitación.

—Hay un carruaje fuera. Sé que estás aceptando visitas.

Patience fue apartada de su lado. Lord Bryant casi la arrastró hasta la chimenea, donde levantó un poco de hollín, tomó su pañuelo y lo estrujó entre las manos; luego le cubrió la cara a Patience. Acto seguido, le empujó los hombros hacia abajo para que quedara encorvada. Su perfecta postura, que la distinguía de cualquier otra criada, había desaparecido; ahora parecía una joven sirvienta que tosía y se encorvaba, y que solo era reconocible por el pelo. Pero el pelo era lo único que Anthony había ocultado cuando la presentó en público.

Todo sucedió tan rápido que, cuando Stewart entró en el salón, no había posibilidad de reconocer a Patience. En cambio, vio al barón dando una palmadita en la espalda de una criada desconocida.

Lord Bryant sabía con exactitud quién era la señorita Smith. Su inexpresividad y su aire despreocupado habían sido parte de su juego. Anthony lo maldijo, pero el barón era bueno fingiendo. ¿Qué más podía ocultar?

—Siento irrumpir así, Anthony, pero has dejado sin respuesta demasiadas cartas. —Stewart se interrumpió cuando vio quién se hallaba en la habitación—. ¿Lord Bryant? —Arqueó las cejas y se detuvo a pocos pasos de la entrada.

El barón empujó con suavidad a Patience hacia la puerta, no sin antes susurrarle algo al oído. Esta abrió los ojos como platos y se volvió hacia él, mirándolo a la cara. Él asintió brevemente, y ella siguió tosiendo mientras pasaba junto a Stewart, al que no miró a los ojos; llevaba el pañuelo de aquel canalla cubriéndole la cara. Salió del salón sin que el recién llegado se diera cuenta de nada.

Lord Bryant sacó un segundo pañuelo. ¿Cuántos pañuelos llevaba encima ese hombre? Nunca debía de saber cuándo necesitaría consolar a un grupo de mujeres.

El barón se cubrió la cara y dejó escapar una tos contundente.

—Me temo que es culpa mía que el señor Woodsworth se haya negado a recibirlo. No hay necesidad de que lo menosprecie.

¿Qué quería decir con eso? Anthony estaba acostumbrado a tenerlo todo bajo control en su casa, pero desde que ese hombre había entrado en ella tenía una sensación muy extraña. No sabía qué iba a ocurrir a continuación, ni cómo respondería a lo que fuera.

—He venido a informar a nuestro anfitrión de una terrible noticia relacionada con una amiga cercana.

—¿Qué amiga? —Stewart se acercó al otro invitado. El mayordomo rondaba por la puerta. En otras circunstancias ya se habría ido, pero parecía que todo el mundo estaba interesado en lo que el barón tuviera que decir, incluido el hijo del general.

—No creo que la conociera, ya que casi nunca estaba en la ciudad.

Anthony tuvo el impulso de detenerlo, pero estaba bastante seguro de que sabía lo que iba a decir a continuación, y por mucho que odiara admitirlo, el barón tenía razón.

—¿Qué amiga? —La voz de Stewart era casi un gruñido—. ¿Qué ha pasado?

—Era la señorita Smith.

—¿Era? —Se dejó caer en un sillón.

—Sí, me temo que ha muerto.

—Pero... ¿cómo? —Apoyó la cabeza en las manos—. Era tan joven, estaba tan... llena de vida.

—Lo estaba, ¿verdad? —Lord Bryant negó con la cabeza, con fingida aflicción. ¿Cómo podía actuar tan bien?—. Me temo que fue víctima de la mordedura de una serpiente.

—¿Una serpiente? ¿Aquí? ¿En Londres?

—Sí; en realidad, varias. Podría haber sobrevivido a una única mordedura, pero se encontró con un nido. Un hecho bastante desafortunado.

—Anthony, ¿es eso cierto?

Su amigo puso la misma cara que el barón. Parecía triste, incluso desesperado. Acababa de perder a una querida amiga.

—Lord Bryant no tiene motivos para mentir sobre una noticia tan terrible. Me temo que la señorita Smith se ha ido de verdad.

—No lo he visto en los periódicos. Una muerte así saldría en los periódicos.

—Tiene unos parientes de cierto rango... —dijo lord Bryant—. Puedo garantizarle que no se hablará de ella en la prensa. No al haber muerto de una manera tan horrible como esa. Nunca lo permitirían.

—Anthony nunca mencionó a su familia.

—Nunca he conocido a un Woodsworth que haga comentarios sobre vínculos familiares —respondió el barón—. De hecho, cuanto más alto sea ese vínculo, más seguro es que no lo mencionen.

Eso sonó casi como un cumplido, aunque no volvería a confiar en nada de lo que le dijera el barón después de haber visto aquel engaño gestionado de una forma tan eficiente. La única serpiente que tenía algo que ver con Mary Smith estaba sentada junto a ellos en aquel momento.

—Siento ser el portador de tan malas noticias, señor Woodsworth. Por favor, haga llegar mis condolencias a la señora Jorgensen. Sé que eran muy buenas amigas. Vivimos en un mundo tan cruel que permite que un alma llena de vida toque nuestras vidas, solo para arrebatárnosla un instante después. —El rostro entristecido del hombre se volvió repentinamente severo y dominante—. Sin embargo, eso es exactamente lo que ha ocurrido. Lo mejor para todos es que olviden el tiempo que pasaron junto a ella. Se ha ido y ya no formará parte de sus vidas. —Inclinó la cabeza y, deseándoles un buen día, salió de la habitación.

Stewart estaba aturdido, pero consiguió saludar con una inclinación al barón, que se marchaba.

—¿Qué tontería es esa? ¿Olvidar el tiempo que pasasteis con ella? ¿Qué clase de hombre da esos consejos ante la pérdida de un ser querido? No hagas caso, Anthony. Puedes pensar en ella cuanto quieras. Yo la recordaré. Había pensado que, tal vez... —Seguía teniendo un semblante de absoluto desconcierto, con los ojos muy abiertos y parpadeando más de lo habitual—. Pero no importa. Supongo que no tenía que ser así. Es que nunca había conocido a una mujer tan cautivadora como esa. Ojalá hubiera podido pasar más tiempo con ella.

—Sin embargo, tiene razón.

—¿Quién? ¿Bryant? ¿Sobre qué?

—Es mejor que me olvide de ella.

—Te acabo de decir que eso es una majadería. ¿Por qué dices eso? —Se puso en pie, cruzó la habitación y se inclinó sobre su amigo para poder examinar su rostro. A Anthony no le gustó la forma en que se le aflojó la mandíbula—. Estabas enamorado.

Anthony apartó los brazos de su amigo y se levantó.

—No. Eso es imposible.

—No hay que avergonzarse. Sé que tienes a la señorita Morgan, pero, si te soy sincero... me parece que nadie en Londres confía en que su familia te apruebe.

—No. —Sacudió la cabeza, deseando, de pronto, poder salir corriendo y respirar aire fresco. Pero el aire no era fresco en Londres en otoño y, aunque lo fuera, sabía que eso no le ayudaría a despejar la mente.

Ella se había encaprichado de él. No al revés. Una criada. No podía enamorarse de una criada. Se acercó a la ventana y contempló el exterior. No podía mirar a su amigo a la cara. Necesitaba casarse con alguien que hiciera que su padre se sintiera orgulloso de él; Anthony era lo único que le quedaba a su padre. El único hijo que podía continuar la línea de sangre y dar a los nietos de su padre, a sus hijos, la opción de avanzar en la vida para llegar a alcanzar lo que se propusieran. Presionó la frente contra el cristal y respiró hondo. Un pensamiento lo perseguía: su padre se había casado con una criada.

En los dos últimos días, ese pensamiento había invadido su mente una y otra vez mientras hacía tareas rutinarias: afeitarse, elegir la indumentaria, subir a un carruaje. Su padre se había casado con una criada. Estaba seguro de que su padre diría que no podría haber pedido una esposa mejor.

¿Cuán importante era para Anthony que su familia ascendiera socialmente? Cerró los ojos, viendo entonces el nombre de la señorita Morgan subrayado en la parte superior de su lista. Sobre el papel era perfecta, pero en realidad no habría supuesto ninguna ventaja para sus hijos. Cuando Harry y Augusta estaban con Patience, cobraban vida. Tal vez no todas las ventajas pudieran medirse con la precisión que él deseaba.

¿Le importaría a su padre ser la única estrella brillante en una familia de personas corrientes, pero indudablemente felices?

Tal vez le importase. Y no era el peor destino que podía imaginar. No si podía compartirlo con alguien como Patience. Se le cortó la respiración y sintió la necesidad de sentarse.

—Anthony. —Stewart se apresuró a llegar a su lado y lo agarró del brazo. Juntos se acercaron hasta una butaca y su amigo observó cómo se sentaba con cuidado—. ¿Puedo ofrecerte algo? ¿Necesitas que llame a una criada?

Levantó la cabeza más rápido de lo que debería haberlo hecho teniendo en cuenta su estado.

—¡No!

Stewart dio un paso atrás, dolido.

Fue entonces cuando se dio cuenta. En lo más profundo de su pecho, la desesperada opresión lo invadió con tanta intensidad que su único recurso fue dejarla salir con una extraña carcajada.

—¿Tal vez un médico? No estás bien.

Golpeó el brazo de la butaca, pero no tenía fuerzas.

—No necesito un condenado médico, y si traes a la criada, no volverás a poner un pie en esta casa. Te lo garantizo.

—Entonces dime qué puedo hacer para ayudarte.

Cerró los ojos. No había nada que hacer. Nada. Lord Bryant, ese sinvergüenza, había hecho lo correcto. Lo único que le quedaba por hacer era olvidarlo todo; daba igual si amaba a Patience, algo de lo que ni siquiera estaba seguro. Pero un instante antes le había parecido una idea digna de consideración. Tanto si estaba dispuesto a casarse con una criada como si no, la había presentado en sociedad como una dama, y ahora... estaba muerta. No podía casarse con una persona que era conocida como criada en su casa, como una fallecida para su mejor amigo y como una belleza rubia para la señorita Morgan. Ni siquiera podía cortejarla como era debido.

Patience, que estaría sentada en algún lugar de la casa en ese momento, era tan inalcanzable como la mismísima reina.

Por un momento fugaz, se había abierto ante sus ojos un futuro lleno de risas, de besos que no lo pillarían por sorpresa y de niños con el pelo rizado. Pero se lo habían arrebatado tan rápido como lord Bryant había apartado a Patience de él cuando su amigo había entrado en la habitación.

Dejó caer la cabeza.

—¿Has venido en tu carruaje o a caballo?

La respuesta fue lenta, como si su amigo sintiera que debía hablar con cuidado:

—En carruaje.

—Llévame a beber algo. De repente tengo mucha sed.

—Nunca te has...

Una mirada penetrante fue todo lo que hizo falta para que Stewart dejase el resto de la frase en el aire. Además, su amigo casi nunca bebía, lo que lo convertía en el compañero perfecto para asegurarse de que Anthony volvería a salvo a casa, sin importar el estado en que se encontrara.

Poco después de que lord Bryant se hubiera marchado, Patience se paseaba de un lado a otro por el estudio del señor Woodsworth. Solo sería cuestión de tiempo que la señora Bates se diera cuenta de su ausencia y enviara a Molly a buscarla. Pero necesitaba hablar con él. Nicholas podría llegar en cualquier momento; a lo sumo, tardaría un par de días. Pero llegaría pronto, y ella quería tener la oportunidad de hablar con el señor Woodsworth antes de la llegada de su hermano.

Cuando el barón salió de la casa, ella se había encontrado con él en la entrada. El barón le había exigido que le dejara llevarla a casa, pero ella se había negado. Solo después de explicarle que la mejor opción para no ser descubierta era volver a casa con Nicholas, accedió a ayudarla avisando a su hermano. Patience siempre había planeado contárselo: él era la única razón por la que se había convertido en criada.

Una vez que llegara no habría despedidas ni agradecimientos. Saldría de la casa tan rápido como su hermano la sacara de allí.

Quería despedirse, pero el señor Woodsworth no aparecía por ninguna parte. Después de esperar media hora, se dio por vencida y se dirigió al escritorio. No había conseguido quitarle el polvo la última vez que estuvo allí, pero seguía limpio y organizado. Cómo no. Deslizó los dedos por el escritorio de madera oscura; se hizo con una hoja y escribió con rapidez una nota para él. Con suerte, la recibiría antes de que Nicholas llegara.

Capítulo 17

A LA MAÑANA SIGUIENTE, ANTHONY contaba los minutos mientras su ayuda de cámara terminaba de cepillarle el traje. ¿Siempre había tardado tanto?

En realidad, no había bebido mucho la noche anterior. Seguía sin gustarle el sabor de la cerveza, y el lugar al que le había llevado su amigo era sórdido y de dudosa reputación. No había terminado su primera copa cuando decidió que nada de lo que había en aquel lugar lo ayudaría. La cabeza no dejaba de darle vueltas desde que se había dado cuenta de lo que quería realmente para su futuro, y también de que era imposible.

No podía despedir a todo el servicio. Llevaban años con él. Había una posibilidad muy real de que nadie quisiera relacionarse con él si se casaba tan por debajo de la posición de su padre. Pero en algún momento crearía su propio grupo, con amigos a los que no les importara el rango de su esposa.

Esposa. Cada vez que pensaba en la posibilidad de que Patience se convirtiera en su esposa, un estimulante entusiasmo le llenaba la cabeza y hacía que el pecho se le ensanchara. Llevaba dos años a punto de casarse y nunca había sentido nada semejante.

Negó con la cabeza. Se estaba adelantando a los acontecimientos. No podía permitirse esperar. No había un futuro claro para ellos. Incluso si encontraba la manera, ¿aceptaría ella ser su esposa?

La imagen de Patience apartando los útiles de escritura para poder besarlo irrumpió en su mente.

Tal vez aceptara.

Despidió a su ayuda de cámara en cuanto este terminó de revisar su ropa. Se dirigió a su escritorio y sacó el papel que había encontrado medio escondido bajo un libro en su mesa.

Lo esperé en el estudio, pero parece que se ha marchado. Quería tener una oportunidad para hablar con usted. Volveré por la mañana: hay algo de lo que debemos hablar. Por favor, esté tranquilo, me comportaré.

No estaba firmado, pero solo había una persona que debía prometer comportarse en el estudio. Patience. Recorrió las líneas de su caligrafía con el dedo. Era exquisita, no los garabatos que él hubiera esperado. Ese era el problema con Patience. Todo en ella era inesperado; siempre lo sorprendía. Se había acostumbrado a aquello y no estaba dispuesto a dejarla marchar. Aquel día, sin embargo, esperaba ser él quien la sorprendiera.

Echó un vistazo a su reloj de bolsillo. Solo eran las nueve. Siempre estaba ocupada con las tareas de la mañana, por lo menos, hasta las diez. ¿Desde cuándo conocía su horario? No conocía los horarios de ninguna de las otras criadas. Ni siquiera conocía el horario del señor Gilbert, que parecía estar siempre disponible. En cualquier caso, Anthony tenía al menos una hora hasta que Patience llegara a su estudio. Se sentó ante su escritorio, disponiendo de papel y pluma. Era hora de hacer una de sus cosas favoritas: trazar un plan.

Aquel podía ser su último día en casa del general. Patience deseó poder barrer ese hecho con la misma facilidad con la que podía barrer el pequeño montón de polvo que había ido acumulando bajo la alfombra. A pesar de haber utilizado ese método durante las últimas tres semanas, todavía no se había acumulado un gran montón. Al final tendría que preguntarle a la señora Bates qué hacer con... no, en realidad no lo haría. En algún momento de la primavera, cuando llegara la hora de sacudir las alfombras, ¿seguirían siendo visibles sus montones, o la suciedad se esparciría por el suelo sin dejar rastro de su paso? Amontonó el polvo nuevo con el que ya había y dejó caer la alfombra al suelo. Quería que al menos algo hubiera cambiado desde que llegó a la casa, aunque solo fuera una prueba de su desastroso trabajo.

Al final, ni siquiera había conseguido quedarse un mes entero. No solo eso, sino que no había conocido al general, y mucho menos había trabajado a sus órdenes. No habría forma de que su pequeña farsa convenciera a Nicholas de que no se parecía en nada a su madre. Ya ni siquiera sabía si eso era un insulto. Su madre había hecho muy feliz a su marido; él necesitaba a alguien como ella. No había sabido manejar el luto como se esperaba, pero ¿quién era ella para juzgar a su madre por cómo reaccionó ante la muerte de su esposo?

Ya no le importaba lo que su hermano pensara de ella. Había aprendido a ser útil, tal y como él quería. Y, sí, tenía razón: era satisfactorio. Echaría de menos sentirse útil. ¿Quién ayudaría ahora al señor Woodsworth con sus planes? ¿Quién llevaría a los niños de paseo y barrería el polvo bajo las alfombras? ¿Quién iba a estar ahí para asegurarse de que el hijo del general sonriera? ¿La señorita Morgan? Estaba claro que no.

La noche anterior quiso haber hablado con él sobre su marcha. Le debía, cuando menos, algún tipo de explicación. No tenía ni idea de qué le hubiera dicho. Se resistía a revelar su identidad. Él la obligaría a marcharse de inmediato y volver a casa, pero no podía regresar sin su hermano. Y menos con esa ropa. Su único vestido ya no le quedaba bien cuando se presentó allí, y ahora le quedaba aún peor. La calidad de la tela era escasa y el uso diario le había pasado factura.

No, tenía que esperar y confiar en que lord Bryant avisaría a Nicholas antes de que llegara a casa. Había sido muy amable por parte del barón ofrecerse, pero también lo odiaba por ello. ¿Por qué no podía meterse en sus asuntos por una vez?

Había llegado a aquella casa para demostrarse a sí misma y a su hermano que no necesitaba que nadie planeara su vida por ella. Y al final, había necesitado la ayuda de lord Bryant, y la de Nicholas.

Llevó la escoba a la cocina. La cocinera estaba allí, preparando ya el almuerzo. Debería decirle algo, agradecerle todas las veces que le había enseñado a preparar sus recetas. Pero no lo hizo. Dejó la escoba en el escobero y se lavó las manos y la cara en el fregadero junto a los fogones. El agua estaba fría. El agua caliente era lo único que había echado en falta. Lo más probable era que al día siguiente se diera un baño caliente.

Llevó el gorro y el delantal a su habitación, se alisó el vestido como pudo y se fue.

Era el momento de despedirse del señor Woodsworth, si es que este se atrevía a aparecer por el estudio esa mañana.

Llamó a la puerta.

—Adelante. —La respuesta fue inmediata.

Abrió y, por primera vez desde que se incorporase al personal de la casa como criada, estaba de pie para recibirla.

Luego se sentó. Volvió a ponerse en pie. Al final se rindió y se acercó adonde ella estaba. Su expresión era de contrariedad. Se tiró de las mangas como hacía siempre que estaba nervioso.

Cielos, seguramente lord Bryant se lo había contado. Sentía un nudo en el estómago. Había tomado la decisión correcta al no desayunar aquella mañana. No le caería muy bien en el estómago la noticia de que el señor Woodsworth supiera que era la hija del duque de Harrington. La trataría de forma diferente. Ya lo estaba haciendo.

—No hace falta que se ponga en pie cuando yo entre. Solo soy su criada.

Había llegado a su lado. Su fuerza y solidez hicieron que la respiración se le calmara y que el ritmo cardíaco se le redujera un poco, como siempre ocurría. Pero no era suficiente.

Sin dejar de mirarla, cerró lentamente la puerta tras ella, rozando el hombro de la joven con su brazo. Estaban tan cerca, y en una habitación cerrada. ¿Existía alguna posibilidad de que no supiera la verdad? Olía a tinta y al té del desayuno. Se enderezó, pero no se apartó de ella.

El hijo del general se inclinó; a Patience se le desbocó el corazón en lugar de calmarse.

—Nunca ha sido solo mi criada.

Patience cerró los ojos lentamente. El barón se lo había contado. Se tapó la cara con las manos y corrió hacia la butaca en la que había estado leyendo la última vez que estuvieron juntos.

—Debe de pensar que soy ridícula. ¿Desde cuándo lo sabe? Debe de haber sido desde la visita de lord Bryant.

No se atrevió a mirarlo, pero un pequeño sonido, como una risa, le llegó de muy cerca.

—Es curioso, fue en ese momento cuando lo supe. Por cierto, le dijo a Stewart que ha muerto usted por la mordedura de una serpiente.

—¿Qué?

Alzó la mirada hacia él. Estaba sonriendo. Gracias a Dios, le sonreía. Esa tímida sonrisa convertía todas sus arrugas en algo maravilloso.

—Le dijo que había muerto. Bueno, para ser más exacto, dijo que Mary Smith había muerto. Así que, en cualquier caso, un problema resuelto.

—¿Ya no necesita que finja ser ella?

—No, eso ya no se ajusta a mi propósito. Necesitamos un plan diferente.

—¿Un plan diferente para ayudarle a convencer a los padres de la señorita Morgan? Sabe tan bien como yo que ya no puedo ayudarle con eso.

—¿Qué?

—Es por eso por lo que he venido aquí esta mañana. Quería decírselo, pero parece que el barón se me ha adelantado. —Empezó a temblarle la mano y su tic en el ojo hizo acto de presencia. Aquello no era cierto del todo.

—No quiero que me ayude más con la señorita Morgan. Ya no quiero casarme con ella. Solo pensarlo me hiela la sangre. Ella y yo no haríamos buena pareja.

La luz del sol entró por la ventana e iluminó la habitación. Unas partículas de polvo flotaban alrededor del señor Woodsworth y hacían que pareciera parte de un sueño.

—¿Ya no la está cortejando?

—No.

Patience irguió los hombros. Tal vez el tiempo que había pasado allí no había sido una total pérdida de tiempo. Él no se casaría con la señorita Morgan. Era un alivio. Era lo correcto, y no podía evitar sentirse responsable en cierta medida. Sonrió todavía más.

—Veo que eso la hace feliz.

—Mucho.

—Debo admitir que esperaba que fuera así.

—Por supuesto que me hace feliz. Esa mujer solo quería usarlo. Y ni siquiera así pudo comprometerse. Solo lo colgó como hace la cocinera con las pieles de patata; las cuelga pensando que algún día las usará, pero al final las tira después de que se hayan estropeado. Hay otras personas a las que les podrían gustar. Molly se las llevaría con gusto a su familia, pero la cocinera se limita a esperar y esperar hasta que ya no le sirven a nadie. Bien por usted, señor Woodsworth, por no esperar a una mujer a quien, en realidad, no le hace usted falta; estoy segura de que hay otra por ahí que agradecerá tenerlo.

Él se acercó a su silla, le agarró las manos y tiró de ella para que se sentara a su lado. La luz del sol se reflejaba en sus ojos azul pálido: arrojaban un esplendor que ella no había visto nunca antes.

—Patience.

La forma en que dijo su nombre sonaba diferente. Incluso reverente, pero ya no debería llamarla así. No ahora que sabía quién era en realidad. Él recorrió con el pulgar cada uno de sus dedos agrietados. Debería alejarse. *Lady* Patience no debería estar a solas con un hombre. En especial con este hombre. Una cosa era ser impresionable e irreflexiva cuando era una criada, pero ahora que volvía a ser *lady* Patience... ya no podía permitirse ese lujo. Tenía que encontrar el equilibrio entre la actitud de su madre y la de su hermano. Hoy parecía un día para actuar como Nicholas. No se dejaría llevar por la fantasía. Pero el señor Woodsworth continuó:

—¿Hay alguna posibilidad de que esa mujer sea usted?

Cada uno de los nervios de sus dedos parecía estar en llamas. Apartó las manos de él. Había rechazado todas las insinuaciones de ella y, sin embargo, ahora que conocía su rango, la perseguía. ¿Acaso había renunciado a la señorita Morgan por la oportunidad de casarse con alguien de mejor posición?

—Supongo que sabe lo inapropiado que sería eso. —Todo era culpa suya. Ella lo había atraído cuando era una criada y lo había confundido—. La diferencia entre nosotros es insalvable. Debe comprender eso. Por no mencionar que he vivido en su casa y he actuado como su criada. ¿Puede imaginar el escándalo?

—He pensado en eso. ¿Quiere escucharme? He pensado en todo. No es una solución perfecta, y tendremos que esperar algún tiempo. Pero estoy dispuesto a esperar si usted lo desea. No quiero que se apresure. No le estoy pidiendo que se case conmigo. Pero sí le pido que me permita cortejarla de una manera, quizá… poco convencional. En cualquier momento, puede decirme que no me quiere, y le permitiré continuar por el camino que hayamos definido. Tendrá muchas más posibilidades de casarse con alguien de su elección y de vivir una vida plena si acepta mi plan. Así que espero que lo escuche.

¿Vivir una vida plena? ¿Casarse con el hombre de su elección?

—¿Ha hablado con Nicholas sobre esto? —No había manera de que él lo aprobara—. ¿Ha estado él aquí?

El señor Woodsworth volvió a fruncir el ceño una vez más; su sonrisa desapareció.

—¿Quién es Nicholas?

—Me refiero a Harrington, el duque de Harrington. —Ya nadie lo llamaba por su nombre de pila, ni siquiera su madre.

—¿Qué tiene que ver el duque de Harrington con todo esto?

Patience se adelantó un poco y agarró al señor Woodsworth por el codo.

—¿Lord Bryant no dijo nada sobre él?

—No. Tan solo anunció al señor Fairchild que usted había fallecido, y se marchó. Pero ¿qué tiene que ver el duque?

—Nada, casi nada. —¿Estaba actuando como si no supiera quién era ella, o de verdad no lo sabía?—. Son amigos, supongo. —Observó las arrugas de su rostro, tan intensas que, al principio, le había parecido demasiado burdo para ser considerado atractivo. Ahora lo veía con otros ojos. Los rostros tersos de hombres como el barón ya no la atraían. Los rasgos marcados podían ser entrañables cuando pertenecían al hombre adecuado—. Señor Woodsworth, ¿podría decirme de nuevo de qué estaba hablando hace un minuto? Creo que me he perdido algo importante.

A él se le iluminó el rostro y sonrió tanto que creyó haber visto cómo se le elevaban levemente las orejas. ¿Era eso posible? De repente parecía un niño pequeño abriendo un regalo.

—Venga a mi escritorio y se lo mostraré.

Le tendió la mano y ella la aceptó. Una vez más, ya no estaba segura de su papel. ¿Seguía siendo una criada? Una criada podía tomar la mano de su patrón y hablar con él en una habitación con la puerta cerrada. ¿Podía?

Lo más probable es que no pudiera.

No le importaba.

El señor Woodsworth acercó su propia silla y le indicó que se sentara. Era una silla robusta, de madera, con asiento de cuero ya desgastado. Estable y agradable, como su dueño. Se sentó y él la acomodó para que las piernas le quedaran bien metidas bajo el escritorio.

A su espalda, él se inclinó para abrir un cajón. Su cercanía ya no la calmaba. Cuando rozó con su pecho el hombro de la joven, se le entrecortó la respiración, aunque no se apartó. Rebuscaba en el cajón, sin dejar de rozarle el costado. ¿Estaba notando él el contacto que le estaba nublando la mente ? Apartó unos trozos rotos de cera y el lacre con forma extraña, y sacó seis o siete papeles.

¿Por qué seguía conservando aquella cera tan estropeada? No parecía el tipo de persona que guardaba algo así. Estaba encima de los papeles que buscaba, como si la hubiera usado no hacía mucho o la hubiera sostenido en las manos. Echó un vistazo a las yemas de sus dedos. En efecto, tenían un ligero matiz rojo.

—He pasado la última hora diseñando un plan. Espero que le guste.

Tenía la boca cerca de su mejilla. Solo hubiera hecho falta que se volviese un poco hacia ese lado para repetir lo que había hecho unos días atrás. Se concentró en los papeles que tenía delante.

En la primera página aparecía una propiedad de Kent. Estaba indicado el tamaño de la casa y el número de habitaciones que había; también la superficie de la propiedad. No era una casa grande, más bien se trataba de una casa de campo.

—Acabo de comprar esta propiedad en Kent.

—Entiendo.

No entendía. No entendía nada.

—Contrataré servicio en la zona. Allí nadie nos conocerá, a ninguno de los dos.

Ella asintió como si aquello tuviera sentido.

Volvió a rodearla, rozándole el hombro, y pasó a la página siguiente. Era el comienzo de una línea de tiempo, dividida en semanas. El primer paso de la lista era que la señora Jorgensen equipara a Patience con ropa nueva, de una modista de la que nunca había oído hablar, en la ciudad de Watford, a las afueras de Londres.

—¿Por qué su hermana habría de comprarme ropa?

—Usted y su familia no pueden presentarse en Kent sin la ropa adecuada. Debería ser suficiente para hacer el viaje en dos semanas. —Señaló la segunda línea: «Llevar a Patience y a su familia a Kent y establecerlos allí como una familia distinguida»—. ¿Ve?

Patience no esperó a que pasara la página; ella misma lo hizo. La línea del tiempo no acababa. Después de la segunda página, pasó de las semanas a los meses, y en la cuarta página, después de lo que debía de ser más de un año, un apunte decía: «La familia Woodsworth viene a Kent durante varias semanas; las dos familias se conocen».

En el lado izquierdo, había escrito no solo qué semana sería, sino también cuánto tiempo habría pasado; todo estaba calculado.

—Un año y medio. ¿Va a esperar un año y medio?

—Me hubiera gustado que fuera antes, pero tenemos que analizar esto con cuidado.

—En concreto, ¿con qué debemos tener cuidado?

Él se inclinó hacia delante hasta tener la cara frente a la de ella y saltó hasta la última página. Debajo de la línea «Dos años, seis meses y tres semanas» había otra que hizo que el aire de la habitación pareciera más ligero, como si le faltase: «Proponer matrimonio».

Tres líneas más con instrucciones sobre las amonestaciones y el ajuar y luego... «18 de marzo de 1847, boda del señor Anthony Woodsworth y la señorita Patience».

—¿Está pidiéndome que me case con usted?

Él movió su silla y la giró para poder arrodillarse ante ella.

—Sí, así es.

Quería trazar con los dedos la sonrisa que había en sus labios. Era tan formal...

—Me ha hecho una de sus listas.

—Es una lista muy larga, pero si seguimos cada paso, creo que podemos hacer que funcione. Sé que nuestras posiciones sociales, por no mencionar el hecho de que haya conocido a algunos de mis amigos, pueden parecer obstáculos insuperables, pero estoy dispuesto a enfrentarme a ellos si eso significa que al final puedo estar con la única persona que cree que mi sonrisa me hace tan hermoso como un pato.

Patience cerró los ojos y dejó que una suave carcajada brotara de lo más profundo de su ser.

—Pero ¡dos años y siete meses! Es mucho tiempo. Incluso si este plan funcionara.

—Funcionará.

—No sé yo si seré tan paciente.

—Te llamas Patience. —Le tiró de uno de los rizos de la nuca—. Y creo que ya es hora de que conozca tu apellido. Ha sido bastante extraño escribir este plan sin saber tu apellido.

—Kendrick. —Esperó su reacción. Patience Kendrick no era un nombre común.

Sonrió.

—Patience Kendrick. Señorita Kendrick. Eso suena muy bien. Ojalá hubiera podido llamarte así todo el tiempo.

—Nadie me llama señorita Kendrick.

—No, pero lo harán una vez que te hayas establecido en Kent. —Tomó sus manos entre las suyas, sin entender lo que había querido decir—. Sé que, técnicamente, no nos comprometeremos hasta dentro de unos años, pero ¿lo harás? ¿Te casarás conmigo, señorita Kendrick, y me permitirás llamarte Patience, no porque seas una criada, sino porque estaremos prometidos y tendré derecho?

Estaba de nuevo de rodillas, proponiéndole matrimonio, y esta vez no era un error. Deslizó las yemas de los dedos desde su pelo hasta la parte inferior de su mandíbula. Se inclinó hacia delante y le rozó la oreja con los labios. La barba incipiente le rozó la mejilla. ¿Cómo podía sentir con tanta suavidad algo tan áspero?

—No he podido dormir desde que imaginé cómo sería mi vida si estuvieras siempre en ella. Por favor, acaba con mi agonía y di que sí.

Todo lo que tenía que hacer era decir que sí. Lo tenía en la punta de la lengua. Empezó a temblar. Parpadeó con insistencia. Quería mentir. Apretó las manos con fuerza para detener el temblor, pero no pudo.

—Señorita Kendrick, está temblando. —El señor Woodsworth se inclinó y le besó las manos.

No podía decirle que sí, por mucho que lo deseara. No era dueña de sus decisiones. Si hubiera sido de verdad una criada, podría haber aceptado. Se inclinó; prefirió no responder con palabras. Sus labios ya hablaron en aquel primer beso, ¿cómo sería besarlo ahora, sabiendo que él aceptaría? Por mucho que quisiera averiguarlo, no podía.

Sería una mentira.

—Tu plan es infalible.

Él besó el interior de su muñeca.

—Gracias.

—Y muy detallado.

Besó la otra muñeca.

—Lo sé.

—Pero no funcionará. —Las manos de él se debilitaron—. Ojalá pudiera... Ni siquiera soy capaz de expresar lo que desearía poder... Pero no soy libre. No puedo elegir mi propio destino. Si pudiera, este es el que elegiría. Es hermoso. Gracias por permitirme pensar por un momento en esa posibilidad. Me temo que este será el momento más hermoso que viviré jamás.

—¿Qué quieres decir con que no eres libre? ¿Tienes algún compromiso del que no he oído hablar?

—No, no se trata de ningún compromiso.

Enarcó las cejas y le soltó las manos lentamente.

—¿Qué quieres decir?

Se armó un escándalo en el pasillo, y alguien dio un portazo en la puerta principal.

—¿Dónde está el señor Woodsworth? —Nicholas nunca había sabido controlar su tono cuando estaba enojado. Al menos se contenía lo suficiente como para no correr por la casa gritando su nombre.

—Está en su estudio. —La voz del mayordomo era más suave, pero, aun así, podía oírse desde el estudio—. ¿Quiere que lo anuncie o que entregue su tarjeta?

—No hace falta —fue la cortante respuesta del duque.

Patience se levantó con precipitación de la silla, derribándola.

—Lo siento mucho, señor Woodsworth. —Lo que daría por tener derecho a llamarlo Anthony—. Pero ¿podría levantarse, por favor?

—¿Quién ha venido?

La puerta se abrió de golpe, como si un huracán se hubiera estrellado contra la casa. Pero no era un huracán. Era su hermano. En cuanto hubo atravesado la puerta, la cerró.

—Señor Woods... —comenzó, pero se detuvo al verla a ella—. Patience, ¿qué llevas puesto?

Bajó la mirada al vestido. ¿Eso era lo primero que iba a decirle?

—No importa. No importa. Vas a venir a casa conmigo ahora mismo. ¿Dónde está ese canalla de Woodsworth?

Este se hallaba sentado sobre el escritorio, inmóvil. Patience no estaba segura de que siguiera respirando. Se acercó para tocarle la mano, pero él la apartó.

—Está aquí, junto al escritorio. Pero no ha hecho nada malo, Nicholas, de verdad. No sabe quién soy, y no ha sido más que un buen empleador.

—No es eso lo que he oído. Te ha expuesto en sociedad. ¡En sociedad! Patience, ¿qué clase de absoluta ridiculez es esta?

Ante eso, el señor Woodsworth se puso en pie.

—Patience ha sido del todo capaz de conducirse en sociedad. Se las ha arreglado de maravilla. No sé qué tipo de relación o de acuerdo tiene con usted, pero le aseguro que, si se queda conmigo, tendrá una mejor.

—¿Una mejor que la que yo puedo proporcionarle? —Nicholas se acercó al escritorio. Sacó pecho, estirándose todo lo que pudo, pero su rival seguía siendo unos centímetros más alto—. ¿Sabe quién soy yo?

—Supongo que es usted el duque de Harrington.

—Soy mucho más que eso para ella.

El señor Woodsworth se quedó pálido. Patience lanzó una mirada furiosa a su hermano. Ella era la que había hecho algo mal. No debería desquitarse con el señor Woodsworth. Alargó la mano para ponérsela en el brazo, pero él la retiró. La mano le cayó al lado y entonces deseó que la mirase. Pero esa mirada no llegó. No era así como había imaginado que se lo contaría. Había pensado que nunca tendría que decírselo. Pero eso fue antes de que se le ocurriera aquel ridículo plan de tres años para casarse. Como si hubiera podido esperar tres años para casarse con él. Si hubiera estado en su mano, incluso unos meses habrían sido demasiado tiempo.

—Es mi hermano. —Las palabras sonaron extrañas en su boca, como si otra persona las hubiera musitado. Él se calmó—. Soy *lady* Patience Kendrick.

—Kendrick —susurró el nombre, apenas movió los labios—. Sabía que me sonaba. —Se apoyó con ambas manos en el escritorio—. Me ha mentido. Todo el tiempo que hemos estado juntos, me ha mentido.

—¡Woodsworth! —gruñó Nicholas, pero no le hicieron caso.

—Ni siquiera le mintió a Stewart sobre su procedencia, pero conmigo todo ha sido una mentira. —Rio con aspereza.

—No le he mentido. Mi nombre es Patience. Y he sido su criada. Me contrataron para serlo. Nunca he mentido. En nada.

—Mi plan debe de haberle sonado tan estúpido…

—No, no es ninguna estupidez. Y si fuera de verdad una criada, no habría podido resistirme.

—Pero no lo es, ¿verdad? Usted misma lo ha dicho.

Nunca había sonado tan duro y con tanta amargura. ¿Qué le había hecho? Él tenía razón, su lógica no tenía sentido. Si fuera una doncella, habría podido casarse con él. Pero ni lo era ni lo sería nunca. Puede que no le hubiera mentido, pero lo había engañado, y en su casa. Ahora debía enfrentarse a las consecuencias de sus actos.

—Y ahora que está claro que mi hermana no debería estar cerca de usted, me la llevo a casa. Ahora mismo. Si descubro que le ha hecho algún daño, recibirá la visita de un agente de policía de inmediato. Si el daño es grave, entonces será mi espada la que dé cuenta de usted, a menos que prefiera las pistolas. Soy experto en ambas, gracias a su padre. —Extendió el brazo, esperando a Patience. Era el momento de partir. Negó con la cabeza—. No tengo la menor idea de cómo vamos a explicarle a madre por qué llevas ese vestido.

El señor Woodsworth no trató de detener su marcha. Se inclinó, levantó del suelo la silla que Patience había tirado y se sentó. Volvía a sentarse en su presencia, aunque ahora sabía que no debía hacerlo.

—Tengo que ir a buscar mis pertenencias.

—No creo que haya algo aquí que necesites —se burló su hermano.

¿Qué necesitaba de su habitación? ¿El delantal? ¿La cofia manchada?

La cofia manchada.

La necesitaba: le serviría para recordar su tiempo allí. Y algo más. Quería el plan que él había ideado para casarse con ella, pero ¿cómo se lo iba a pedir?

—Hay algo que me gustaría llevarme de mi habitación, y... ¿señor Woodsworth?

Este levantó la mirada con ojos vidriosos. Los papeles estaban todavía ante él, extendidos: el de su propuesta, con la fecha de su boda, estaban encima de todos los demás. Cerró los ojos, deseando que algo de ese momento pudiera cambiar. Ojalá pudiera quedarse unos días más con él. Ser una doncella y no una dama. Tener el valor de pedirle esas páginas. Pero cuando abrió los ojos, todo seguía igual. No podía pedirle esos papeles, pero sí la lista que le había prometido.

—¿Podría entregarme la lista de caballeros en la que estábamos trabajando?

El señor Woodsworth se cubrió los ojos, y flexionó todos los músculos de los dedos. Con un leve asentimiento, abrió uno de los cajones y extrajo una única hoja de papel. Era la lista que habían revisado juntos. Iba a ofrecérsela cuando se detuvo a examinar los nombres de la lista; su mirada, frenética, saltaba entre la joven y el papel.

—Esta lista no tiene nada que ver con empleadores. Es una lista para usted.

—¿Qué lista? —Nicholas se acercó al escritorio y se detuvo antes de poder arrebatársela al señor Woodsworth.

—Es una lista de posibles pretendientes, ¿no? Me la pidió para que la ayudase a elegir marido.

—¿Qué está pasando? —dijo su hermano—. Yo voy a elegir a tu marido. No necesitas ayuda de nadie más.

—Nadie va a elegir a un marido para mí, y menos aún si no obtengo esa lista. —Tendría algo para recordarlo, y la lista era más fácil de pedir que la proposición. Le tendió la mano al señor Woodsworth, pero este hizo caso omiso, mientras repasaba todas y cada una de las anotaciones que había hecho sobre los hombres que figuraban en la lista. Mientras, decidió dejar de ser tan cautelosa—. Si no me la entrega, tomaré todos esos papeles en su lugar. —Señaló los papeles de su último plan.

—No —dijo él, cubriéndolos. Dejó la lista de caballeros sobre la mesa y buscó pluma y tinta—. Se la daré, pero primero tengo que hacer algunos ajustes. —Recorrió el papel varias veces antes de tachar, con una larga y dramática línea, la información de una fila—. Lord Grunfeld se queda fuera, sin duda.

Patience intentó alcanzar el papel. No necesitaba su ayuda para elegir marido. Ya se ocuparía de esa incómoda decisión más adelante. Mucho más adelante, no cinco minutos después de que él le hubiera propuesto matrimonio. Él se volvió para no dejar desprotegidos los papeles de la proposición y a la vez impedir que ella alcanzara la lista de caballeros. Suspiró. Por lo visto, tendría que ver cómo iba tachando nombres de una lista de hombres a los que, en realidad, jamás había considerado.

—Por supuesto que sí. Tendrá algo de fe en mi raciocinio, o eso espero.

Nicholas se acercó al escritorio y miró por encima del hombro del señor Woodsworth. Entrecerró los ojos para leer los nombres y las categorías.

—¿Esta es una lista de posibles pretendientes para mi hermana? La mitad de los hombres que hay en ella no son lo bastante buenos ni como para que los invite a nuestra casa; mucho menos para cortejarla.

—No sabía que era una lista de pretendientes —dijo apretando los dientes Anthony.

—¿Lord Bragton? Está endeudado hasta las cejas. Táchelo.

Tachó con decisión el nombre.

Aquello no podía estar pasando.

—La madre de lord Shurton es demasiado entrometida —Nicholas señaló otro nombre—. Nadie espera que Patience viva con esa carga.

Otro golpe de pluma.

—¿Por qué habré incluido...?

Patience no podía seguir mirando. Se dio la vuelta para marcharse. Necesitaba su cofia, y quería despedirse de la señora Bates, del señor Gilbert y de Molly. Ah, y de Augusta y Harry... ¿qué les diría?

Abrió la puerta en silencio y la cerró tras ella de la misma manera.

El vestíbulo estaba vacío y en silencio. El mayordomo debía de saber que era mejor evitar al hijo del general mientras lo abordaba un duque. El frío metal del pomo de la puerta la heló. Todavía podía escuchar las voces de los dos hombres a sus espaldas, discutiendo como si nada sobre su futuro, como si fuera ajeno a ella por completo. Volvía a estar como al principio. Pero peor. Mucho peor. Había visto escrito con trazos gruesos y cuidados un plan de felicidad que se extendía a lo largo de siete páginas. Y nunca podría tenerlo.

Se apoyó contra el marco de la puerta y se deslizó hasta el suelo. Cuanto más intentaba calmar la respiración, mayor presión sentía en el pecho. Se inclinó hacia delante con la cabeza entre las manos. En cualquier momento alguien podría pasar por allí, pero no podía obligarse a levantarse. No era así como debía terminar.

La puerta se abrió, pero ella seguía sin poder tenerse en pie. Alguien le pasó dos fuertes brazos por debajo de las piernas y alrededor del cuello y la levantó del suelo.

—Ven —dijo Nicholas.

Patience le rodeó el cuello con los brazos y escondió la cara en el pecho de su hermano. Olía como su padre. ¿Cuántas veces la había cargado así cuando era pequeña?

—Lo echo de menos.

Nicholas la apretó contra su pecho.

—Yo también. —Sabía que se refería a su padre.

—No sé si estoy preparada para dejar el luto todavía.

—Es la hora, mi palomita.

Así la llamaba su padre. Las lágrimas que amenazaban con brotar desde que el señor Woodsworth le había enseñado la lista comenzaron a derramarse sobre el abrigo de su hermano.

—Vamos a llevarte a casa. ¿Dónde está tu habitación? Te ayudaré a recoger tus pertenencias.

—¿Tienes mi lista?

—Está en el bolsillo.

Patience movió una mano y tocó el papel. Al menos tendría algo para recordarlo.

—Esa debería ser la menor de tus preocupaciones. No puedo creer que me hayas engañado de esta manera. Vivir aquí durante semanas... Sin compañía, nada menos...

—Al final del pasillo, por ahí. —Señaló la dirección correcta hacia su habitación. No estaba dispuesta a escuchar otro sermón de su hermano. Debería exigirle que la bajara para caminar por sí misma. Si el mayordomo o el ama de llaves la vieran en brazos de un caballero tan bien vestido, ¿qué pensarían de ella?

Ya no importaba.

Mary Smith estaba, se suponía, muerta por la mordedura de una serpiente y Patience, la criada, desaparecería sin más.

—¿Me ha visto? Cuando has salido, ¿me ha visto? —No quería que la última imagen que tuviera de ella fuera hecha un ovillo frente a la puerta.

—No, se ha quedado en el escritorio.

—Bien.

—¿Te ha hecho daño?

¿Que si le había hecho daño? ¿Qué clase de pregunta era esa? ¿Cómo podía responder con sinceridad? Su propuesta había sido el momento más doloroso de su vida. El más doloroso y el más hermoso.

—¿Y bien? —Su hermano era presa del pánico.

—No de la manera que estás pensando.

—¿En qué sentido te lo hizo?

—Solo quiero ir a casa. No llegué a mis treinta días. No cumplí el objetivo. —Las palabras se sucedían una tras otra, y su hermano estaba cada vez más confuso—. Ni siquiera logré servir bajo el mando del general Woodsworth. Estuvo fuera de casa todo el tiempo. Su hijo me prometió una carta de recomendación y he olvidado pedírsela.

Nicholas frunció el ceño y abrió la boca como si fuera a hacer una pregunta. Todavía no estaba preparada para responder preguntas.

Debió de notar su reticencia, porque cerró la boca y negó con la cabeza.

—¿Qué puerta? —preguntó tras una breve pausa.

Señaló la suya. Había otras tres puertas iguales que daban a tres habitaciones igual de pequeñas. Nunca más disfrutaría de ese anonimato.

—Esa.

La bajó al suelo, pero la siguió sujetando con el brazo por la espalda. Examinó sus manos, rojas, agrietadas y destrozadas.

—Parece que has aprendido a trabajar.

Asintió con la cabeza, temiendo que, si hablaba, volvería a echarse a llorar. Había aprendido a trabajar. No siempre de la manera más eficiente, pero se había ganado sus cuatro chelines a la semana.

Aunque todavía no le habían pagado.

Dejó a su hermano esperando en la puerta y dio los primeros pasos con cautela. Tomó la cofia del gancho de la pared, se dio la vuelta y se marchó antes de darse tiempo para ponerse sentimental con la habitación del tamaño de una caja de zapatos en la que había pasado las últimas semanas.

Volvieron a recorrer el pasillo y cuando llegaron a la cocina se volvió para entrar.

—¿Necesitas algo de aquí también?

—No, pero la puerta está por aquí.

—Esa es la entrada del servicio, Patience.

Por supuesto. El duque de Harrington nunca pasaría por la entrada de servicio. Y tampoco lo haría su hermana. Negó con la cabeza por su estupidez y se apoyó en el brazo de Nicholas.

Era el momento de volver a ser *lady* Patience Kendrick. Aunque eso significara dejar atrás una parte de lo que era ahora.

Capítulo 18

—ADELANTE —DIJO ANTHONY. CONTUVO la respiración. Hacía ya un mes que Patience, *lady* Patience, se había marchado y, sin embargo, cada vez que alguien llamaba a la puerta del estudio, esperaba verla entrar.

El señor Gilbert entró.

Llevaba en la mano un sobre y una tarjeta, pero se quedó parado, sin avanzar. Parecía estar dudando, aunque nunca dudaba.

—Bueno. ¿De qué se trata? —No le habría escrito, ¿verdad? ¿Para ofrecerle una explicación o para decirle que estaba ya en su casa y que le iba bien? Todavía seguía sin saber por qué una dama con título había terminado allí, buscando trabajo como criada. Era una de las muchas cuestiones que lo habían atormentado en el último mes—. ¿Qué me trae?

El mayordomo se aclaró la garganta.

—Hoy es día de pago.

Oh, nada que ver con *lady* Patience. Tal vez se mostraba indeciso porque había ido a pedirle un aumento. Pagaban bastante bien a los sirvientes. Por otro lado, no quería tener que reemplazarlo. Si pedía un aumento, lo recibiría.

—¿Ocurre algo con su asignación?

—No, mi paga es justa, señor —dijo—. Solo que... tengo una carta de su hermana para usted y el salario de Patience, y no llegó a darnos una dirección de envío.

El salario.

—Déjelo en mi escritorio.

—¿Se lo llevará? ¿Sabe dónde está?

—Sí, sé dónde está. —La cuestión era si entregaría o no el salario a la criada. ¿Para qué necesitaría *lady* Patience Kendrick unos pocos chelines? Podía hacer que se los entregaran, supuso. Se había ganado la paga. De sobra. Cuando pensaba en lo que le había hecho hacer...

—¿Sabe si le va bien? Parecía tener muchas ganas de trabajar cuando llegó.

No sabía si debía reír o darse de cabezazos contra el escritorio. Optó por no hacer ni lo uno ni lo otro.

—Estoy seguro de que le va mucho mejor que a cualquiera de nosotros.

—Tiene razón en eso. La casa parece más sombría desde que se marchó. Sin ella y con los niños fuera, todo parece extrañamente tranquilo.

—Solo era una criada, Gilbert. Debe de ser porque los niños no están; eso tiene mucho más sentido.

—Con el debido respeto, señor, nunca fue solo una criada.

Anthony apoyó el codo en el escritorio y se cubrió la cabeza con la mano. No sabía la razón que tenía. Nunca fue una criada corriente. Si lo hubiera sido, ahora mismo estaría en Kent, y él estaría contando los minutos hasta que pudiera volver a verla. Le habría parecido una agonía, solo porque no conocería la agonía de no volver a verla nunca más. De nunca haberla visto tal y como era. Patience, la criada, no existía; sin embargo, su corazón la anhelaba. ¿Cómo podía recuperarse un hombre, de manera racional, de una mujer tan ilógica que ni siquiera era real?

—Simplemente déjelo ahí.

El señor Gilbert colocó ambos sobres frente a él. En el de arriba alguien había escrito su nombre: Patience Young. ¿Young? ¿De dónde había salido eso?

—¿Le dijo ella que su apellido era Young?

—Creo que era el nombre de su hermano. Cayó en Kabul, pero supongo que antes de irse le dijo que el general Woodsworth la contrataría si alguna vez necesitaba trabajo.

Para una mujer que en teoría no era capaz de mentir, había inventado muchos enredos.

—¿Nunca dijo por qué necesitaba trabajar?

—¿Por qué? Debía de necesitar dinero.

En el último mes había estado investigando la casa de Harrington. Era evidente que el dinero no era el problema.

—Bueno, buscara lo que buscase aquí, espero que lo encontrara.

El mayordomo lo miró con extrañeza.

—No me gusta curiosear —dijo.

—Adelante, hágalo. Sé que todos se mueren por preguntar. Aunque no prometo responder a ninguna de sus preguntas.

—¿La despidió, señor? Sé que no era la mejor de las criadas, pero no he visto a nadie esforzarse más que ella por aprender.

—No.

—¿Cree que volverá? Acabamos de saber que Doris ha encontrado trabajo cerca de su familia, así que no volverá. Todavía hay sitio para una criada...

—No. No volverá. No hay lugar para ella aquí.

—Pero Doris no...

—Eso no es lo que quería decir. Ella no debe estar aquí. —Rechinó los dientes—. Ni siquiera sé quién es.

—Es Patience.

Hacía que pareciera tan sencillo. Patience. Como si la hermana de un duque pudiera ser solo Patience. No: esa Patience, sin la que él luchaba por vivir, no existía.

—Usted no lo puede entender, y me temo que no puedo discutir más sobre esto. No era quien usted creía. Dejémoslo ahí.

—Me resulta difícil creerlo cuando siempre era la misma. Ya fuera hablando con usted, conmigo o con los niños... incluso con la señora Bates. A veces lo mejor para ella hubiera sido callar y escuchar, pero no podía evitar decir lo que pensaba y seguir adelante. Nunca he conocido a alguien más franco.

Anthony no era capaz de mantener aquella conversación, no en aquel momento. ¿Cuándo se había vuelto el señor Gilbert tan hablador?

—En cualquier caso, se ha ido y... no volverá.

—Echaré de menos su alegría.

—Tendremos que conformarnos con nuestra propia alegría, señor Gilbert. Nos iba bien antes de que llegara. Volveremos a estar bien.

El mayordomo asintió, pero no se fue. En un esfuerzo por disuadirlo de que se quedara, pero sin decírselo de forma directa, abrió la carta de su hermana.

Anthony:

Te escribo para liberarte de tu obligación prioritaria de esperar al menos un año antes de pensar en el matrimonio.

Los niños echan de menos a Patience.

S.

—La aceptaríamos de nuevo, bajo cualquier condición.

—Gilbert. —Mejor que no terminase aquel hilo de pensamiento. No podía consentir que su hermana y su mayordomo le dijeran que se casara con ella. No lo entendían, y él estaba obligado a no pisotear el nombre de *lady* Patience divulgando lo que sabía.

—Me marcho, señor. Y no volveré a sacar el asunto a colación, pero diré una última cosa: no estoy seguro de qué luz espera obtener de usted mismo, de mí o de la señora Bates. Supongo que Molly es bastante alegre, pero Patience era diferente. Parecía no saber nunca cuál era su lugar y, sin embargo, de alguna manera, construía un lugar para todos los que la rodeábamos. Creo que cualquier casa querría tener a una persona así.

El mayordomo dio media vuelta y salió con dramatismo del estudio.

Harry y Augusta la echaban de menos. El señor Gilbert, al parecer, también. Era como si todos esperaran que la trajera de regreso. Bien, pues... no podía hacer algo imposible.

Abrió el cajón lateral de su escritorio. Cuanto antes escribiera a Sofía, mejor. No le gustaría nada que les dijera algo a los niños... Los tres trozos de lacre chocaron unos contra otros en el cajón. Las piezas rotas se juntaron con dos de los pedazos más pequeños encima de la más grande, formando una especie de corazón rojo. ¿Cuál era la probabilidad de que pudieran colocarse así? Casi ninguna. Pero había ocurrido.

Rozó la cera con suavidad. ¿Y si cortejar a *lady* Patience Kendrick no fuera imposible? Podría ser improbable, como que la cera formara un corazón. ¿Y si el señor Gilbert tenía razón y ella no había fingido ser algo que no era? ¿Y si la mujer de la que se había enamorado sí existía?

Algo en lo más profundo de su pecho se liberó. Su padre había empezado en el ejército como soldado raso y había progresado hasta llegar a general. Sin duda su hijo podría pensar en una forma, aceptable para la sociedad, de que una dama accediera a pasar el resto de su vida con él.

Sacó una hoja de papel y su pluma favorita. Como mínimo, podía intentarlo.

Por el bien de Harry y Augusta.

Capítulo 19

PATIENCE LLEVABA UN MES en casa, pero le estaba pareciendo más largo que los dos años que había estado de luto. Gracias a su madre, la presentación ante la reina la semana anterior había sido un éxito. Su vestido, que había sido encargado antes de que entrase en casa de los Woodsworth, era de otro mundo. Claro que todo lo relacionado con su vuelta a casa le había parecido de otro mundo. Una semana después de regresar había debutado en sociedad. A partir de ese momento, su madre y ella habían asistido a múltiples reuniones sociales. Ya no se sentía como si supiera cuál era su lugar. No importaba lo tarde que llegara cada noche; siempre se levantaba temprano. Era un hábito que no había podido eliminar. Si las brasas de la chimenea no habían sido avivadas, tenía la tentación de hacerlo ella misma.

Pero había aprendido la lección cuando lo intentó la primera vez. La pobre Rebeca había estado preocupada durante días, y seguía madrugando más que ella para asegurarse de que su habitación era la primera en tener el fuego encendido.

Volvió a tumbarse en la cama. No se esperaba nada de ella durante algunas horas más. Esa noche asistiría con su madre a una partida de cartas en la casa londinense del conde de Sumberton. Se pasaría el tiempo levantando la mirada cada vez que un caballero entrara en la habitación. Pero si algo le habían enseñado las últimas tres semanas, tras haber entrado de manera oficial en la sociedad, era que el señor Woodsworth tenía razón: sus círculos sociales no coincidían.

No podía pasar otra mañana pensando en él. Necesitaba moverse, trabajar, lo que fuera. Se puso la bata y abrió la puerta. A esas horas de la mañana, solo podría encontrarse con el servicio, pero aun así le daba reparo andar por la casa con sus prendas de dormir.

Las habitaciones de sus padres estaban al otro lado del pasillo. Cuando era más joven y no podía dormir, se acercaba con sigilo a la habitación de su padre. La mayoría de las veces encontraba a sus padres juntos en ella. Cuando Nicholas heredó la casa, había optado por quedarse en su habitación en lugar de mudarse a la de su padre. Patience suponía que mantendría aquello hasta que se casara. Ahora la habitación que solía darles calor a sus padres y a ella estaba vacía y fría.

Se deslizó por el suelo de piedra. La puerta estaría cerrada, no habría razón para que no lo estuviera. Pero cuando alcanzó el picaporte, este giró. Entró antes de que alguien pudiera verla.

Todo era igual, pero diferente. En la penumbra, podía distinguir el armario de su padre, un pequeño escritorio y una silla, y sobre la chimenea, había un cuadro de su madre. Había supuesto que todo estaría tapado, pero no era así. Era como si su padre hubiera salido por la mañana y fuera a volver. No se había tocado nada, y no había polvo, pero él no estaba; tampoco había vida. Tanto ella como la propia habitación sabían que él no volvería.

Se sentó en la cama, deseando poder meterse entre su madre y su padre y que la reconfortaran con su calor.

Un traqueteo llegó de la puerta que comunicaba con la habitación de su madre. Patience se cerró bien la bata, pero solo había una persona que pudiera usar esa puerta. Se abrió con lentitud, y vio un pie pequeño y desnudo.

—Mamá —susurró, sin querer asustarla.

No funcionó. Su madre soltó un chillido y cerró la puerta de golpe entre un revoloteo de faldas. Un momento después volvió a abrir. Llevaba el cabello oscuro recogido en una trenza, pero, como a su hija, se le escapaban rizos por todas partes. Hacían que pareciera más joven, como si fuera una hija que también buscaba consuelo en esa habitación.

—¿Patience?

—Buenos días, mamá.

Su madre relajó los hombros y entró en la habitación.

—¿Qué estás haciendo aquí? Pensé que… No importa lo que haya pensado… Me has asustado.

—Lo siento. —Se miró las manos. Lo último que quería era asustar a su madre—. No podía dormir. —Su madre suavizó el gesto—. Solía venir aquí cuando… —No pudo terminar la frase.

—Lo sé. —Entró del todo y cerró la puerta tras de sí—. Yo hacía lo mismo.

—No debería habernos dejado.

—No, no debería haberlo hecho. —Se sentó junto a su hija y deslizó la mano sobre la colcha que cubría la cama—. Somos la familia con menos posibilidades de sobrevivir sin él.

La joven contuvo un sollozo. Su madre tenía razón. No estaban sobreviviendo, no del todo. Nicholas no estaba preparado para convertirse en duque. Patience no estaba preparada para crecer: su ridícula idea de huir y fingir ser una criada era prueba de ello. Su madre no estaba preparada para ser viuda. Los dos últimos años los habían destrozado a los tres. Se ahogaban en un mar de incertidumbre y dolor.

Su madre no la miraba a los ojos. Se limitó a mover la mano de un lado a otro de la cama.

—No puedo dormir aquí.

—¿En la cama de papá?

—En esta casa.

¿Qué podría querer decir?

—¿Nada de nada?

Se rio en silencio y encogió los hombros.

—Oh, lo más probable es que esté exagerando. Seguro que duermo alguna vez. Cuando llega la mañana creo que me quedo dormida un rato. A veces en la biblioteca, después de haber tocado el pianoforte y cantado durante horas, el agotamiento puede conmigo.

—Mamá.

Buscó los ojos de Patience con los suyos. Aquellas profundas ojeras eran más pronunciadas de lo que recordaba. Siempre sonreía durante el día.

—Lo siento, hija. No sé qué puedo hacer. Pensé que si me iba y volvía…

—¿Por eso te mudaste a París? ¿Para dormir?

—No, no necesito dormir; estoy bien, de verdad. Es que era muy joven cuando me casé con tu padre. No recuerdo mucho de la vida sin él. Sin embargo, fui feliz en París una vez, cuando era niña, y pensé que tal vez era eso lo que necesitaba.

—¿Durante dos años?

—Estuve a punto de volver muchas veces. Pero no pude. Tengo tantos pasajes que nunca llegué a utilizar… No podía hacerlo mientras durase el luto. No era capaz de enfrentarme a la oscuridad y al silencio.

Así que los había dejado ahí para que lo afrontaran solos. Había sido muy estúpido por su parte. Su partida no había ayudado a ninguno de los tres. Que los dos hermanos ya no vistieran de negro no significaba que ya no estuvieran de luto. Nadie dejaría de estar de luto en el futuro inmediato, pero tampoco nadie en la familia sabía cómo llevar el duelo.

Sin embargo, ella también se había marchado, y de manera mucho más tonta.

Sin saber qué más hacer, Patience retiró el edredón. Se tumbó en un lado de la fría cama. No olía a él. Había pasado demasiado tiempo para eso; tampoco olía a humedad. Los criados eran increíbles. Había dado por sentado tantas cosas en el pasado. ¿Cuántas veces habrían cambiado y planchado esa ropa de cama por si alguien la usaba?

—Descansa un rato. —Patience acarició la colcha—. Soy una pésima sustituta de papá, pero tal vez puedas dormir conmigo aquí.

Su madre frunció el ceño, pero se metió en la cama, haciéndose un ovillo. Patience le acarició los sedosos rizos. Un escalofrío recorrió el cuerpo de su madre.

—Estoy tan cansada. Estoy cansada todo el tiempo. —Las palabras salían entre pequeños sollozos—. Creo que podría hacerlo todo mejor si no estuviera tan cansada.

—Estamos bien, mamá.

—No lo estamos.

—Pero lo estaremos. Lo estaremos. Ahora debes dormir.

Ella asintió y se enroscó más aún sobre sí misma. Patience apenas conocía a esa mujer tan pequeña que estaba a su lado. Su madre era risa, diversión y griterío. No era una figura frágil y rota. Los temblores desaparecieron poco a poco y su respiración se calmó. No podía verle la cara, pero sabía que estaba dormida. La cama ya no estaba fría. Patience no pudo seguir con los ojos abiertos; en lugar de luchar contra el sueño, dejó que el cansancio se apoderara de ella. No tenía nada que hacer tan temprano, y no iba a perturbar el profundo sueño de su madre.

Una luz brillante la despertó: su madre seguía a su lado. Ya no estaba hecha un ovillo, sino que estaba estirada con una mano apoyada en la mejilla. Ya no había rastro de la mujer afligida de antes. Parecía en paz.

—¿Patience?

Maldita sea… la había despertado. Se volvió despacio.

—Gracias.

—Cuando quieras, mamá. —Lo decía en serio.

ꝏꝏ

—¿Cómo está tu bollo, Nicholas?

Este levantó la vista, sorprendido. Su madre ya había hecho aquella pregunta sin dirigirse a nadie en particular, y Patience había sido la única en responder.

Alisó la servilleta sobre su regazo.

—¿Perdón?

—Me preguntaba cómo estaba tu bollo.

—Como ha dicho Patience, bastante bueno.

—¿Y la finca en Hampshire?

Nicholas entrecerró los ojos, mientras observaba a su madre. No le gustaba hablar de esos asuntos con su hermana, y parecía que le gustaba aún menos hacerlo con su madre.

—Brushbend va bien. Te aseguro que lo estoy gestionando adecuadamente.

—Nunca lo he dudado.

—No sé por qué otro motivo podrías preguntarlo.

—Nicholas —comenzó Patience.

—No. —Se puso en pie.

—Solo estamos conversando. —Patience le tomó el brazo, pero él lo apartó.

—Esta conversación llega con dos años de retraso. No aceptaré que nadie me mire por encima del hombro, señalando cómo debería haber hecho algo o cómo nuestro padre lo habría hecho de manera diferente cuando he tenido que hacerlo todo por mi cuenta.

—No creo… —empezó su hermana, pero Nicholas ya estaba al otro lado de la habitación, abriendo la puerta sin mucha delicadeza—. Lo siento, mamá.

—No, tiene razón.

—Solíamos hablar con papá de la finca.

—Y lo haremos con Nicholas. Necesita tiempo, y yo también. Pero si estás dispuesta a hablar conmigo, tengo algunas preguntas para ti.

Asintió. De repente comprendía mejor a su hermano. Salir corriendo parecía más cómodo que hablar de su vida.

—Cuando era joven, mi primera temporada fue espectacular. Uno de los mejores momentos de mi vida. Me encantaban los bailes y cualquier oportunidad de lucir un vestido nuevo.

—Sí, mamá. —A Patience no le gustaba hacia dónde iba esa conversación.

—No parece que para ti sea igual. Ni siquiera algo parecido.

No se equivocaba. Se había sentido como un fraude al conocer a la reina. Se pasaba todos los bailes buscando a un hombre que nunca estaba allí, y ningún hombre, sin importar lo elegante o buen partido que fuera, había conseguido impresionarla. Todos eran demasiado frívolos. Ella misma lo era: por eso quería que alguien serio la cortejara. Alguien con ojos azules penetrantes y un rostro que se transformara con una sonrisa.

—No has sido la misma desde que volviste de Bath.

Se examinó las uñas, ahora ya suaves. ¿Cómo no se había dado cuenta su madre de cómo tenía las manos cuando volvió? ¿Una noche reconfortándose la una a la otra era suficiente para confiarle lo más estúpido que había hecho en su vida?

—Patience, sé que no tengo derecho a preguntar, pero ¿qué pasó en Bath?

Respiró hondo, agarrándose a los brazos de la silla. Suspiró.

—Nunca fui a Bath.

—¿Nunca fuiste a Bath?

—No.

Su madre abrió los ojos de par en par, alarmada.

—¿Dónde estuviste durante ese mes?

—No fue un mes, mamá, no completo.

Enarcó una ceja, como cuando de pequeña se llevaba a la boca una golosina de más.

—¿Dónde estabas?

—Prefiero no decirlo. —Empezaron a temblarle las manos. Se frotó el ojo. No era verdad. Siempre había querido decírselo a su madre. Su madre no preguntó más; se limitó a observar y a esperar—. Nicholas siempre se ha creído superior a mí porque sirvió en el ejército. —Su madre asintió, pero no dijo nada—. Quería demostrarle que estaba equivocado. Y todo lo que conseguí fue armar un lío enorme.

—Háblame de ese lío. —Acercó la silla a la de su hija y le tomó la mano—. Veremos si hay algo que podamos hacer para devolverte la sonrisa.

No sabía por dónde empezar, así que empezó contándole cuando Nicholas la provocaba en el jardín; cuando le habló del hombre que salía a pasear al jardín todos los días a las once y cuarto, su madre asintió como si ya conociera toda la historia. Y aunque lo podría haber adivinado, se lo contó de todos modos.

Capítulo 20

ANTHONY PUSO LA CARTA SELLADA en la mesa, junto a la puerta principal. Dieciséis páginas. ¿Era demasiado? Tal vez, pero no era tan larga como una de las que había enviado la semana pasada. Llevaba dos semanas escribiendo al duque y aún no había recibido respuesta. Cada mañana, cuando se entregaba el correo y no había respuesta del duque, se prometía a sí mismo que no seguiría degradándose, escribiendo de nuevo. Pero por la tarde volvía al estudio, a trazar planes para hacer funcionar un noviazgo y razones por las que el duque debería permitirlo.

Era lo único que le impedía volverse loco.

Acarició el sello rojo de la carta. Tal vez todo aquello era una prueba de que sí estaba loco. Había comprado lacre nuevo, pues no quería usar los últimos trozos destrozados que le había dejado Patience. Era lo único que tenía para recordarla.

Un alboroto de cascos y voces en el exterior anunció la llegada de un carruaje. Dio la vuelta a la carta: no quería que su padre viera que había estado acosando al duque. Pero tampoco quería llevar la carta de vuelta al estudio. Haría que la enviaran.

El señor Gilbert abrió la puerta principal a tiempo para que Anthony viera a su padre bajar del carruaje. Llevaba uniforme y el sombrero bien colocado en la cabeza. Después de horas en el carruaje, nada en su aspecto parecía descuidado ni daba muestras de fatiga. Era, como siempre, un general.

No esperó a que entrara, sino que se reunió con él al final de la escalera.

—Anthony, me alegro de verte. —Estrechó a su hijo por los hombros con ambas manos—. He oído que la venta de la propiedad de Kent se ha llevado a cabo. Bien hecho.

—Gracias.

—¿Significa esto que después de dos años por fin tenemos un compromiso que anunciar?

—No.

—¿Sigue sin aceptarte? —preguntó, frunciendo el ceño.

Anthony se apartó para dejar que su padre entrara en casa. El mayordomo tomó de inmediato el sombrero del general.

—Nunca le hablé de la propiedad de Kent. Para cuando se arregló, ambos nos habíamos dado cuenta de que continuar con un noviazgo no era lo mejor para ninguno de los dos.

—¿Qué? —Casi se arrancó el abrigo y luego, mostrando su sorpresa mientras lo revisaba todo, lo dobló por la mitad con pulcritud antes de entregárselo al mayordomo.

Lo mejor era contarle la noticia a su padre. De todas formas, se enteraría pronto.

—Ya no estoy cortejando a la señorita Morgan.

El general enarcó las cejas. Conocía esa mirada: de niño significaba que estaba a punto de recibir tareas adicionales, y no muy agradables. El señor Gilbert entendió ese gesto como una señal para retirarse, y lo hizo en silencio.

—Nunca te he visto fracasar en ningún propósito. Debo admitir que me cuesta creer que no hayas tenido éxito con ella.

—Ya. Bueno. Resulta que cambié completamente de opinión respecto a este asunto.

—Otra cosa que rara vez te he visto hacer.

Había estado muy abatido durante el último mes y medio, pero lo único que no lamentaba era haber dejado marchar a la señorita Morgan.

—Créeme, padre, ha sido lo mejor.

—Confío en ti. —Entrecerró los ojos al fijarse en la apariencia de su hijo. Este se detuvo antes de estirarse las mangas para asegurarse de que se había vestido como Dios manda. No, no lo había hecho. No se había molestado en ponerse un corbatín por la mañana. Cuando su ayuda de cámara se lo propuso, él lo rechazó. Mientras tramaba su último plan, se había desabrochado el botón superior y se había tirado del pelo lo suficiente como para saber que su actual aspecto debía de ser todo un espectáculo. El general continuó—: Pero no me da la impresión de que te encuentres bien.

—No, no lo estoy. —Respiró hondo y echó un vistazo a la carta dirigida a Harrington—. Pero me anima lo que has dicho. Casi siempre consigo lo que me propongo. —Patience no era una propiedad en Kent. Era tan necesaria para él como el aire para sus pulmones, e igual de imposible de retener. Ya no sabía qué más hacer para acercarse a ella, pero era el hijo de su padre: no podía echarse atrás, ni siquiera cuando todo estaba en su contra.

—Si no es una mujer, ¿qué te ha metido en semejante atolladero? ¿Otra propiedad? Si no has asegurado un matrimonio con la señorita Morgan, no estoy seguro de que sea prudente invertir más.

¿Invertir más? Apenas estaba al día de las inversiones que ya tenían. ¿Cómo iba a explicarle su situación a su padre? Le vino a la cabeza la imagen de Patience frente al fuego, con una llama intensa iluminándole el rostro. Ya entonces se había sentido fascinado por ella. Aunque en ese momento no supo verlo.

—Es una mujer, ¿verdad? Ningún terreno ha hecho que un hombre tenga ese aspecto. —Sacudió la cabeza—. Señor Gilbert —rugió—, lleve té y un refrigerio al salón.

No hubo respuesta, pero tampoco hubo duda de que sus órdenes fueran a ser obedecidas. Se acercó a Anthony y le abrochó el botón superior, luego le puso las manos en los hombros y le dijo:

—Quiero que me hables de esa mujer. Aún no me has dicho cómo se llama, pero ya parece más prometedora que esa señorita Morgan. Incluso después de dos años de cortejo, nunca te vi así, con la ropa arrugada o el pelo despeinado. Algunas cosas deben conquistarse con estrategia y frialdad; sin embargo, a las mujeres hay que conquistarlas con pasión.

Si la miseria en la que estaba sumido desde que ella se había marchado pudiera considerarse pasión, ya debería haberla conquistado. Pero lo que había pasado era que se había quedado sin forma de contactar con ella. No podía enviarle una carta. Sus círculos sociales no eran los mismos. Su padre casi nunca se equivocaba, pero en este caso, no estaba seguro de que su estrategia para conquistar a una mujer fuera acertada.

El general condujo a su hijo al salón. Se sentaron cerca de la mesa de té y esperaron a que la señora Bates trajera el tentempié. ¿Cómo se lo explicaría a su padre? Patience era una noble. Y no una cualquiera. Era la hija de un duque. Una dama por derecho propio. Si de alguna manera, milagrosa, pudieran casarse, ella sería *lady* Patience y él sería el señor Woodsworth. La incompatibilidad de sus estatus nunca desaparecería.

Después de que les sirvieran el té, su padre le hizo la pregunta que había estado esperando:

—¿Quién es ella?

No había forma de evitarlo. Era mejor ser directo.

—*Lady* Patience Kendrick.

El general no se movió. Desconcertado, mantuvo la taza de té en el aire.

Finalmente, dejó la taza sobre la mesa.

—La hermana de Harrington.

—Sí.

—Pensé que la familia estaba de luto.

—Lo estaban, hasta hace unos tres meses.

—Y en menos de tres meses, ¿te has enamorado tanto que has olvidado ponerte la corbata? ¿Cuándo has tenido tiempo?

Había llegado el momento en el que su padre perdería todo el respeto por él.

—Vivía aquí.

—¿Qué? —Se levantó de un brinco de la silla. En dos zancadas estaba delante de su hijo. Lo agarró por las solapas y lo puso en pie. Estaba envejeciendo, pero todavía tenía en los brazos la fuerza de su juventud. Cerró los puños, agarrándolo por las solapas—. ¿Has traído a una dama a esta casa? Y no a una dama cualquiera: a la hermana del duque de Harrington.

—Yo no la traje. Vino ella. Creo que te buscaba a ti.

—Y como yo no estaba aquí, permitiste que se quedara tres meses.

—Solo fue un mes. Hace dos que se marchó.

—Y eso lo hace aceptable, ¿verdad? Como solo fue un mes... Por el amor de Dios, Anthony, ¿qué has hecho?

Colocó las manos sobre las de su padre. Podía sentir la ira recorriendo cada uno de sus tensos dedos.

—No fue así. Vino a trabajar como criada. Yo no lo sabía. La señora Bates no lo sabía. Nadie sabía quién era. Dormía en las habitaciones de los sirvientes y hacía las tareas domésticas... bastante mal, por cierto. —No pudo contener una sonrisa. Aunque se había marchado hacía semanas, nadie le hacía sonreír como ella.

El general soltó a su hijo y lo empujó hacia el asiento. Se acercó a la chimenea, negando con la cabeza.

—No tiene sentido. ¿Por qué iba a hacer eso?

Esa era la pregunta que Anthony se había hecho una y otra vez. ¿Qué demonios la había poseído para ir a su casa antes que a ninguna otra?

—Creo que quería trabajar bajo las órdenes del general Woodsworth. Eso es todo lo que he podido deducir. No se lo dijo a su hermano, y cuando este se enteró… se la llevó.

—Pero no antes de que creciera tu afecto por ella.

—Correcto.

—Y… ¿cuánto de ese afecto tiene que ver con el hecho de que sea *lady* Patience Kendrick?

—Nada. Ojalá no lo fuera.

Su padre elevó una sus gruesas y tupidas cejas. Después de haber perseguido durante dos años a la señorita Morgan por su posición, estaba claro que no le creía.

—Le propuse matrimonio creyendo que era una criada.

El general se dejó caer otra vez en el sillón.

—¿Le propusiste matrimonio a la hermana de Harrington mientras ella hacía de criada y vivía en tu casa?

Todavía no sabía lo peor: que había paseado a *lady* Patience con peluca y vestidos prestados, que había hecho que trabajara como institutriz, que Stewart estaba medio enamorado de ella tras un breve encuentro, que lord Bryant la había declarado muerta… Había información que era mejor que fuera conociendo poco a poco; basándose en la reacción de su padre, y conociéndole, no era el momento de contar mucho más. Lo había decepcionado lo suficiente por una noche.

—Si nos ceñimos a la verdad… esta es tu casa.

—No es eso lo que más me preocupa. ¿Qué dijo?

—Me rechazó.

—Bueno, me alegra descubrir que, después de fingir ser una criada y engañar a su hermano, al menos tiene cerebro.

—No permitiré que hables de ella en esos términos.

Su padre se puso en pie.

—Hablaré de vosotros dos como quiera. Voy a cambiarme. Te sugiero que hagas lo mismo, o que al menos te pongas una maldita corbata. Que preparen más té. Parece que tenemos mucho de qué hablar.

Abrió la puerta y se detuvo. Volvió a mirar a su hijo.

—Cuando le propusiste matrimonio, ¿crees que estuvo tentada de decir que sí?

—¿Qué?

—¿Crees que se interesaba por ti?

Tragó saliva y cerró los ojos. Todavía podía sentir las manos de ella temblando entre las suyas. Había pensado entonces que ella quería casarse con él. Estaba casi seguro. No se trataba de un enamoramiento solo por su parte. Juntos formaban un todo. Era la razón por la que no podía renunciar a ella. No quería pasar el resto de su vida roto, y no quería verla casada con ninguno de los hombres de la lista. Ninguno de ellos la vería por lo que era, no como él.

—Sí, estoy bastante seguro de que sí.

—¿Comprometiste su persona de alguna manera?

¿Cómo podía pensar eso de él? Él nunca... Le vino a la mente una peluca rubia y un lunar. ¿Por qué, en nombre del cielo, había aceptado su plan?

—Anthony, contesta ahora mismo.

—Es una pregunta difícil de responder.

—¿La abordaste de alguna manera?

—No, claro que no. —Ella lo había abordado a él una vez. Pero lo añadió a la lista de cosas que era mejor no decir en ese momento.

—Bien. Te has metido en un buen lío. —Su padre sacudió la cabeza—. No estoy seguro de cuál debe ser nuestro siguiente paso. —Salió y cerró la puerta tras de sí.

Anthony regresó a casa tras otro infructuoso paseo por Hyde Park. Le preocupaba que su padre se estuviera cansando de los paseos, pero si se encontraba con el duque, necesitaba que él estuviera allí para presentarlos de la manera adecuada. Y, aparte de toparse con Harrington o su familia por accidente, no tenía otra forma de contactar con ellos. Le había preguntado a su padre en múltiples ocasiones si iba a organizar una presentación con el duque, pero este solo le había respondido: «Todavía no».

En las dos últimas semanas, Anthony había asistido a más partidas de cartas, óperas y bailes que nunca en su vida. Si antes le preocupaba su bajo rango, en los últimos días se había hecho aún más evidente que su círculo y el del duque eran muy diferentes.

—Sé lo que estás haciendo. —El general entregó su sombrero y guantes al mayordomo—. Y no estoy seguro de que lo estés haciendo de la mejor manera. ¿De verdad creías que honraría con su presencia el baile de los Belfast?

—Sabía que era poco probable, pero ¿qué iba a hacer? ¿Quedarme sentado en casa?

Se volvió hacia el señor Gilbert.

—¿Ha habido correo hoy?

—Sí, señor.

El mayordomo se acercó a la mesa auxiliar y le entregó al general unos cuantos sobres. Sin mirar con demasiada atención la mayoría de ellos, le entregó a su hijo un sobre de color marrón oscuro.

—Deja de perder el tiempo con los Belfast. Estoy seguro de que *lady* Patience estará en esta reunión, puesto que la organiza su hermano.

Tomó la invitación. El papel era fino, y reconocería el sello en cualquier lugar. No porque hubiera recibido correspondencia del duque de Harrington, sino porque se había preocupado de buscarlo.

—Gracias, señor Gilbert —dijo su padre. El aludido se inclinó y los dejó en el vestíbulo.

Anthony abrió con rapidez el sobre y extrajo la tarjeta. Ojeó el texto de la invitación, haciendo caso omiso de la nota personal, doblada y sellada, también con el sello de Harrington. Su padre ya se alejaba hacia el estudio.

—Dice que es un baile en honor del general Woodsworth.

El general no se dio la vuelta; tan solo agitó la mano izquierda.

—¿Desde cuándo lo sabes?

Le contestó por encima del hombro.

—Desde el tiempo suficiente como para que, si te lo hubiera contado, nos hubiéramos saltado nuestros dos últimos paseos en Hyde Park, pero lo cierto es que los disfruto. Aunque pases la mayor parte del tiempo escudriñando los carruajes en busca de cierta joven.

—¿Por qué ofrece un baile en tu honor el duque?

—Sirvió a mis órdenes durante dos años. No es que no lo conozca.

—¿Y os habéis reunido estos últimos días?

Su padre se volvió para encararlo.

—Sí. —Su expresión era anodina, como si la noticia no debiera afectar a su hijo.

¿De qué habían hablado? No era probable que su nombre no hubiera surgido.

—¿Preguntó por mí?

—Preguntó mucho por ti.

El silencio invadió el vestíbulo por un momento. Necesitaba saber qué sería lo siguiente. Se acercó a su padre.

—¿Qué le has dicho, padre?

Su padre se adelantó y le puso una mano en el hombro. La notó pesada y cálida; su peso no le resultaba familiar.

—Le dije la verdad. Que no hay mejor hombre en Inglaterra que mi hijo, aunque no sea capaz de reconocer a una dama cuando la tiene delante de sus narices.

Con un apretón, le soltó el hombro, y luego se dio la vuelta y se fue.

Anthony retrocedió un paso y luchó contra el impulso de desplomarse. La casa estaba lo bastante silenciosa como para oír el tictac del reloj en su estudio, aunque la puerta estaba cerrada. Le calmaba su ritmo constante.

No se había alistado en el ejército, ni había conseguido casarse con una mujer de rango que pudiera elevar el apellido Woodsworth. La verdad era que hacía tiempo que ya no le importaban ese tipo de cosas. Pero a su padre sí, ¿o no?

Ya no estaba seguro.

Todavía tenía la invitación y la correspondencia sellada que la acompañaba. Se las llevó a su estudio, dejó la invitación sobre su escritorio y giró la nota entre sus manos.

¿Y si, después de aquella nota, se le prohibía seguir escribiendo al duque? Aquellos planes eran el único momento placentero de su día. Cada una de aquellas cartas le daba una chispa de esperanza. Si tuviera que vivir sin eso, ¿cómo sobreviviría?

Se sentó ante su escritorio, recordando, como cada vez que se sentaba ahí, que Patience había leído su proposición sentada en ese mismo lugar.

Respiró hondo y rompió el sello.

Era breve.

Muy breve.

Señor Woodsworth:
He leído la multitud de propuestas detalladas que me ha enviado. Si está interesado en cortejar a mi hermana, el cauce adecuado sería esperar a que les presenten (creo que la invitación adjunta debería ser una buena oportunidad para ello) y entonces pedir permiso para venir a visitarla.
No es necesario que envíe más correspondencia.

H.

El reloj que había sobre la chimenea marcó el paso de los segundos mientras escudriñaba la nota por segunda vez.

Tal vez no debería haber enviado tantas cartas al duque.

Negó con la cabeza. No importaba lo que el duque pensara de él. Bueno, tal vez sí, pero lo importante de la carta era que por fin vería de nuevo a Patience. Había seguido los periódicos y no había visto su nombre relacionado con ningún caballero, pero en el tiempo que había pasado podía haber creado un vínculo con otra persona. Él le había gustado, pero tampoco conocía a nadie más. Ahora que el mundo estaba a sus pies, ¿querría siquiera recordar al hombre que la había hecho disfrazarse, arruinado sus manos y obligado a cuidar de los hijos de Sofía?

Por fin podría averiguarlo.

Capítulo 21

PATIENCE SOSTUVO LA TARJETA en la mano. ¿La había leído bien? Había dieciséis cartas similares apiladas en la mesa del vestíbulo, esperando a que las abrieran. Supuso que dirían lo mismo. Las agarró todas y corrió al estudio de Nicholas.

Abrió la puerta de golpe, casi sin aliento.

—¿Qué es esto?

Levantó la vista del papel que tenía delante y respondió:

—Desde aquí parece que son cartas.

—*Lady* Shirley ha aceptado nuestra invitación al baile en honor del general Woodsworth dentro de dos semanas.

—Oh. Son gratas noticias. Disfruto bastante de la compañía de *lady* Shirley, aunque solo hable de su gato.

—Sabes muy bien que no me refiero a eso. ¿Desde cuándo organizamos un baile en honor del general?

—La verdad es que he querido organizar un baile en su honor desde que me convertí en el duque de Harrington, pero... estábamos de luto.

—El señor Anthony Woodsworth asistirá al baile.

—Eso espero.

—No te burles de mí. He pasado tres meses en sociedad y… te lo agradezco. Me han demostrado que no hay nadie en el mundo como él, pero ahora debo saber: ¿vas a permitir que me corteje?

—El muy tonto no me lo ha preguntado directamente.

—Pero, suponiendo que tenga algún interés en mí todavía, después de todos mis engaños, ¿lo permitirás?

Su hermano puso un gesto extraño. Frunció los labios y se tapó la boca con la mano.

—¿Si tiene algún interés? —murmuró entre los dedos, justo antes de estallar en carcajadas. Se inclinó sobre el escritorio y se agarró el costado. Se estaba riendo. Estaba muy guapo, pero aquello la confundía.

—¿Qué es tan gracioso?

—¿Crees que ya no tiene interés en ti?

Patience se lo temía. El señor Woodsworth había parecido herido de verdad por cómo la había engañado, pero pensaba que podría convencerlo de alguna manera. Besarlo, si era necesario: eso ya lo había conmovido. Pero la reacción de su hermano hizo que se sintiera perdida de nuevo.

Nicholas se levantó y se dirigió a un armario. Abrió uno de los cajones inferiores y empezó a sacar montones y montones de papeles.

—¿Qué es eso?

—Tu señor Woodsworth me ha estado enviando planes.

Patience se precipitó a su lado. Siguió sacando más y más papeles. En efecto, era su pulcra letra. Algunos de los papeles estaban divididos en filas y columnas, con fechas, y otros estaban escritos como una carta.

—¿Cuánto tiempo lleva enviando esto?

—El primero llegó un mes después de que estuvieras en casa. Parece que te perdonó bastante rápido. Este señor Woodsworth tuyo tiene un cerebro muy activo. Deberías ver algunas de las ideas que se le ocurrieron... dar a todos sus sirvientes grandes cantidades de dinero para que dejaran su empleo; trasladaros los dos a Kent durante diez años; afirmar que tú y la señorita Mary Smith sois primas y explicar así el parecido...

Deslizó los dedos por el montón de papeles.

—¿Puedo llevármelos?

—¿Para qué los quieres? Verás a tu señor Woodsworth dentro de unas pocas semanas, en el baile del general.

—Puede parecerte poco tiempo, Nicholas, pero para mí será difícil de soportar.

—Tómalos. Me estaba quedando sin espacio para guardarlos, de todas formas.

Recogió todos los que pudo. Tendría que volver a por el resto más tarde. Al salir, se detuvo un momento:

—¿Alguna vez le has contestado?

—Solo una vez.

—¿Qué le has dicho?

—Le dije que una vez hubiera conseguido que os presentaran, sería libre de venir a visitarte.

Casi dejó caer la preciosa carga. Corriendo hacia su hermano, le plantó un beso en la sien.

—Gracias, Nicholas.

—No me lo agradezcas. En White's se rumoreaba que tengo una amante, porque uno de los criados ha debido de hablar sobre la cantidad de cartas que me llegan. Tenía que ponerle fin de alguna manera.

—Si alguna vez descubro a ese criado, se lo agradeceré.

—Tú, mejor que nadie, deberías saber que, con ese tipo de indiscreción, el único agradecimiento que recibiría sería perder su puesto.

Ella sonrió. Tenía razón, por supuesto, pero no podía enfadarse con nadie en aquel momento. Patience había pasado los últimos tres meses preguntándose si habría alguna posibilidad de que el señor Woodsworth pudiera perdonarla. Ahora tenía en sus manos la prueba de que lo haría.

Capítulo 22

SU MADRE LE PELLIZCÓ las mejillas una vez más, por si acaso. Ella le devolvió el favor y su madre rio. Desde aquella mañana que habían pasado juntas, era como si su madre hubiera vuelto a la vida. Patience sabía que se había sentido muy culpable por haber abandonado a sus hijos; encontrar una forma de ayudar a su hija la aliviaba, en parte.

—Me alegro mucho por ti. Parece un buen hombre.

—Ni siquiera lo has conocido.

—Aprendí más sobre él con esas cartas que me mostraste de lo que podría haber aprendido en meses de visitas matutinas y partidas de cartas.

No podía discutir ese razonamiento. Había leído las cartas todos los días. Era casi como estar con él. Deseaba tanto poder escribirle de vuelta, pero eso tendría que esperar. No estaban comprometidos.

Las dos mujeres bajaron las escaleras y Nicholas las besó a ambas. En los últimos días se había acercado a su madre, y ella, por fin, se había dejado llevar lo suficiente como para llorar a solas en el jardín un par de veces.

—Ojalá papá pudiera estar aquí esta noche —dijo Patience.

El duque las rodeó a ambas por los hombros.

—Estará.

Su madre agarró la mano de su hijo y la estrechó entre las suyas. Los tres sabían que tenía razón.

Un criado anunció que había llegado el primer carruaje y se colocaron en la fila de recepción mientras entraban los primeros invitados.

Eran los Woodsworth, por supuesto. La única familia en Londres que llegaba puntual a las fiestas.

Patience se había preparado para ver al señor Woodsworth en una sala llena de gente, no a solas con las dos familias. Aquello le parecía demasiado íntimo y, al mismo tiempo, formal.

El general fue el primero en pasar. Saltándose las formalidades, puesto que no había nadie más, él y el duque se dieron la mano y abrazaron brevemente. Entonces comenzaron las presentaciones. Primero Nicholas, luego su madre y, por último...

—*Lady* Patience Kendrick, me gustaría presentarle al general Woodsworth y a su hijo, el señor Woodsworth —dijo Nicholas—. Y a su hija, la señora Jorgensen.

Hizo una reverencia a su padre y luego a él, de forma elegante, como la de aquella incómoda ocasión en el estudio de la casa del general, cuando le presentaron a la señora Jorgensen. Solo que esta vez no se detuvo a mitad de camino. Cuando levantó la vista, él estaba sonriendo.

Como un pato.

—¡¿*Lady* Patience?! —Sofía miraba de un lado a otro, a su hermano y a Patience—. Anthony, ¿qué has hecho?

Anthony no apartó los ojos de ella. Supuso que tendría que explicárselo todo a su hermana más tarde. Primero el general se inclinó hacia ella, luego Anthony le tendió la mano. Si hubiera habido un escritorio entre ellos, ella habría saltado por encima. Era tan guapo como lo recordaba.

—*Lady* Patience —dijo, y luego tomó su mano entre las suyas. Su dedo recorrió el sencillo dibujo de los guantes. No eran los mejores que tenía. Eran los que había encontrado bajo su puerta una noche, cuando solo llevaba una semana en casa de los Woodsworth. Siempre se había preguntado si habría sido él o su hermana quien los había dejado. En aquel momento entendió que había sido él—. Es maravilloso conocerla por fin.

Lo atrajo hacia ella y sonrió sin tapujos.

—Lo mismo digo.

Se anunció otro carruaje. Anthony le besó la mano con lentitud y luego dejó que la retirara, pero su mirada decía que no sería por mucho tiempo. Su tiempo separados estaba llegando a un rápido final.

—¿Me guardará el primer baile?

—Todos los que quiera.

—El primero, entonces. Me temo que mi paciencia para estar lejos de usted se agotó hace tiempo.

Se apartó de ella, pero volvió a mirarla varias veces antes de que la señora Jorgensen se adelantase y le hiciera una rápida reverencia.

—*Lady* Patience, ¿verdad?

Asintió.

—¿Desde cuándo lo sabe él?

—Tres meses.

—¿Desde que se marchó?

—Sí.

Abrió los ojos todavía más y se tapó la boca con la mano.

—Santo Dios, lo que le hizo hacer. —Nunca había visto a la señora Jorgensen sorprendida, e incluso perpleja. La noche estaba siendo más divertida de lo que había imaginado. Su invitada se sonrojó—. Y seguro que habla francés.

—*Oui.* —Ahogó una risa.

—Espero que no dijéramos nada despectivo en su presencia.

—Al contrario, todo lo que escuché fueron cumplidos.

Después de que la familia Woodsworth se retirase, hubo un flujo constante de invitados. En mitad de la bienvenida, Patience vio que lord Bryant le hacía una reverencia a su madre. Esta no le hizo caso y en lugar de eso lo atrajo hacia sus brazos. Nicholas gimió, y el distinguido comportamiento del barón decayó por un momento, hasta que le devolvió el abrazo. Su madre se apartó y lo sujetó por ambos hombros.

—Ha pasado demasiado tiempo, lord Bryant. Hace años que no lo vemos.

—Sí, es cierto, he estado bastante ocupado. —Todavía parecía aturdido por el recibimiento. Así era ella, siempre sorprendiendo a la gente—. Sentí mucho el fallecimiento de su excelencia.

—Yo también sentí el de *lady* Bryant. Era una joven tan dulce y tranquila...

La sonrisa del barón flaqueó. Volvía a ser el hombre que ella había visto en Green Park: distante y encantador.

—Por favor —continuó ella—, venga a visitarnos alguna vez. Han pasado demasiados años.

Como si quisiera compensar la exageración de su madre, el duque apenas logró asentir y decir:

—Bryant.

¿Dónde dejaba eso a Patience? No podía abrazarlo como había hecho su madre. Tampoco se sentía cómoda con tan solo una pequeña reverencia después de todo lo que él sabía de ella.

—Lord Bryant, es un placer. —Le tendió la mano.

—*Lady* Patience. —Tomó su mano y le besó los nudillos, sosteniéndole la mirada. Debería haber sabido que, aunque lord Bryant no supiera cómo responder ante su madre o incluso ante su hermano, no tendría problemas para relacionarse con una joven.

Una sonrisa traviesa se dibujó en la cara del barón y, por alguna razón, hizo que se ruborizara. No se habría tomado la molestia de ayudarla solo para anunciar a toda la sala que había sido una sirvienta en la casa del general, ¿verdad?

—Verla ha «servido» para alegrarme la tarde; no la veía desde que las doncellas la perseguían cuando era solo una niña.

Astuto diablo. Estaba todavía más sonrojada. Tenía que cambiar de asunto antes de que él hiciera más referencias peligrosas al servicio.

—¿Estará la señorita Paynter aquí esta noche?

El barón soltó una pequeña carcajada. Sabía con exactitud lo que hacía.

—¿No se ha enterado? Se ha casado.

No lo sabía. Fue una noticia inesperada. Rastreó el rostro del hombre que estaba frente a ella para encontrar algún signo de pesar. No lo encontró.

—Lo siento.

—¿Disculpe? —Frunció el ceño—. Se ha casado con un conde. Un hombre decente. No hay nada que lamentar. —Seguía sin dar muestras de preocupación en su rostro, pero su postura, más rígida y formal de lo habitual, hizo que ella se preguntara si el matrimonio de la joven señorita lo había herido más de lo que quería reconocer.

Entonces, para su sorpresa, anunciaron a los Morgan.

—Esa es mi señal para marcharme —dijo, a la vez que hacía una reverencia sin apartar la mirada de los recién llegados al baile—. Me gustan la mayoría de las mujeres, pero no esta.

—¿Has invitado a todo el mundo a este baile? —preguntó Patience a su hermano, preocupada, cuando lord Bryant se hubo marchado.

—La familia Morgan lleva años vinculada a los Woodsworth. Me pareció prudente invitarlos —respondió él entre saludo y saludo.

—Esperemos que no me reconozca.

Nicholas se encogió de hombros.

—Si lo hace, tendré que obligar a Woodsworth a casarse contigo. ¿Tan horrible sería?

Patience enderezó los hombros y miró hacia la fila donde la señorita Morgan hacía una reverencia a un invitado.

—Tal vez debería confesarlo todo. Me sorprende que eso no estuviera en uno de los planes del señor Woodsworth.

—Dejemos la confesión como último recurso, ¿de acuerdo? Lo creas o no, esta noche no eres la protagonista.

Eso era cierto. Era el baile en honor del general. Al menos su imprudente farsa había supuesto algo bueno también para su hermano. No lo había visto tan feliz desde antes de que su padre falleciera.

La señorita Morgan la miró con extrañeza, aunque no dijo nada cuando las presentaron. Patience se cuidó de no hacer nada más que una inclinación de cabeza. Aun así, la hubiera reconocido si no fuera porque Patience desvió la mirada hacia su hermano.

—No te acerques a ella —le dijo en voz baja a Nicholas cuando se hubo alejado.

—Es muy bonita.

—Nicholas.

—Estoy bromeando. Créeme, mi única preocupación romántica en este momento es casar a mi hermana.

Los invitados terminaron de llegar y el duque se volvió hacia Patience.

—Tengo que hacer un anuncio justo después de que empiece el baile. Puedes quedarte aquí con madre si quieres.

—Espera. —Le tiró de la manga—. No es... quiero decir... aún no me lo ha pedido.

Se limitó a reírse.

—Ya te he dicho que este baile no tiene nada que ver contigo. —Desapareció entre todas las personas que abarrotaban el salón.

—La mujer a la que paseamos por las fiestas y por Green Park era *lady* Patience Kendrick —siseó Sofía al oído de su hermano.

—Soy consciente de ello. —Anthony estaba en el lado opuesto a Patience en el salón, pero no le había quitado los ojos de encima desde que los presentaron. Parecía feliz de verlo, pero había sonreído a todos los que la saludaban.

—Me sorprende que quiera tener que ver algo con nosotros.

—Yo creo que parecía feliz de vernos.

—Sí, lo estaba. Y pensar que en un momento dado pensé que...

—¿Qué pensaste?

—Bueno... que habías forjado un vínculo con ella. Pero, por supuesto, ahora eso es imposible.

Se puso derecho. Desde que recibió la carta del duque, había dejado que surgiera la esperanza. No solo que surgiera, sino que prosperara. Era extraño oír a su hermana hablar así de la situación. Era como visitar una versión más antigua de sí mismo. Una versión más oscura, sin la luz brillante del futuro que se presentaba ante él.

—¿Un vínculo con una doncella sería aceptable para ti, pero no con *lady* Patience?

Sofía nunca había mostrado un gesto tan duro.

—No es una cuestión de aceptación. Había asumido que la doncella estaría feliz de casarse contigo, pero ¿la hermana del duque de Harrington? Tiene otras muchas opciones.

—¿No crees que pueda merecerla?

—No es cuestión de que seas merecedor de ella o no. Es la hermana de un duque.

—Sí, ya lo has mencionado.

—Y no parece que le falten admiradores.

Sofía lo había distraído y había perdido de vista a Patience entre la multitud. Pero el gesto de su hermana le indicó un grupo de seis o siete jóvenes, y no tan jóvenes, señores que la rondaban. Ella sonreía a todos, como le había sonreído a él.

Algunas de sus viejas dudas salieron del oscuro escondite en el que las había enterrado, pero las desestimó. Aquella noche era su única oportunidad de hablar con Patience. ¿Quién sabía cuánto tiempo pasaría hasta que sus caminos se cruzaran de nuevo?

—La quiero, Sofía. Ni siquiera sabía que era capaz de amar a alguien como la amo a ella. Es doloroso y maravilloso a la vez. Tengo que intentarlo.

—Por supuesto que sí. —Su hermana suavizó el gesto.

—¿Estoy obligado a pelear con esa manada de lobos para recibir algo de atención?

—Solo si quieres hablar con ella.

Se abrieron paso entre la gente que se había reunido allí y llegaron hasta el círculo de jóvenes que rodeaba a Patience. Los ojos de la joven se iluminaron cuando los vio acercarse. Pero quizás había ocurrido lo mismo con esos jóvenes. Él no conocía a aquella Patience.

—Señor Woodsworth, señora Jorgensen, es un placer verlos de nuevo.

Anthony le dedicó una sonrisa y una breve reverencia. ¿No era eso lo que había dicho antes? ¿Era una frase practicada para el momento?

—¿Conoce al viejo Woodsworth? —le peguntó uno de los jóvenes. Lord Nortfield. Un barón, no demasiado rico. Anthony no se había tomado la molestia de incluirlo en la lista que Patience le pidió: era un vividor notorio.

—Lo conozco bastante bien, en realidad —dijo ella, sin borrar su sonrisa.

—¿De verdad? Me sorprende que alguien pueda conocerlo bien. No me recuerda más que a una pared de ladrillos. —Lord Nortfield soltó una carcajada, al igual que otros caballeros a su alrededor—. ¿Cómo se puede llegar a conocer a una pared de ladrillos, dígame?

Anthony hizo lo posible por no hacer caso del elegante joven. No estaba ahí para impresionarlo. Necesitaba saber si ella se interesaba por él.

—Si mal no recuerdo, *lady* Patience Kendrick pensaba que yo era más un pato que una pared de ladrillos.

—No estoy seguro de que eso sea mejor. —Lord Nortfield se rio.

—Oh, no, está usted muy equivocado. —Patience parpadeó y dio un paso hacia Anthony, dejando a la mitad de los jóvenes a sus espaldas—. Que lo comparen con un pato es mucho mejor que ser comparado con una pared. Por no mencionar que no solo me recuerda a un pato. —Ensanchó aún más la sonrisa, como cuando estaba a punto de hacer una travesura—. También me recuerda a mi *Ollie*.

—¿Quién es *Ollie*?

Patience y Anthony se volvieron hacia él y dijeron a la vez:

—Su perro.

—Mi perro.

Lord Nortfield resopló, pero el hijo del general apenas lo escuchaba ya. Volvió la mirada hacia los brillantes ojos de Patience. ¿Qué mujer le decía a un hombre que le recordaba a un pato y a un perro en un salón de baile? Solo ella. Era la misma en un salón de baile que cubierta de hollín. La atracción que había sentido por ella desde que había visto sus botas en la biblioteca volvió a invadirlo. No estaba encaprichado. Podía ver el fulgor en los ojos de la joven. Sentía lo mismo. Solo tenía que averiguar cuál de sus planes sería el más rápido para poder estar juntos. Vivir la vida sin ella no era una opción. Sería demasiado aburrido.

—Si me disculpan, caballeros. —Dirigió una mirada al joven bromista que dejaba muy clara su opinión acerca de su título—. *Lady* Patience me ha concedido el honor del primer baile.

Le ofreció el brazo y ella lo aceptó con naturalidad. Lord Nortfield apoyó las manos en las caderas con expresión de disgusto en un rostro por lo demás apuesto.

La condujo hacia la pista. Fueron la primera pareja en llegar y se situaron en el centro. Ya no había razón para esconderse. Era el hijo del general Woodsworth, y aunque ninguno de los presentes supiera cómo se llamaba, sí sabían quién era su padre. Tenía todo el derecho a bailar con la mujer que se había colado entre sus arbustos y en su corazón.

Mientras ella se interesara también por él, nada más importaría. Sus posiciones sociales podían ser diferentes, pero él ya no creía que vivieran en mundos distintos. ¿Cómo podría ser, si ella era su mundo?

La música comenzó. Un vals lento. Perfecto. Era su oportunidad de demostrar que podía bailar tan bien como su amigo Stewart. Incluso mejor, teniendo en cuenta quién era su pareja.

Puso la mano en su espalda; ella puso la suya en el hombro de él. Cuando unieron las manos libres fue como si todas las piezas de su vida hubieran encajado de repente. Aquella delicada mano que sostenía ahora había sido arañada, manchada y refregada en su casa. Ahora estaba enguantada y en calma. Pero debajo de toda esa compostura había una mujer llena de vida. Aquel era su lugar.

Con Patience.

Justo cuando estaba a punto de guiarla en el primer paso, sintió un suave movimiento en el cuello, justo sobre la camisa. Entrecerró los ojos, mirándola, pero ella se limitó a encogerse de hombros y luego, con una sonrisa más decidida, volvió el movimiento de aleteo en su cuello. ¿Qué estaba haciendo?

Torció el cuello hacia un lado, intentando desalentar el gesto de la joven, pero ella hundió más los dedos en su camisa.

—Patience —siseó—, ¿qué estás haciendo?

—Solo me interesaba... —Su rostro era la imagen de la inocencia.

—Interesarte, con exactitud, ¿en qué? —Los dedos seguían allí. Lo tenían cautivo.

—En si tienes cosquillas. Harry y Augusta me pedían que te hiciera cosquillas casi todos los días, pero yo no me atreví. —Frunció los labios un segundo—. Ahora me atrevo.

—¿En un salón de baile lleno de gente? —Negó con la cabeza, lo que hizo que las yemas de los dedos de ella se deslizaran sobre su piel. Era una gran distracción—. Tu sentido del peligro está atrofiado por completo.

Las parejas bailaban a su alrededor y, distraído o no, la condujo por los primeros pasos del vals. Los dedos de ella se abrieron paso por su cuello hasta llegar al hueco de su clavícula. Dio un pequeño respingo.

—Así que sí tienes cosquillas.

Se concentró en el siguiente paso.

—No, no tengo.

Otra mirada decidida. Se apartó un poco.

—Patience, ¿podríamos dejar las cosquillas para más tarde? Esperaba poder mostrarte mi habilidad en el vals.

—¿Me permitirás que te haga cosquillas más tarde?

—Todas las que quieras.

—¿Delante de Harry y Augusta?

—Delante de la señora Bates, si quieres, pero no delante de todo Londres en este salón.

—Estoy segura de que aquí no está todo Londres.

—Podría ser.

—¿Te preocupa que alguien nos obligue a casarnos si me pillan?

Anthony tropezó.

—No. No me preocupa en absoluto. Me ahorraría muchos problemas.

Patience se echó a reír, y sus carcajadas resonaron en toda la sala. Retiró los dedos del cuello de su acompañante para volver a ponerle la mano, con firmeza, en el hombro.

—Por favor, demuéstrame tu habilidad en el vals.

—Ya no será lo mismo. Iba a ser bastante impresionante.

—Seguro que sí. —Inclinó la cabeza, quedando a un suspiro de distancia de él—. Pero no necesitas impresionarme, Anthony. —Lo llamó por su nombre con voz susurrante—. Te he visto encender fuego, hacer hermosas listas y proponerle matrimonio a una mujer que creías que era una criada. Nada de lo que puedas hacer ahora podría mejorar mi opinión sobre ti. Por favor, no intentes impresionarme. Solo... estemos juntos. Te he echado de menos.

El salón se quedó en calma. La acercó hacia él. En su vida llena de orden y listas, necesitaba la imprevisibilidad de Patience. Estrechó su mano y ejecutó un excelente giro. No porque pensara que se sentiría orgullosa o por mostrarle su habilidad, sino porque no podía evitarlo. Ese era un momento por el que valía la pena esperar veintiséis años.

Durante el resto del baile, permanecieron en silencio. Cuando la música se ralentizó y se suavizó, se inclinó hacia ella y le susurró:

—Te he echado mucho de menos. La casa ha estado demasiado silenciosa, y mi lacre ha quedado, por desgracia, intacto.

—¿Cómo no echarme de menos? —respondió, apoyando la mejilla en la de él.

Se le escapó una breve risa. Nunca decía lo que esperaba.

La música terminó a pesar de su deseo de retenerla. Le ofreció el brazo para acompañarla hasta donde estaba su madre. Estaban cruzando el salón cuando Harrington llamó la atención de los invitados.

—Gracias a todos por venir. —Su voz llegó a todos los rincones del salón abarrotado. Los asistentes callaron. Patience se acercó a Anthony. Se inclinó hacia él, pero su mirada estaba clavada en su hermano.

—Parece un duque, ¿verdad?

Era un comentario extraño. Por supuesto que su hermano era un duque, y, francamente, a Anthony le costaba concentrarse en lo que su excelencia decía. Si pudiera tomar la mano de Patience y alejarla de las miradas indiscretas, le demostraría con exactitud cuánto la había extrañado.

—Tengo una noticia emocionante que anunciar —dijo el duque en voz alta—. Muchos de ustedes saben que serví a las órdenes del general Woodsworth durante un período de dos años. En muchos sentidos, fueron los mejores dos años de mi vida. En otros, fueron, con gran probabilidad, los peores. —Hubo un murmullo de risas, y los hombres que vestían de uniforme asintieron—. Lo que algunos de ustedes quizá no sepan es que, durante los últimos veinticinco años, primero mi padre y después yo, hemos presentado el nombre del general Woodsworth en el Parlamento con la esperanza de que se incorporara a la Cámara de los Lores y aceptara un título nobiliario. Si alguna vez se han preguntado cuánto tiempo tarda el Parlamento en tomar una decisión y comprar suficientes terrenos, ahora lo saben: veinticinco años. General Woodsworth, me enorgullece anunciar que, en la próxima asamblea, su nombre será propuesto para la Cámara. Si tiene a bien presentarse ese día, el trabajo de mi padre y el mío no habrá sido en vano.

Anthony se volvió hacia Patience. ¿Había oído bien?

Buscó la mano de él.

—¿Sabías que esto pasaría esta noche? —preguntó ella.

—¡No!

—General Woodsworth, ¿quiere venir aquí? —dijo el duque. La multitud hizo pasillo y el general caminó hasta donde estaba Harrington.

El duque le dio una palmada en la espalda e hizo que se volviera hacia la multitud que los observaba.

—Les presento a Thomas Woodsworth, pronto marqués de Woodbury, conde de Ottersby, vizconde de Harborough y barón de Ottersby. Gracias por su servicio.

Su padre iba a ser marqués. En cuestión de minutos, todo se había vuelto mucho más fácil.

Se volvió hacia Patience.

—¿Todavía tienes la lista?

—¿La que hiciste para mí? Por supuesto que la tengo.

—Me gustaría añadir un nombre más. Es solo un señor, pero en pocas semanas será hijo de un marqués. Le conozco, y sé que es muy serio, amable y no tiene deudas.

Patience ladeó la cabeza, fingiendo que se lo pensaba.

—Un marqués está bien, supongo. La semana pasada el hijo de un duque mostró cierto interés por mí, y estoy acostumbrada a vivir de forma extravagante.

Anthony se dio cuenta, por la inclinación de su cabeza, de que le estaba tomando el pelo. Se burlaba. ¿Quién iba a pensar que lo que le faltaba a su vida era que se burlaran de él?

—¿Qué duque? Y, ¿qué hijo? No creo que tuvieras a nadie así en la lista. No debe de ser aceptable.

—Parecía bastante serio.

—Nadie es tan serio como yo. La próxima vez que te vea, y más vale que sea mucho antes de tres meses, quiero que traigas esa lista: haré los ajustes correspondientes.

—Nadie de esa lista es aceptable. Los conocí a todos. Les faltaba un elemento clave que ni siquiera te molestaste en escribir.

—¿Cuál?

—Ninguno era tú.

¿Cómo había pensado que podría vivir sin ella?

—¿Así que puedo añadir a un futuro lord Ottersby a esa lista?

—Ottersby. —Negó con la cabeza—. Eso ha sido obra de Nicholas.

—¿Te disgusta el nombre?

—El nombre no me importa. Tu posición social no me importa. —Patience soltó los dedos y le pasó la mano por el antebrazo hasta llegar al codo. Se inclinó de forma conspiradora.

—Sin embargo, esto significa que podemos saltarnos los pasos seis a dieciocho de la mayoría de tus planes.

Tomó una bocanada de aire. ¿Los había leído? Anthony se tapó la cara con la mano libre.

—No los envié para ti: eran para tu hermano.

—Los mantuvo en secreto hasta que le dije que estaba decidida a casarme contigo. Supongo que pensó que me tranquilizarían, ya que no estaba segura de que pudieras amar a una persona que te había engañado.

—Puede que me hayas engañado, pero siento haber reaccionado como lo hice. Tardé un mes en darme cuenta de que tenías razón. Nunca me habías mentido sobre quién eres. No eres un nombre o un título, tan solo eres Patience. Nunca me ocultaste tu verdadero ser.

—¿Aparte de aquella vez tras la cortina?

—Bueno sí. —Sonrió—. Aparte de esa vez. —Solo habían pasado cuatro meses. Su vida había cambiado tanto desde entonces...—. Sabes que nos podríamos haber ahorrado mucho tiempo si hubieras aceptado mi proposición en ese momento.

Lo acercó a ella, con la mano todavía apoyada en el brazo.

—¿Otra broma, señor Woodsworth? A este paso se convertirá en el bufón de la corte.

Se le habían escapado unos cuantos tirabuzones de su elegante peinado. Ansiaba apartarlos y depositar un beso en su esbelto cuello.

—A este paso me convertiré en un auténtico canalla si no tengo la oportunidad de hablar contigo a solas.

—Ah, está ahí, lord Ottersby —dijo una voz femenina detrás de ellos. Él se volvió.

Era la señorita Morgan.

¿Por qué la habían invitado?

Se abrió paso hasta ellos y rodeó con su mano el brazo de Anthony. Él quiso apartarse, pero ella no lo permitió.

—Es un apellido que suena muy bien: Ottersby. Bastante regio. No es tan impresionante como el de tu padre: Woodbury suena mejor. Por supuesto, también será tu título muy pronto. La vida de un general suele ser corta, ¿no?

Anthony dejó la cortesía y le apartó la mano.

—No creo que nos conozcamos lo suficiente como para que especule sobre la salud de mi padre. Y sus títulos aún no son oficiales, de manera que para usted sigo siendo el señor Woodsworth.

—Oh, Anthony. —Rio y volvió a acercarse a él. El hijo del general se pellizcó el puente de la nariz. Sus planes se habían desviado por completo de la señorita Morgan. Anthony se acercó a Patience, pero la señorita Morgan lo siguió—. Todo el mundo en este salón sabe que estamos unidos. Esa es la razón por la que mi familia ha sido invitada esta noche. Que ahora no me hiciera caso crearía todo un escándalo. —Deslizó un dedo por su manga—. No querrá que algo así estropee la velada de su padre, ¿verdad?

—Suficiente, señorita Morgan —interrumpió Patience—. Mi hermano es el anfitrión de este baile, y podría retirar su invitación en cualquier momento.

Entrecerró los ojos. Miró el pelo de Patience y luego su cara, y el lugar donde se había puesto el lunar cuando se había hecho pasar por la señorita Smith.

—¿Señorita Smith?

—No es la señorita Smith. —Le hizo un gesto con la cabeza a Patience para que se fuera. Necesitaba tratar un asunto con la señorita Morgan, a solas, de manera que *lady* Patience no se viera implicada.

—No te voy a dejar con ella —dijo en voz baja—. Y he terminado con las medias verdades. Hice el ridículo, pero mientras te tenga a ti, mi reputación no importa. Londres superará el escándalo muy pronto.

Patience le soltó la mano y lo rodeó para poder mirar a la señorita Morgan.

—No soy la señorita Smith, pero nos conocimos cuando me presentaron con ese nombre. Algo bastante estúpido, la verdad. Verá, una estúpida mujer convenció al señor Woodsworth de que se interesara por otra mujer. Me pidió que fuera esa otra mujer y acepté.

—Anthony. —Hizo un mohín con los finos labios—. ¿Vas a permitir que me llame estúpida cuando vamos a comprometernos cualquier día de estos?

Los curiosos comenzaron a reunirse a su alrededor. Los señores Morgan acudieron a su lado. ¿Ahora querían hablar con él? ¿Después de dos años sin apenas reconocer su existencia? Tenía que detener a la señorita Morgan antes de que siguiera hablando. Una afirmación más como la que acababa de hacer y el señor Morgan podría obligarlo a casarse con ella. El que unos meses atrás era su sueño se estaba convirtiendo en su peor pesadilla.

—Señorita Morgan, no hemos buscado la compañía del otro desde hace más de tres meses. Usted misma me liberó de cualquier obligación con usted.

—¿Es eso cierto, querida? —preguntó el señor Morgan, con su habitual ceño fruncido aún más pronunciado—. Tenía entendido que todavía tenían un acuerdo.

—No sé de qué está hablando el señor Woodsworth.

Era ridículo. Ella le había escrito una maldita carta para asegurarse de que sabía que había terminado con él. ¿Qué pasaba con ella? Todo lo que recordaba del resto de la noche era a Patience besándolo. Sin duda le había dejado huella.

—Señorita Morgan, usted y yo sabemos que no hay nada entre nosotros. Y tengo pruebas.

—¿Qué pruebas?

Maldita sea, si recordara dónde había puesto la carta. Recordaba que había querido quemarla, pero no lo había hecho. No recordaba haberla tirado o archivado. No podían tener esa conversación en ese momento.

—Aunque no tenga pruebas, ha hecho su jugada demasiado pronto. Mi padre aún no ha conseguido el título. Podría no aceptarlo.

—¿Le obligaría a hacer eso? —preguntó el señor Morgan—. Ha trabajado toda su vida por ese título.

—Ha trabajado toda su vida para dar a sus hijos una oportunidad mejor que la que él tuvo. —Ya había demasiada gente cerca y tuvo que sisear sus palabras a los Morgan. Separó el brazo de la señorita Morgan—. Si dice una palabra más sobre este asunto delante de cualquiera de los presentes esta noche, le doy mi palabra de que tanto si mi padre toma su título como si no, yo nunca tomaré el mío.

La señorita Morgan arrugó la nariz y se puso roja. ¿Cómo había podido encontrarla atractiva alguna vez? Tensó la mandíbula y puso los brazos en jarras. Abrió la boca para hablar, pero su padre la detuvo.

—Por supuesto, no hablaremos de este asunto esta noche. Es la noche de su padre. Pero puede esperarnos mañana a las cuatro. Podemos arreglar el compromiso entonces.

—No habrá ningún compromiso —estalló Patience. Anthony tosió con fuerza para ocultar sus palabras a los curiosos que se acercaban cada vez más—. Ellos dos no tienen ningún acuerdo.

—Eso lo veremos mañana —dijo el señor Morgan. Se inclinó hacia adelante y colocó su boca cerca de la oreja de Anthony—. El honor de mi hija es mi honor. Si no acepta un compromiso mañana, no me dejará otra opción que retarlo.

Los Morgan se alejaron de ellos.

Toda la euforia de la hora anterior había desaparecido: aquella no era una complicación que Anthony hubiera previsto. ¿El señor Morgan lo había amenazado con un duelo? No podía llegar hasta tales términos. Necesitaba demostrarle al señor Morgan que su hija era la que se había echado atrás. Si hubiera sabido que aquel sería un peligro tan grande, le habría rogado a Harrington que esperara a anunciar cualquier noticia sobre el ascenso de su padre hasta que él y Patience estuvieran a salvo.

Patience volvió a rodear su brazo.

—No tengo miedo a un escándalo. —No parecía ni un poco perturbada por lo que acababa de suceder—. Que hayamos llegado hasta aquí sin que haya estallado alguno... es un milagro.

—La perseguí durante dos años.

—Pero nunca hubo un acuerdo.

—No, pero todo Londres estaba esperándolo. Ojalá hubiera visto antes cómo era. —Tuvo cuidado de mantener la calma. ¿Quién podía saber lo que haría Patience si se enteraba de la amenaza nada sutil del señor Morgan?—. Pero, como mínimo, tengo que reunirme con su familia mañana.

Patience entrecerró los ojos.

—No te atrevas a casarte con ella.

—No te preocupes.

—Prométetelo. Prométeme que no aceptarás casarte con ella.

—Confía en mí.

—Eso no es una promesa. Sé cómo funcionan las medias verdades, Anthony.

—Soy muy bueno para conseguir lo que quiero. —La llevó hacia las sombras y deslizó uno de sus rizos entre los dedos índice y pulgar. Era todo lo que se atrevía a hacer, pero quería hacer mucho más—. Hay un momento y un lugar para tu valentía y tu imprudencia. Me encanta. Lo necesito en mi vida como el aire que respiro. Creo que, antes de que te abrieras paso a través de mis setos y entraras en mi mundo, no vivía. Pero ahora mismo, lo que necesitamos son mis cálculos pausados. Por favor, confía en mí. —Estaba casi seguro de que el señor Morgan estaba exagerando con lo del duelo, pero prefería no tener que probar que era un farol.

—Lo haré, pero si descubro que ella o sus padres te han presionado para que te cases, le diré a todo Londres que he vivido bajo tu techo durante casi todo un mes, y te verás obligado a casarte conmigo.

Sonrió. No mentía. Nunca mentía, y la imprudencia e incorrección de su plan eran parte del motivo por el que la amaba. Pero no podía permitir que hiciera algo así. No para salvarlo de su propia estupidez. Se casaría con Patience, pero no por un escándalo.

Tenía que encontrar esa carta.

Capítulo 23

PATIENCE SE PASEABA NERVIOSAMENTE ante la ventana del salón. Nicholas había ido a ver si podía hacer algo por ayudar a Anthony antes de que los Morgan llegaran a su casa. No debería haber permitido que se marchara sin ella. Pero la había convencido de que aún no le convenía que la vieran en casa de los Woodsworth. Todavía no habían decidido cómo contarles la situación a los sirvientes.

A las cuatro menos cuarto, estaba dispuesta a pedir un coche para ir sola a la casa del general; mientras se ponía el abrigo, oyó un tumulto de caballos que se detuvo delante de su casa.

No esperó a que su hermano entrara: fue a su encuentro al pie del carruaje. Estaba solo, y no sonreía.

—¿Cómo está? —Nicholas no respondió—. No se va a comprometer con esa mujer, ¿verdad? No lo permitiré.

—Su honor y el tuyo están en juego.

—Eso no nos importa.

—No te importa a ti. La familia Woodsworth ha trabajado muy duro para ascender socialmente: han luchado por cada privilegio que tienen.

—Entonces, ¿va a casarse con ella? —No podía creerlo. Pensaba que tenían un acuerdo. Sabía que Anthony nunca sería feliz con la señorita Morgan.

—Espera no tener que hacerlo.

—¿Va a entrar en esa habitación ahora mismo, con los Morgan, sencillamente «esperando» no comprometerse con esa mujer? ¿No tiene un plan?

—Tenía uno, pero no ha funcionado. Ha puesto la casa patas arriba buscando una carta.

—¿Una carta? ¿Qué carta?

—Según él, la señorita Morgan le escribió, hace casi tres meses, una nota para liberarlo de cualquier obligación con ella. Los recuerdos que tiene de esa noche son un poco... borrosos. Creo que tiene algo que ver contigo. No me dijo la verdad al respecto, pero está seguro de que no la quemó y tampoco la archivó. La ha buscado por todas partes.

El mundo, que había estado girando demasiado deprisa desde que la señorita Morgan los había sorprendido en el salón de baile, se calmó.

—¿Te ha dicho qué día la perdió?

—No.

—¿Qué te ha hecho pensar que yo tuve algo que ver con la pérdida de la carta?

—No paraba de decir cosas como: «Estaba sentado ante mi mesa y entonces entró Patience...», y luego dejaba de hablar.

Cielos, esa fue la noche en la que ella lo había besado. Su respiración se calmó y el peso en su estómago se disipó. Sabía dónde estaba esa carta.

—¿Qué hora es?

—Las cuatro menos cinco.

—Ve a buscar a mamá. Nos vamos a casa de los Woodsworth.

Nicholas enarcó las cejas.

—No puedes ir allí. Los sirvientes te reconocerían de inmediato. ¿Por qué? ¿Has pensado en algo?

—Sí. Dile a mamá que se ponga el abrigo. Os lo explicaré, y luego podéis ir vosotros. Por favor, date prisa. —Empujó a Nicholas hacia las escaleras y vio cómo entraba en casa. En cuanto la puerta se cerró tras él, Patience corrió hacia el carruaje.

Los criados de los Woodsworth iban a encontrarse con ella tarde o temprano. No estaba dispuesta a esperar uno o dos años, que sería lo que Anthony tardaría en encontrar nuevos puestos para todos ellos. Aquel había sido un paso fijo en casi todos sus planes. Además, apreciaba al señor Gilbert y la señora Bates era impecable en su trabajo, aunque hubiera contratado a una criada sin experiencia.

—Lléveme a casa de los Woodsworth, George.

El cochero asintió y la ayudó a subir al carruaje, pero se quedó esperando junto a la puerta.

—Su excelencia nos seguirá enseguida. Puede decirle a Bert que prepare el otro carruaje.

George frunció el ceño y estuvo a punto de discrepar, pero algo en su mirada le hizo pensarlo mejor: se dirigió a los establos para hablar con Bert. Patience tan solo necesitaba que volviera antes de que su hermano se diera cuenta de que no había entrado en casa con él.

George regresó y el carruaje se marchó sin que el duque se diera cuenta. Su pobre hermano tenía que aguantar mucho por su culpa, pero esperaba que no por mucho tiempo.

Llegaron a casa de los Woodsworth; otro carruaje estaba aparcado en la entrada. Se apresuró a subir las escaleras. Esta vez no tenía que entrar por la puerta de servicio. Su hermano y su madre no estarían muy lejos, pero ¿habría llegado a tiempo? Llamó a la puerta.

El señor Gilbert abrió la puerta y también la boca, que enseguida cerró.

—¿Patience?

—*Lady* Patience Kendrick, me temo. ¿Está el señor Woodsworth reunido con los Morgan?

—¿Se ha casado?

—No, siempre lo he sido. Supongo que se puede decir que me escapé para tener una aventura, y elegí servir como criada en esta casa.

El mayordomo asintió como si eso tuviera todo el sentido del mundo, aunque ella sabía que no era así.

—El señor está en el salón con la señorita Morgan y su familia. ¿Debo anunciarla?

—Todavía no. Necesito encontrar algo en el estudio. ¿Puedo pasar?

La señora Bates apareció con la bandeja del té en las manos. Vio a Patience y casi dejó caer el servicio. Patience corrió hacia la bandeja e intentó quitársela de las manos al ama de llaves.

—*Lady* Patience —dijo el mayordomo—. No puedo permitir que siga actuando como una criada.

En ese momento, el poco control que la señora Bates aún tenía sobre la bandeja se desmoronó y los dulces, los terrones de azúcar y la vajilla cayeron al suelo.

—¿*Lady* Patience? —balbuceó la señora Bates—. ¿*Lady*?

El estruendo provocó una conmoción en el salón, y solo unos segundos después el señor Woodsworth asomó la cabeza.

—¿Patience? Quiero decir… *lady* Patience. ¿Qué hace aquí?

—He venido a ver si han ventilado las alfombras.

Los tres la miraron como si estuviera loca. No los culpaba, pero no quería perder demasiado tiempo dando explicaciones, no con la señorita Morgan y su familia en el salón contiguo.

La señora Bates se mantuvo erguida, tan estirada como pudo. Habría parecido bastante serena de no ser por el desastre esparcido a sus pies.

—Mantenemos un calendario estricto, se lo aseguro. Las alfombras se airean de la forma adecuada cada seis meses.

—No estoy cuestionando sus excelentes habilidades para la limpieza, señora Bates. Sé que son inmejorables. Solo necesito saber si las alfombras han sido ventiladas desde que me fui.

—Todavía no: no toca hasta febrero.

Patience se apresuró a ir al estudio de Anthony y suspiró al abrir la puerta y ver papeles por todas partes. Todos los cajones estaban abiertos, todas las superficies cubiertas de cartas, libros de contabilidad y recibos.

Él se acercó por detrás.

—Es demasiado tarde. He buscado por todas partes.

—¿Así que ibas a casarte con ella? ¿A pesar del acuerdo que tienes conmigo? Yo podría arruinar el nombre de tu padre con tanta facilidad como ella.

—Pero tú no lo harías.

—No me digas lo que puedo o no hacer.

Anthony se inclinó hacia ella, suavizando su expresión.

—Jamás se me ocurriría.

—Bien, entonces dime que de ninguna forma aceptarás casarte con esa mujer, y te conseguiré la carta.

—¿Sabes dónde está?

—Dime que no aceptarás casarte con ella en ningún caso.

—No lo haré. No importa si mi nombre es arrastrado por el barro, ni siquiera si me llaman cobarde e indecente por el resto de mis días. No podría. No mientras sepa que estás en el mundo.

Patience asintió. Se acercó a la gruesa alfombra de lana que había delante del escritorio y levantó la esquina bajo la que recordaba haber barrido la carta.

—*Voilà.*

Nadie dijo nada. Se agachó y miró debajo de la alfombra. No había nada. Ni siquiera su montoncito de polvo.

—Patience… —dijo él.

—No está aquí. Sé que estaba aquí… —Levantó más y más la alfombra hasta llegar al centro, y allí, entre polvo y otros trozos de papel, había una carta arrugada. La agarró y la blandió por encima de su cabeza. Resultó que no eran ni los cálculos de él ni su descaro lo que los salvaría, sino sus escasas habilidades para la limpieza.

—¿Es esto lo que has estado buscando?

Anthony se la quitó de las manos y la abrió. Escudriñó el contenido y se apresuró a acercarse a ella: la agarró por los hombros y le dio un fuerte beso en la boca. La señora Bates contuvo una exclamación, y el señor Gilbert se rio. Patience agarró a Anthony por la cintura para acercarlo a ella.

Sabía a canela y miel. Apretó más los labios contra los de él, y sin apartarse murmuró:

—¿Qué has estado comiendo con los Morgan?

Anthony se apartó de ella con expresión vagamente complacida.

—Los Morgan. Será mejor que zanje este asunto.

—Buena suerte. —Sonrió y le dio otro beso en la mejilla. Él se inclinó una vez más, como si fuera a quedarse, pero sacudió la cabeza y volvió al salón blandiendo la carta.

Un portazo llegó desde la entrada.

—Ese debe de ser mi hermano.

Nicholas entró corriendo en la habitación, con su madre pisándole los talones. La miraron.

—¿Lo ves? —dijo ella—. Te dije que estaría bien.

—¿Bien? No está bien. Ahora cada uno de estos criados sabe quién es.

—Al final se iban a enterar —intervino Patience—. Deja que os presente.

Con cada presentación, su hermano se iba calmando, como ella sabía que ocurriría. Una cosa era condenar a criados desconocidos por difundir chismes, y otra muy distinta era verlos como personas reales; y la señora Bates y el señor Gilbert eran de los mejores.

—Tienes que dejar de escaparte.

—Lo haré.

—¿Cuándo?

—Una vez que me haya casado.

—Eso todavía no se ha arreglado —dijo, mirando a los criados.

—Se está arreglando ahora mismo. He encontrado la carta.

Como si fuera una señal, la puerta del salón se abrió. Los señores Morgan tenían el ceño tan fruncido y punzante como los arbustos del jardín del general. La señorita Morgan los seguía en silencio, con los hombros caídos. Patience no estaba segura de qué le podría haber dicho Anthony, pero no parecía que le hubiera gustado.

La señorita Morgan se fijó en las botas de Nicholas y subió la mirada hasta su rostro. De inmediato sufrió una milagrosa transformación. Tiró del brazo de sus padres.

—Su excelencia —dijo, mientras realizaba una elegante reverencia.

—Ah, señorita Morgan, es maravilloso verla de nuevo. —Ya no se veía el gesto tormentoso en la cara del duque. Estaba sonriendo a la joven.

La hija de los Morgan sonreía.

Después de saludar a sus padres, Nicholas se despidió de ellos.

—Espero que se conviertan en grandes amigas, mi hermana y usted. Acaba de entrar en sociedad y le vendría bien una compañera con su sentido del decoro.

La señorita Morgan se sonrojó y asintió.

—Por supuesto, su excelencia.

—Maravilloso. Me alegra que hayamos tenido esta oportunidad para charlar.

La puerta se cerró tras la familia Morgan.

—¿Una oportunidad para charlar? —dijo su hermana—. No puedes hablar en serio.

—Ya te dije que es una mujer atractiva. ¿No tengo razón, Woodsworth?

Anthony no respondió a la pregunta. En lugar de eso, dio un paso adelante y tomó a Patience de la mano.

—No estoy seguro de que deba comentar la apariencia de ninguna otra mujer mientras su hermana esté en la habitación.

—Ves, querido hermano, te dije que era inteligente.

—Nunca dudaría de la inteligencia de un Woodsworth —dijo Nicholas, tomando la otra mano de Patience—. Ahora, vamos a casa. Señor Woodsworth, espero que nos visite dentro de unos días. Cuando todo esto se haya calmado.

—En realidad... me pregunto si me daría permiso para hablar con su hermana a solas —dijo él, tras aclararse la garganta.

—¿Qué? ¿Ahora?

Anthony se puso de pie. Su mirada buscó la de Patience.

—Sí.

—¿Ya? ¿Va a saltarse el cortejo por completo?

—He tenido suficiente cortejo para toda la vida. Estoy listo para tener a la mujer que amo en mi casa.

Su madre suspiró con fuerza y Nicholas puso los ojos en blanco.

—Madre, están hablando de matrimonio. Es un asunto muy serio.

—Lo es —dijo su madre—, pero también es muy emocionante.

El duque negó con la cabeza, pero no discutió.

Patience se apartó de su hermano y avanzó hacia Anthony. Esa conversación privada nunca llegaría lo bastante pronto. Todos, incluidos el ama de llaves y el mayordomo, observaban fijamente a Nicholas, esperando su respuesta.

—Oh, de acuerdo. —Levantó las manos—. Id al estudio.

Anthony agarró la mano de su amada.

—Gracias.

—Ah, señor Woodsworth —dijo el duque—. Tiene quince minutos antes de que entre ahí. No permitiré que manche la reputación de mi hermana.

***

El estudio seguía siendo un desastre. Ni siquiera se habían molestado en colocar la alfombra. Sin embargo, nada de aquello podía molestar a Anthony.

No había planeado nada de lo que había ocurrido ese día. La mayoría de sus elaborados planes estaban dispersos por la habitación. De hecho, ahora que su padre iba a ser marqués, la mayoría de sus planes tendrían que ser revisados. Patience esperaba que él dijera algo. ¿Cuál sería la manera correcta de proceder?

—*Lady* Patience —comenzó, pero se detuvo cuando ella dio un resoplido—. ¿Qué?

—Patience.

—¿Me dices tu nombre, o me pides que sea más paciente?

—Mi nombre. Lo último que necesitas es ser más paciente. Ya lo hemos sido suficiente. ¿Qué hacías? ¿Estabas pergeñando un plan? —Lo conocía muy bien.

—Puede ser.

—Esta vez soy yo la que tiene un plan —comentó, acercándose a él.

—Me encantaría oírlo.

—Mi plan es solicitarte, al menos, siete minutos antes de que se acabe nuestro tiempo, y que podamos usarlos a solas, como pareja comprometida, antes de que mi hermano nos interrumpa.

—Pero ¿qué ocurre si se corre la voz sobre ti viviendo aquí?

—Nos reiremos de ello, y podrás contarle a quien quieras lo joven y tonta que fui. Lo peor que pueden hacer es exigir que nos casemos, y no es que vaya a resistirme. Incluso si la reina me prohíbe asistir a algunas reuniones de la alta sociedad londinense, tampoco me importará.

—Entonces... —Le costó un poco asimilar lo que estaba diciendo—. No habrá ningún plan.

—Ninguno. —Miró el reloj de la chimenea—. Excepto aquel en el que te declaras, ahora mismo.

—¿Estás segura de que quieres que lo haga aquí? ¿Prefieres ir a la biblioteca y ponerte detrás de la cortina?

Ella se reía, y sonaba como las campanas en la mañana de Navidad y las campanillas de viento en verano. Nunca se cansaría de su risa. Tendría que trabajar y mejorar su sentido del humor para poder escucharla más a menudo.

—Aquí estará bien. O junto a tu escritorio, donde me propusiste matrimonio la última vez.

—¿Cuántas veces tiene que declararse un hombre a una mujer para que esta lo tome en serio?

—Tres —dijo ella. Él tomó su mano y la llevó hasta el escritorio. Le indicó que se sentara en la silla. Se arrodilló frente a ella, no porque fuera lo que se esperaba de él, sino porque estar de pie no reflejaba lo que sentía, que no estaba a la altura de su prometida.

—*Lady* Patience Kendrick, ¿me hará el honor de casarse conmigo?

—Sí.

Una palabra sencilla, pero que encerraba infinitas posibilidades.

Ambos guardaron silencio por un momento. Anthony echó un vistazo al reloj.

—Ocho minutos. —Había superado sus expectativas.

—Sí.

Patience se inclinó hacia él. Tomó sus manos entre las suyas, se levantó y la ayudó a levantarse y dijo:

—Espero que no te importe que los use todos.

—Me decepcionaría mucho si no lo hicieras —susurró junto a su mejilla.

Dejó caer las manos de ella y enredó los dedos en su pelo.

—Tu pelo me ha hechizado desde que el sol resplandeció a través de él aquel primer día, cuando aparté la cortina tras la que te escondías. —Besó uno de sus rizos. Ahora que había vuelto a su vida, estaban mucho más arreglados. Sin duda un cabello como aquel era el resultado del cuidado experto de una criada.

—Nos quedan siete minutos, y ¿vas a pasarlos besándome el pelo?

Anthony se rio. Le levantó la barbilla y le pasó el pulgar por los labios. ¿Cuántas veces había soñado con probarlos en los últimos tres meses? Su rápido beso antes de volver con los Morgan solo le había abierto el apetito. Ahora no habría un beso apresurado. Se tomaría todo su tiempo para demostrarle lo mucho que la había echado de menos y la alegría que había traído a su vida.

—No. No lo haré.

Primero le besó la nariz, porque sabía que la enfurecería. Luego las orejas. Para cuando se dirigió a los ojos, ella había puesto los brazos en jarras.

—Anthony...

Anthony nunca había conocido a nadie con un nombre que reflejase tan poco su personalidad.

Se dirigió a su cuello y ella dejó de quejarse. Su pulso, justo debajo de la barbilla, lo intrigó. Cuando lo recorrió con el dedo índice, ella se estremeció y él volvió a besarla.

Miró el reloj una vez más. Tres minutos.

—¿Estás mirando el reloj?

—Nunca llego tarde. Me enorgullezco de ello.

—¿Cuánto tiempo nos queda? —Resopló.

—Tres minutos.

—¡Tres minutos! Tenemos...

Cubrió la boca de Patience con la suya. Sus labios eran tal y como los recordaba: suaves y sensibles, moviéndose por encima de los suyos. La tomó por la cintura y la acercó a él. Ella suspiró y se abandonó, echándole los brazos al cuello. Habría esperado tres años para eso. Recorrió la espalda de ella con las manos hasta que los dedos volvieron a encontrarse con su pelo.

Patience se apartó lo suficiente como para poder hablar.

—No me despeines; tengo que enfrentarme a mi hermano después de esto.

Asintió y la besó de nuevo, respirando su aroma. Lavanda y sol. Ni en sus sueños más salvajes había pensado que podría casarse tan bien, y no tenía nada que ver con la posición social de Patience. Le había dado alegría, y le había demostrado que eso era más que suficiente. Volvió a mirar al reloj.

Un minuto.

Cerró los ojos y la acercó a él.

Iban a llegar tarde.

Capítulo 24

—¿**ENCENDEMOS EL FUEGO** de la sala de música? —Patience se sentó en el borde del escritorio de Anthony, esperando a que este cuadrara un último libro de cuentas. Llevaban ya dos semanas casados, y él aseguraba que nunca se había retrasado tanto en su trabajo. Pero siempre lo decía con una sonrisa, así que a ella no le preocupaba mucho—. Mamá podría querer cantar para Harry y Augusta cuando llegue.

Él asintió, pero no levantó la vista de su trabajo.

—Le diré a la criada que lo haga cuando termine con este... —Trazó una línea a lo largo de un interminable número—. Último... —Una nueva anotación—. Asunto. —Dejó la pluma de golpe y se puso en pie. Agarró a Patience por la cintura, tirando de ella para que se levantara del escritorio. La observó fijamente antes de enterrar la cara en su pelo.

—Pero... pensé que podríamos hacerlo juntos. —Patience inclinó la cabeza hacia un lado para dejar que él llegara mejor a su cuello. Se mordió el labio y dejó escapar un suave suspiro de placer, que animó a su marido.

—¿Y tu vestido? —preguntó, rozando con su aliento cálido la oreja de ella.

—Me pondré un delantal.

—No quiero que tu hermano piense que no puedo hacer de ti una mujer respetable. —Recorrió su cuello con los labios.

Patience se rio, apartándose de él.

—Él no lo consiguió, así que no puede juzgarte por ese mismo asunto.

—Aun así, tu familia estará aquí muy pronto... —Bajó la cabeza hasta el lado del cuello de ella que había recibido menos atenciones y trazó una línea de besos por la mandíbula.

—Me gusta mirar tu cara cuando las llamas cobran vida.

Dejó de besarla, dio un paso atrás y la agarró por los hombros.

—Ve a buscar tu delantal.

Su mujer se levantó de un salto, le dio un beso en la mejilla y se volvió para ir a buscarlo. Ni siquiera había dado un paso antes de que Anthony le agarrara la muñeca.

—Dos semanas de matrimonio, ¿y ya me veo reducido a recibir solo besos en la mejilla? A este paso, el mes que viene solo nos daremos la mano.

—Sabes que eso no es cierto.

—Demuéstralo.

Ella se rio y le dio un beso todavía más breve en la boca. Se alejó de un salto.

—Eso apenas cuenta.

Pero ella ya había recorrido medio camino hacia la puerta.

—Ven a ayudarme con el fuego, y cuando las llamas iluminen tu cara, te besaré con más dedicación.

Media hora después, el fuego calentaba la sala de música y Patience había cumplido su promesa. Los rasgos de Anthony, por lo general afilados, seguían teniendo el brillo de un hombre que había pasado los últimos diez minutos recibiendo besos de su mujer. Era cuando a Patience más le gustaba mirarlo. El delantal había desaparecido, tenía la cara y las manos limpias de hollín. Lucía respetable y presentable. Anthony no tenía de qué preocuparse.

Entonces anunciaron a Nicholas y a su madre.

—¿Qué te has hecho en el pelo? —dijo Nicholas cuando el señor Gilbert lo hizo pasar a la sala de música.

El matrimonio intercambió una mirada. Ella había estado tan preocupada por el hollín que no había pensado en comprobar el estado de su pelo, y a Anthony no le importaban unos cuantos rizos sueltos aquí y allá.

—Oh, Nicholas —dijo su madre—, ella ya no es tu responsabilidad. Y si quieres que te inviten a las casas de los recién casados en el futuro, harías mejor en no fijarte en esas cuestiones.

El ligero rubor del duque casi sirvió como castigo.

Anthony señaló las cuatro sillas dispuestas para ellos.

—Harry y Augusta llegarán enseguida. Han preparado algunas canciones para ustedes.

—¿Cómo están sus padres? ¿Disfrutan de Kent? —preguntó la madre del duque.

—Dejaron a los niños aquí ayer y aún no sabemos nada de ellos. Pero parecían muy felices cuando se fueron —dijo Patience tomando asiento mientras sonreía. Sofía estaba radiante. El mes con su marido en casa le había sentado muy bien.

Berta, la nueva criada, de cuarenta y cinco años, hizo entrar a los niños.

—Señorita Patience —dijo Harry mientras corría por la habitación para darle un abrazo. Todavía no habían tenido mucho tiempo para verse. Harry solo había murmurado algo sobre practicar nuevas canciones antes de que los llevaran a la cama—. Has conocido a papá.

—Sí, lo hice, y es un hombre maravilloso. No me extraña que lo echaras tanto de menos.

—Ahora mamá sonríe como un pato todo el tiempo.

—Y, por lo que veo, Augusta y tú también sonreís como patos.

—¿De verdad? —Harry sonrió.

—De verdad.

—*Lady* Ottersby —ladró Nicholas desde el asiento de al lado.

—¿Qué? —Patience se volvió hacia él.

—Jovencito, esa mujer cuyas faldas está agarrando no es la señorita Patience. Es *lady* Ottersby, y antes era *lady* Patience Kendrick. Nunca ha sido... simplemente una señorita.

—Harry, puedes llamarme como quieras. —Señaló a Nicholas—. Este es mi hermano, Nicholas, el duque de Harrington. No descartes que quiera que lo llames «su excelencia».

—No es que yo quiera que la gente me llame así. Tan solo es lo que marca el protocolo.

—Su excelencia. —Harry le dedicó una reverencia muy seria y pronunciada. Augusta trató de imitarlo, pero se desequilibró y tuvo que enderezarse con rapidez.

—Un placer conocerlos, Harry, Augusta —los saludó Nicholas con la misma formalidad.

—He oído que vais a interpretar algo de música para nosotros —dijo la madre del duque—. ¿Queréis que os acompañe al piano?

Los niños asintieron.

Se levantó y se dirigió al piano. Los pequeños caminaron a su lado; Augusta daba pequeños saltos. Harry se inclinó para susurrar algo al oído de la pianista. Ella asintió y empezó a tocar una melodía infantil. Los niños comenzaron a cantar. La voz de Augusta se apagaba con las palabras que no conocía, pero Harry cantaba alto y fuerte.

Tras veinte minutos de canciones infantiles, Anthony sacó su reloj de bolsillo. Debía de ser casi la hora de su paseo por el jardín. Aplaudieron muy fuerte en la última canción y pidieron que los excusaran.

—¿Un poquito más? —preguntó Harry—. Tu madre toca muy bien el piano.

—¿Y si Nicholas se queda a escuchar un rato y tú practicas algo especial para cantarnos cuando volvamos?

—Hoy no hace falta que caminemos, está bien —dijo Anthony, poniendo una mano sobre el brazo de su esposa.

—Tonterías, son las once y cuarto. Tenemos la costumbre de pasear por el jardín a las once y cuarto. —En realidad se habían perdido algunos paseos desde que se casaron, pero Patience había aprendido algunas cosas desde que se había ido de casa, y una de ellas era que, aunque Nicholas tuviera razón y fuera hora de que se tomara la vida más en serio, él tampoco tenía la vida resuelta. Su hermano necesitaba encontrar algo de tiempo para relajarse y recordar al joven que solía ser. ¿Qué mejor manera de hacerlo que pasando tiempo con Harry y Augusta? *Lady* Ottersby deseaba poder convertir esos encuentros en algo semanal—. Nicholas, volveremos dentro de quince minutos.

Nicholas miró primero a los niños, luego se puso en pie y los siguió hasta la puerta.

—Lord Ottersby, ¿puedo tener un momento con mi hermana?

—Por supuesto.

Salieron al pasillo, fuera de la sala de música.

—¿Vas a dejarme aquí solo con esos bribones?

—No son bribones, y no estarás solo. Mamá está contigo.

Su mirada dejaba claro que aquello no era un gran consuelo.

—Solo es un momento, mientras damos nuestro paseo.

—¿No debería ir contigo?

—No.

—¿Por qué no?

—Por la misma razón por la que no deberías haber mencionado mi pelo cuando entraste en la sala de música. A Anthony y a mí nos gusta estar a solas. Lo último que deberías querer es acompañarnos en un paseo. Fuiste tú quien nos hizo esperar tres meses para casarnos. No puedes negarnos nuestro tiempo ahora que lo estamos.

Aquello lo tranquilizó. ¿Quién iba a pensar que estar casada le daría tanto poder sobre su hermano?

El duque volvió a la habitación y Anthony salió.

—¿Debo pedirle a su excelencia que se una a nosotros?

—Por favor, no lo hagas.

—Me siento extraño al irme con ellos de visita. De verdad, no tenemos que caminar hoy.

—Quiero hacerlo, y, lo que es más, creo que Harry y Augusta serán una buena influencia para Nicholas.

Anthony se encogió de hombros y extendió el brazo para que su esposa se apoyara en él. Fueron a buscar a *Ollie* para que los acompañara en su paseo. Habían pensado dejarlo con su hermano cuando se casaran, pero a este no le gustaba el gran danés tanto como a ella. Cuando le preguntó si podía llevárselo, el duque había respondido: «Siempre ha sido tuyo».

—Sabes, cuando me hablaste por primera vez de *Ollie,* no pensé que sería tan grande. —Se rio mientras bajaba las patas delanteras de *Ollie* al suelo. El gran danés solo saltaba sobre la gente cuando lo saludaban con entusiasmo, y él había cometido el error de inclinarse y hablarle nada más sacarlo de su caseta.

—Bueno, dije que me recordaba a ti.

—¿Esa es la razón? ¿El tamaño?

—Esa, entre otras.

Anthony puso una mano sobre la cabeza de *Ollie,* que se calmó de inmediato. Hacía viento, pero brillaba el sol. Se volvió hacia su mujer y la luz se reflejó en sus ojos.

—¿Qué otras cosas?

Ella negó con la cabeza.

—Yo no soy como tú. No tengo una lista.

—Casi nunca le digo a la gente que debería ser más como yo, pero en este caso, estoy bastante decepcionado. Esa es una lista que me encantaría ver.

—Supongo que podría decirte algunas de las razones.

Dejó de acariciar al perro y se acercó a Patience. Recorrió con la mirada sus rizos hasta llegar a sus labios.

—No me lo digas. —Estaba a solo unos centímetros de ella; le hacía cosquillas en la mejilla con su respiración—. Escríbelo en una cuidadosa columna, así podré leerlo cada vez que te enfades conmigo.

Frunció los labios. Él le acercó su robusto pecho, provocándola: Patience sabía lo que se sentía al ser estar envuelta en su abrazo, pero no iba a dejar que se saliera victorioso con esa última frase.

—No.

—¿No lo harás? —Retrocedió un centímetro, creando un inaceptable espacio entre ellos.

—Por supuesto que no. —Lo agarró de las solapas del abrigo y lo atrajo hacia sí—. ¿Por qué iba a escribir algo que jamás tendrías la oportunidad de leer?

Se puso de puntillas, utilizando el agarre del abrigo como palanca. Él le rodeó la cintura con los brazos y la levantó un poco más, hasta que quedó a unos centímetros del suelo.

—¿De verdad crees que nunca te vas a enfadar conmigo?

¡Maldición! Hacía tiempo que su hermano le había contado a su marido las razones de su honestidad forzada. No había forma de evitar una respuesta.

—Supongo que en algún momento podrías frustrarme un poco.

Se acomodó, permitiendo que los pies volvieran a estar apoyados con firmeza en el suelo. Ella esperaba un beso, pero en su lugar, él susurró:

—Hazme una lista, cariño; la leeré estés o no enfadada conmigo.

No tenía una respuesta rápida, ni un comentario frívolo. Cuando estaba tan cerca de ella, se le nublaba la mente.

—Muy bien.

Él sonrió y ella recordó la primera vez que se habían encontrado en el jardín; había sido tan recto y formal... Nunca pensó que aquel mismo joven estaría un día en el mismo jardín, abrazándola. Se inclinó y la besó con cariño. Tomó su cara entre las manos y alargó el beso más y más, explorando con sus labios. Se dejó llevar, entregándose cada vez más al beso. A lo lejos oía a su madre cantando. No se trataba de una de las baladas francesas que cantaba en los últimos tiempos, sino de una alegre canción infantil.

Un empujón en la rodilla la devolvió al presente. Abrió los ojos y se encontró con *Ollie* metiendo el hocico entre los dos. Lo empujó un poco con la pierna, pero solo sirvió para que él insistiera más.

Anthony le dio un último beso antes de apartarse.

Miró al gran danés con los ojos entornados.

—Puede que *Ollie* te recuerde a mí, pero me temo que todavía no está preparado para abandonar su posición de poder.

—Tendrá que acostumbrarse.

—Lo hará. ¿Es tu madre la que canta o una de las criadas?

—Esa es mamá. Me sorprende que aún no la hayas oído cantar.

—Su voz es... —Hizo una pausa: le costaba encontrar una palabra que lo describiera—. Enérgica. Los niños deben de estar pasándoselo en grande.

—Puede ser, pero estoy segura de que mi hermano apenas lo tolera. Es probable que se le hayan acabado los sermones para Harry sobre cómo dirigirse a los demás de manera correcta.

La casa estaba llena de vida con los niños en ella; incluso antes de que llegaran, nunca había parecido vacía. Su madre y su hermano tendrían que volver a una casa vacía por la tarde. Deseó poder hacer algo para ayudar. Incluso la ventana de la sala de música parecía más oscura que las demás de la casa, como si supiera que su familia había traído sus problemas consigo.

—Me preocupa haberlos dejado solos. Nuestra casa solía estar llena de momentos felices. Ahora me temo que no está llena de nada.

En ese momento, la música cambió y su madre empezó a tocar una suave y lenta canción de amor. Era una canción que Patience solo le había oído cantar dos veces desde que había regresado de Francia. No había sido capaz de cantarla en ninguna de las dos ocasiones, siempre vacilaba y se detenía a mitad de camino cuando llegaba a la parte que decía que el hombre siempre estaba allí.

Sin embargo, su voz era fuerte y decidida. Tal vez en esta ocasión sí lo conseguiría. Cuando estaba llegando a la estrofa que no podía cantar, su voz empezó a flaquear; seguía tocando la melodía, pero su voz se apagó.

Como los acordes de un violonchelo bien afinado, un barítono suave pero profundo se unió a su madre. Comenzó muy quedo, pero enseguida ganó volumen. La moderada voz de soprano de ella se unió de nuevo y juntos cantaron unas estrofas más. Entonces Nicholas se apartó de la melodía para armonizar en el acompañamiento. Patience no lo había oído cantar desde hacía, al menos, cuatro años. El sonido se extendió por el jardín, cubriendo de música los árboles y los arbustos.

Patience se dejó caer sobre Anthony, estrechándose contra el abrigo que llevaba puesto y aspirando su aroma para evitar que los ojos se le llenasen de lágrimas. Él le puso la mano en la cabeza y la abrazó.

Se aclaró la garganta.

—Nicholas tiene buena voz.

Solo pudo asentir con un gesto.

—Van a estar bien.

Consiguió que su voz sonase con normalidad.

—Lo sé.

—¿Deberíamos entrar y unirnos a ellos?

—Todavía no; quiero escucharlos unos minutos más.

La música que procedía del interior de la casa cambió a una de las canciones favoritas de su padre. Esta vez, Nicholas cantó las primeras notas de la balada. La voz de su madre empezó a sonar, titubeó y volvió a comenzar. Cada vez que perdía la voz, Nicholas cantaba con más entusiasmo hasta que su madre se recuperaba.

La ventana de la sala de música ya no parecía oscura. De alguna manera, la música la había transformado. Quizá su madre siempre había sabido que eso era lo que uniría a su familia. Al menos por un tiempo. Al menos en ese momento. ¿Y qué más era la vida que momentos poderosos encadenados para crear una melodía llena de vida?

Anthony entrelazó los dedos con los de ella y la arrastró hacia la casa. La grava crujía bajo sus pies y el viento había dejado de soplar lo suficiente como para que el sol les calentara la espalda.

—Sabes... nunca le diste a mi hermano esa carta de recomendación. Trabajé muy duro para ganármela.

—También te debo doce chelines.

—¿Cuándo piensas cumplir tus promesas?

Habían llegado a la puerta de entrada. Anthony puso la mano en el pomo, se volvió hacia Patience y le besó la nariz.

—En cuanto me hagas esa lista.

Agradecimientos

QUIERO EMPEZAR DANDO LAS GRACIAS a mi familia. Tienen que lidiar con mucho mientras yo escribo más y más. Mi familia me quiere y me apoya en todas las vicisitudes de la vida. Cada día doy gracias por tenerlos.

A mi grupo de lectura crítica: Laura, Alice, Paula y Audrey; me han animado, me han aportado ideas y fueron quienes me animaron a escribir. Gracias.

Y ahora, la gran lista (cuento con mucha ayuda para escribir mis libros). Algunas de estas mujeres maravillosas leyeron el manuscrito cuando estaba en la primera fase; otras lo leyeron al final, y apenas les di unas horas para hacerlo. Espero que lo hagan porque de verdad les gusta, y también espero que sepan lo mucho que significa para mí: Clarissa Wilstead, April Young, Lisa Kendrick, Mandy Biesinger, Kim Dubious —escribir con vosotras hasta las dos de la mañana, antes de la fecha de entrega, fue verdaderamente emocionante—, Colleen Lynch, Cassidy Pace, Jamie Ann Bartlett, Lora Jean Buss y Lynn Provost.

Gracias al equipo de Covenant Communications. Mi editora, Ashley, ha sido paciente y un gran apoyo mientras daba forma a esta novela para convertirla en la mejor versión posible. Su entusiasmo por este proyecto ha sido una gran motivación. El equipo de diseño hizo una portada preciosa; además, tengo la suerte de haber contado con Amy Parker, publicista, como parte de este equipo desde el lanzamiento de *A Proper Scandal.* Muchos más miembros de Covenant han participado en la publicación de este libro. Gracias por vuestra dedicación

También tengo que dar las gracias a mi madre, Elsie Mosher, y a mis hermanos, Robbi, Ryan, Monique, Brently y Tammi. En nuestra familia siempre ha sido importante la lectura; es probable que por eso tres de los hermanos no podamos dejar de escribir.

Por último, tengo que dar las gracias a unos cuantos amigos que me han escuchado cuando me agobiaba, me han sacado de casa cuando las paredes comenzaban a caérseme encima, han organizado fiestas de presentación y acudido a las firmas: Heidi Maxfield, Karin Smith y Kristem Southwick, gracias por seguir haciendo que parezca humana.

Descarga la guía de lectura gratuita
de este libro en:
https://librosdeseda.com/